大河之魂
Dahe zhi Hun

梅钰 著

山西出版传媒集团
北岳文艺出版社·太原

图书在版编目(CIP)数据

大河之魂 / 梅钰著. —太原:北岳文艺出版社,2023.9

ISBN 978-7-5378-6743-6

Ⅰ.①大… Ⅱ.①梅… Ⅲ.①长篇小说—中国—当代 Ⅳ.①I247.5

中国国家版本馆CIP数据核字(2023)第122838号

大河之魂
梅钰 著

//

出 品 人
郭文礼

选题策划
高海霞

责任编辑
高海霞

装帧设计
张永文

印装监制
郭 勇

出版发行:山西出版传媒集团·北岳文艺出版社

地址:山西省太原市并州南路57号

邮编:030012

电话:0351-5628696(发行部) 0351-5628688(总编室)

传真:0351-5628680

印刷装订:山西人民印刷有限责任公司

开本:787 mm×1092mm 1/16

字数:207千字 印张:17.75

版次:2023年9月第1版

印次:2023年9月山西第1次印刷

书号:ISBN 978-7-5378-6743-6

定价:78.00元

本书版权为本社独家所有,未经本社同意不得转载、摘编或复制

目 录

缘·源 …………………………………001

㊀ ……………………………………004
　船从天上来 …………………………011
　大水怪 ………………………………019
　银色月光 ……………………………024
　叙：爱不会丢失 ……………………034

㊁ ……………………………………047
　河神庙 ………………………………052
　祭　祀 ………………………………062
　来自远方的消息 ……………………070
　叙：为爱守望 ………………………082

叁 ·· 098

　一盏油灯 ·· 105

　龙王庙会 ·· 114

　三月大河开 ····································· 122

　一纸批文 ·· 129

　叙：寻找不在 ································· 139

肆 ·· 155

　洞　穴 ·· 161

　滚　动 ·· 173

　合龙口 ·· 182

　一种理想 ·· 189

　叙：所有死去 ································· 196

㊄ ···213

　龙王迅 ·······································220

　罂　粟 ·······································227

　六股头 ·······································237

　叙：最后一刻 ·······························245

㊅ ···265

　叙：一次又一次 ···························271

缘·圆 ···274

缘·源

我死了,在死之前我就知道我要死了。

把我带入河流的老魂灵告诉我,一旦进入这条河,就没有是非、黑白、好恶;只有存在。明白这一点至关重要,有助于帮助我理解大河,和大河身边这些人。正如你猜测的那样,我过去理解的和即将理解的并不一样,这一点我稍迟一些再跟你讲。

老河龟盯着我。有时我碰见它,会故意擦碰,看它含羞草一样缩回头去,游开几尺再伸出来,回头看我。我喜欢它留下的味道,你知道,它四足划过的水域,会有淡淡的时光香,这在尘世不被人捕获的味道,永远被它圈在身旁,我沉迷水中的每时每刻,都被它温柔抚摸。我同样喜欢老河龟的眼睛,如果距离够近,会看出它和牛眼一样沉稳,我希望走进去,走到双眸的尽头,看看到底有什么东西。

我有足够长的时间在大河游荡,也能随时从水里飘出来,看到村庄的一切,没有任何东西能引起我不适,老魂灵们把这叫作解脱,放下越多,怀抱越多,我很快学会了和他们一样自由穿行，假如我愿意，能钻进任何人心里，捕捉连他们自己都不知道的想法。我一般不这样干，我不想费劲弄清楚那些藏得很深，被皮肤褶皱、血脉、经络层层包裹的东西。

没用几天我就习惯了这一点，我钻到河龟眼里，往最深处游弋，发现龟眼尽头是另一只龟眼，原来河里世界都这样，水从水里来往水里去，泥从泥里来往泥里去，石从石里来往石里去，那些鱼啊，草啊，有时也会死去，只要一小会儿，就重新活过来，让你分不清它是不是原来的它。在河的最深处，那些被人世传言有深洞暗穴的地方，只有一股又一股气流回旋，老魂灵们告诉我，这就是存在的核心，万物终点。

要经过很长时间我才会明白这句话，这对我是一个更大的突破。你知道，起初我总是同时在壶口滩看到几千几万个自己被不同肉身包裹，我钻入他们的身体，像当初钻进河龟眼里，开始漫长的游弋。这样我才能发现，每个肉身都是一个庞大体系，包含日月星辰、山川万物，只不过肉身局限，只能看到眼前，看到一点，所以就选择眼前，选择一点，把自己固定为一个断面。这是好事，背负那么重而不自知，至少不会让他们有负担。

人类习惯以线性计时，把壶口滩拆开、铺平、展出，供人们寻找、记录、感悟，那些老魂灵告诉我，其实任何地方都是立体的多维的，过去与现在和未来同时存在，像巧手媳妇把一条丝带叠成花，同时将时间空间折叠。那些有我和没有我的肉身，会同时劈山、拉船、背货、凿渠、铺路、搭桥、战斗，把壶口滩的几千年交叠。我被吸引，想去哪个年代便去哪个年代。

按照人类的计时方法，我穿梭上下五千年，发现壶口滩始终被同一团魂萦绕，从大禹凿开孟门发现壶口瀑布那一刻起，它就临照一滩人，按照它自己的规律主宰一切。人无法从它的束缚里摆脱出来，像传家宝一代一代传下去，不能随意添附物质。只有时间无言，默默给它增添厚度和传奇，让每个看到它的人以为它早就脱离掉了本身，有了不同的含义。我用了很长时间观察这团魂的重量、材质、形状，总看不明白，像月圆夜望天，不知是月亮钻进云层，还是云朵跑过来遮住月亮，或者两者一齐用力蒙蔽我的眼睛。我也不明白是这团魂选择壶口滩，还是壶口滩创造了这团魂。

在这团魂的主宰下，人和河一样，唯有奔流，不顾一切，勇往直前。

包括死亡……

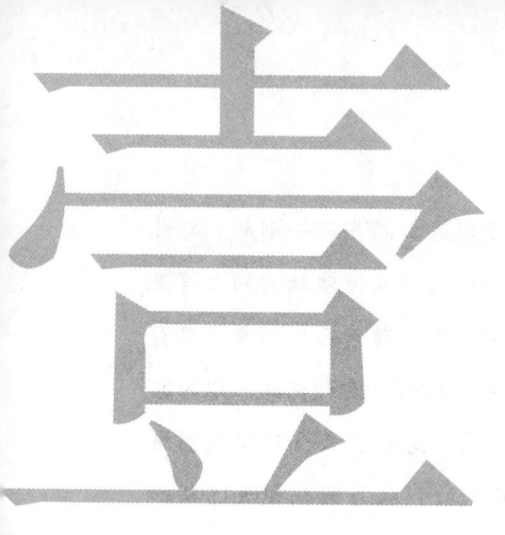

祖先张鸿业浮在河面，被水一漾一漾推着向前，我沿河岸跟了许久，始终看不见他的脸。按照隔辈遗传的规律，我和他应该没什么区别，给自己剃掉前面的头发，加条粗辫，长袍马褂扮起来，就是祖先。一河滩人都扮上，大河会迷糊，仍流在我祖先拉船的朝代。这些想象容易让人沉溺，症候之一是失去时间概念，我老婆连续提起抗议，说我一坐到大河边，就变得疯疯癫癫。

我从遥远的广州回来，因为一颗苹果。堂弟将它递过来让我品，香、脆、甜、多汁，似乎让我觉知的不是嘴巴舌头，而是语言。他说甜，大脑便分泌甜，我才能觉到甜。我的铁哥们兼合伙人易荣由此衍生想法。他说大脑是最大性器官，能超越生殖器本身，带给人快感。这话有点虚妄，我不相信这些歪论，堂弟又给我讲四颗苹果，一颗被亚当夏娃偷吃了，繁衍人类；一颗砸牛顿头上，发展了物理力学；一颗乔布斯咬了一口，推动全民智能；第四颗在你手上。我告诉他，苹果和人类文明息息相关的重要原因是年代久远。英国《每日电讯报》和《星期日泰晤士报》曾报道，大约六千万年前，一场让恐龙灭绝的灾难成就了苹果树诞生。假如当时发生基因突变的不是苹果祖先，而是土豆祖先，那推动人类进步的就是土豆，或者红薯、萝卜、芋头、地黄、生姜、山药。块茎类食物在家乡食谱中占重要位置，潜藏于味蕾最深处，我未曾提防它在一个诡异午后的苏醒。

时间节点相当关键，在堂弟将苹果递过来让我品的前几天。我对他说世界上不只这几颗苹果，还有帕里斯用苹果赢得维纳斯，苏格拉底以苹果考验柏拉图，中国大妈唱着"小苹果"把广场舞扭到全世界，至于咱手中这一颗，有替代——阿克苏苹果、洛川苹果、静宁苹果、烟台苹果。有很多答案代表没答案，你不要拿没有忽悠我，堂弟懒得跟我饶舌，直接问，你就说这吉县红富士苹果它香不香？香。脆不脆？脆。甜不甜？甜。汁多不多？多。那你还等啥，堂弟说，纬度、海拔、温差、土壤、光照、空气质量"六个最适宜"，金字招牌，支柱产业，二十八万亩苹果园，不够你玩？

我被他一激，订了机票，回老家待了几天，眼顺心顺，能吃能睡。《吉县志》从商祖乙时记起，耿地、翟城、北屈、屈邑、定阳，分分合合，修修改改，至隋开皇元年才引入"吉"，吉是好字眼，吉利吉祥，吉人吉地，有宜人气场，人一进入，气和通畅。为佐证我的感受，我让易荣把全公司拉过来搞团建，一帮八零九零后激动得"噢噢"叫，直喊奇怪，大河水声轰隆隆，明明听得真，却直犯迷糊，眼睛闭紧往深处坠。经此一试，一员大将留下不走，郭臻也长在黄河边，所以不嫌黄土高原风大，壶口瀑布声粗，和我一样喜欢家常菜、粗粮粥，常扒在锅边沿等，让地皮菜、苦菜苗、连翘香挑逗得涎水直流。

我们以为顶多待一个月。采摘季,苹果味在一河六村上空形成场,水汽笼在场内,沾染着香。我们对苹果的认知仅限于发芽、开花、结果,风吹一回膨胀一圈,等到深秋长成红灯笼挂满园,我们摘下来咬在嘴里,继续世界苹果的神侃。后来想出"乐之然"为苹果品牌命名的郭臻一口咬定,苹果诞生人类,也终将结束人类。你看它的功用,清理血管,抗癌防癌,降低胆固醇,都冲着延缓人类生命去,和干细胞注射、器官移植目标一样。人要是不死,就不是人,人这个种类就灭绝了。郭臻歪理一套一套,我听过就忘。苹果园里拍照留念,果农摘果子,一座连一座果园,果子挂在树上,堆在树下,收入地窖,一张一张拍过去,听远在广州的人连声"哇哦"。

突然落了一场雨。突然其实是必然,古人创造这一词汇本意为"意料之外"。"意"由心生,因人而异,没有准定。同样一场雨,有人笑,有人闹,有人哭,有人叫。我们披起雨衣进果园,见黄水漫流,一股一股流入地窖。树叶绿与苹果红都消失,黄变为主旋律,由低而高,从下而上,似乎它是一剂高强度染剂,融入一点,洇开天地,满眼苍茫黄。我眼睁睁看着,无力抢救,雨滴如入大河,泥汤浮沉,有自己的运命。有一瞬间我看见祖先张鸿业,听见他呢喃,你得做点什么,这句话他大概憋了许久,以金石相辅,字字沉重,落进水坑,溅起偌大水泡。一道闪电劈过,大块大块黑云在果园上空飘,我告诉自己抓紧时间,赶在苹果长出霉斑前。

时间悬在河心,风刮过来一年,刮过去一年,后来吉县苹果的品牌影响力和市场占有率逐年攀升,产品通过国际质量体系认证,被国家农业部命名为"中国苹果之乡",远销澳大利亚、加拿大、德国、泰国、老挝、俄罗斯等国家。果农腰板挺得硬，搭乘国家惠农政策，土窑洞不住，都搬进新房，院里养花养草种菜，闲了广场上歌舞，歌唱盛世太平。我学表弟四颗苹果的说法，把公司纳入四色品牌：黄色瀑布，红色苹果，绿色生态，蓝色"乐之然"。这让很多同行不爽，群起攻之，认定我欺世盗名，罅隙十年后才被他们忘记。和对待吉县苹果一样，时间越长，大多数人里的大多数人对苹果更容易从坚定到虔诚。他们忘掉当时情景，一堆又一堆的苹果烂成泥，太阳熏蒸，肉眼可见有气体冒出，又馊又臭。郭臻说这些苹果可惜了，能酿苹果醋的。堂弟说何止能酿醋，还能做果干、果醋、果泥、果酱、果冻、果丹皮。话落，堂弟剜一眼过来，我感觉他在谴责我。

现在我一遇阻碍，仍会回想那些天，鼻底浓味泛起来，心里铸一层坚硬。我猜这感受祖先张鸿业也有过，同一种情绪，同一种坚定，要是我俩促膝长谈，我会把收藏的苦泪展示给他，这些苦泪憋太久了，在我心底已经结了晶。也许他比我更懂，为了溶解乡亲们的苦泪，付出再多也会笑。

照曾祖父的说法，祖先张鸿业创"六股头"的灵感源于大河。太阳底下无新事，不管创建合作社还是经济自助社，和祖先创"六股头"时的初衷是一模一样的。他为啥创"六股头"？不创不行了，总死人，人再多也经不起天天死。而你为啥要建这个那个社？也是不建不行啊，市场规则老百姓不懂，再好的苹果也没人要，一片一片出不去，沤烂，臭下一河滩。怎么建？你把"六股头"弄明白，搞清楚祖先的心思，你就知道怎么办了。

曾祖父自问自答，一来一去是逻辑，也是确证，不得不信。一只白肚子喜鹊斜身飞过，留下一股水汽在头上绕，我怀疑它活了四百年，对一切心知肚明，要引领我回到过往，找到祖先的痕迹。它朝河滩飞去，那里到处都是人。国庆黄金周，七天假期，滔滔水声吸引人们，从世界各地来。

曾祖父说，壶口滩是轮回滩，六村人不论在滩上拉船，还是山顶摘苹果，心结都一样，你把人心结解开了，就成功了。

一句话把我和祖先钩连到一起，我在《吉州全志》（乾隆本）中查到：张鸿业，州西中市人，性刚直，和颜悦色，康熙十二年创"六股头"航运组织，以宽德之名流传远迩，乡人赠匾"行孚间里""德行可风"。康熙十二年是公元1673年，《吉州全志》是乾隆元年编纂，即公元1736年，时间相距六十多年。《吉州全志》高度浓缩我祖先的一生，需要我借助传说和想象来丰富。

有一天我途经果园听见一个苍老的声音：

万里黄河东逝水/铸就壶口天堑/多少木船行至此/空悲切/需百人拉纤。

果园一圈木栅栏，留很大一扇门，我推门无声，站进去悄悄听，六爷没觉察我进入，仍自高歌（白）：

几句词罢，且听我慢慢道来。要知今天说什么，说一说——张鸿业创建"六股头"，历艰辛受磨难，九死一生险遇害，辛酸千万——。

依我对颂卷的了解，道白后当有一段伴奏，三弦、二胡、笛子，相当于歌曲过门、小说闲笔、戏曲转场。

知道我感兴趣，六爷带我回家，包袱一颗颗提出来，箱底摸出宝贝，宣纸上"民国二十五年（公元1936年）"字样可见，红色"六股头宝卷"已模糊，需要仔细辨认，古书前几页，是小楷抄录的每一关题诗：

  第一关 张鸿业壶口拉船
      本家弟河中丧命
  第二关 郭万庚当河霸上下侵吞
      郭明道串船商合力相帮
  第三关 张鸿业联合六村初见成效
      郭万庚勾结官府逞强要横
  第四关 郭明道龙王汕建集镇
      曹知州壶口滩耍神通
  第五关 恶势力终被扫除
      六股头终成大业

遗憾的是宝卷严重残缺，宣纸发黄暗沉，薄若蝉翼，植物纤维历经岁月涤荡，多有脱落，页面上许多小漏洞，像由小虫细足撕开，或经哪只微小动物咬噬，摸在手里绵软无力，让人疼惜。我认真辨认，依稀只见半章原迹，后有麻纸接替，毛笔字歪歪扭扭记载，当是续完第一关全部内容。第一关后，一片空茫，风吹、雨打、火苗、泥浆、硝烟、战鼓，标语、口号，两只粗鲁大手、一条无知嫩舌，它的历程一定丰富于想象，九死一生才残存这半条小命。

我提出收购，六爷摇头，说咱张姓是大族、旺族，《族谱世系表》有记录，清顺治、康熙、雍正年间，经由府、州、县推荐到京师国子监学习的世祖十二人，其中一人官至五品，三人官至七品，八人被封贡生、恩贡、岁贡，可惜一把火烧了，火是无情物，从来只从人心里烧起。现在存留这半本《六股头宝卷》，也不知原本谁人抄录，后来谁人补充，也不知真假虚实，我只当宝物，翻开来，能看到祖宗影子。

《六股头宝卷》第一关以后的故事，多为口口相传。舌是主观物，闪念有变动，好在有目录，好比限定主题创作，演绎圈定在大框架内。很快，祖先张鸿业在壶口滩的挣扎、苦闷、局限、突破、付出、收获，就如针扎进我心里。我意识到肉身消弭后的存在，看见将我们一代又一代连结起来的爱恨、生死、梦想、守望，如流云浅淡却亘古存在，被大河卷裹在一起，漫流六千公里入海，又从海的尽头返回来，扎根在壶口滩。我获得了某种超能力，面对一轮又一轮困苦，能走进祖先张鸿业内心，聆听他的声音，也能走进每个大河人心里，探索那些世代跟随我们的情感支撑。

他们和我一样，需要借由壶口瀑布浪浪滚滚的水声，思考，探寻，突围……

船从天上来

河开一夜之间，像被谁一把掀开，堆积于河床的大片冰层消隐，唯几只不安分的浮冰不肯退场，荡在水上，观一路风景。大河哪儿来？张鸿业有远亲住对面，每年划羊皮筏走亲，问，说河上还是河，河里只有河，天下都从天上来，河自然如此。张鸿业在书里知道天外有天，望来望去，只一片天，有时蓝汪汪，有时灰蒙蒙，有时黑漆漆，常生闷气，想撑杆儿戳破它。

今儿天好，日头高挂，木桃脱了棉袄换了件红夹袄，腰身紧了些，显得胸脯高，屁股大。他认出这是七年前缝制的。木桃，新嫁娘，置嫁妆。她爹种了一地棉花，她娘纺了一季线，她坐在织布机前纺了一匹布。那时她多水灵，吹鼓手呜里哇啦进村，大唢呐环村一周吹出号令，全村人涌过来看她的模样，十七岁的她，脸羞红，直往他身后躲。七年一晃过去，日头接着月头，苦日子没个尽头。

他心里浅浅生起怜惜，就说，你冬里织了一匹布，去集上买点染，给你缝件新褂子。

木桃正把针锥往鞋底扎，使着劲，没抬眼，说那布不敢动，不知哪天要用。

他说你先缝，今年咱种一亩地的棉花，你到时多纺线，多织布，再攒上五六匹。

木桃停手，看着他笑，说咱就这命。地就那点地，种棉花，就不能种粮，不种粮，一家人吃风屙屁？

一句玩笑话，揪得鸿业肋骨疼，他停嘴，手中柳条瞬间没了滋味，好似它也吃了气，横竖摆不对位置。以前鸿业的爹常说，大河上跑营生，靠的是技艺和信念，顺势而为，逆流而上。木桃口口声声说命，在他看来就是摊平身子顺水漂，见着岩石也不躲。

窑垴簌簌响，探出一颗湿脑袋，张二毛连喊两声哥，顺坡跑下来，带着一股味，有香，有湿，有腥。张鸿业见二毛脚底有泥，一问，果然是从滩上来。封了一冬，人都硬了，非钻进大河，被水柔软过，才算活着。二毛水性好，常年在河里扑腾，人像黄沙做的，一篦子能刮一层泥，他说今儿和顺子凫水，顺子告他三月十五有船到，拉的是煤炭和草药，他家亲戚时运不好，年前没赶上小雪流凌，货在西口搁了一冬，急等着河开行船，要赶第一班下龙门。前些天官驿捎信，让他挑八十壮汉，赶早滩上等。

二毛说哥，好不容易没有外村人抢，咱一道去。

张鸿业听闻此言，先自胃里涌上一串酸泡，好似又在岸边，被人叫到跟前：业娃，喊你爹回！爹是爹，又不是爹，水里泡了五天，虚囊囊，鼻子不是鼻子眼不是眼，嘴角不停吐黄水，像青蛙。他怯怯叫爹，声音没发出来，堵在胸口，一堵十年。娘说靠山吃山被山吃，靠水吃水被水吃，河畔人的命就是在河里送命。娘从此不让他下河，他从此不下河。大河横在眼前如天河，水声不管不顾，只是一浪一浪响，好似拒绝，又似挑衅，还像一波一波嘲笑，鸿业心里动了一下。

二毛看他不说话，去求木桃，好嫂，你让我哥去。

木桃毛眼眼看看，不说话，鸿业知道她的想法。河开船来，村里人都去滩上拉船，夜里结伴回来，铜板撞击铜板，叮当之音如同天籁，她常坐在院里听，不止黄河滩的风景，还是遥远他乡的传闻。将消息传递给她的妇人们说，鸿业不用下河，后窑埋着几十个瓦罐罐，金锭元宝花不完。木桃试探过几回，死了心，爹死十年，金山银山也会吃空。后来她时常吟唱一个小曲：提起我来——好伤——心，好呀好——伤——心，我真活得不——如——人，不——如——人。曲子比奶奶的奶奶还要老，女人一出生就会，被生活一字一句教授，听得人心里滴血。

抬眼望，不知何时飘来一片黑云，小小的，圆圆的，盖在头顶。鸿业又回到那天，天晴朗，后突然刮起一股阴风，黄沙从滩里打着旋儿刮到空中，村子黑了一片，人看不见人，也看不见天。鸿业正跟先生念书，一边念一边锄草，"当尧之时，天下犹未平，洪水横流"，吃了一嘴泥，呸呸吐，被先生放了假。那是天没眼的时刻，娘扳起指头算，爹走了二十三天。娘俩没有西口、碛口、龙门口概念，爹说跟咱壶口一样，都在河上，河有老长，隔一段就开一张口，像人一样，要吃要喝。

鸿业怕河，河把爹吃了，后来把娘也吃了。

日头一点一点西移，切过土墙把一方斜影落在窑面上，他看着破掉的窗户纸，木桃糊了一块黑布，边缘翘起，微微抖，他不由自己，眼睛跟着抖，心跟着动，全身都颤起来，他努力克制，面向阳光，让它把心底的霉斑晒透。十年了，他想，我躲着，还是被它逼进了死路。好似木桃一双泪眼挂在眼前，一眨巴，就有湿意涌上来，把心拉紧往深处坠。

河畔人不吃河吃什么？二毛说，石头山上一层薄土，种啥啥不行，刨个草药根都费劲。你一整年编了簸箩编簸箕，都卖不出去。

鸿业就下决心，应承了二毛。

木桃嗔怪，滩是吃人滩，你没下过滩，咱也过来了，何苦跟他们争抢？

鸿业不跟她理论，自去劈柴，冬天到十五里外的山上伐回来，放过一季，脆得很，斧头挨上去就劈开两段。他知道家里快断粮了，木桃脚小个子矮，比面瓮高一点，每次舀面站在板凳上，身子要钻进去很深。

鸿业柴劈了半人高，堆进柴房窑，然后又去磨面，知道他一下滩，早晚都得泡进去。掀开石板盖，麦见了底，只舀出一升玉蜀黍，半升绿豆。他转动石磨，绿豆从磨眼里进去，破开两半，落在磨盘上，笤帚扫进簸箕，再倒进磨眼，磨两三遍，才细成粉。木桃过来箩面，木架很多年了，变成黑色，她把它架在簸箩上，面箩放上去，轻轻箩，细碎粉面一点点落进簸箩，一股豆香迷漫。

木桃问鸿业，你真要下滩？

鸿业说，说出去的话，还能收回来？

你真去，可不要逞能，听说滩上乱得很。

你放心，我不是不讲理的人。

就怕你跟人讲理，人不跟你讲理。

外面传来一阵声响，木桃竖耳听了听，走出去，院里黑洞洞，仿似人一早就被决定的命运。绕到院墙外，土坯墙豁开一道口子，像谁在暗处隐身，她"哎"一声，只唤来一阵风，墙上几根细草歪了歪头，一切又沉寂下去。鸿业问，木桃说没人，刮过一道风。

过几天到了日子，鸿业和二毛、勤善、顺子一起下了滩。

大河如同凝固一般，在张鸿业脚底徐徐流过，一两束淘气的水流轻柔漫上岸，在他脚背细致抚摸，他突然生起渴望，把头伸到河里去，深一些，再深一些，看看把爹娘强行拉走的怪物是不是等在那里，他要拉住它问个明白，为什么如此暴虐，那些被你收走的魂藏在哪里，能不能放他们出来。爹说，再大些就带你去，顺大河北上、西行，绕过一个弯，又一个弯，寻找大河的秘密。

他往里走了两步，水流舔着脚心，有一丝丝痒，像谁勾起小指头挠。他挽高裤腿，再往深走一步，水流急了些，卷起沙子从脚下抽离，他像站在虚无之处，失去支撑，晃了一下，急忙退回去。阳光离了山头丈把高，给河涂了油彩的光，很多人凫在水里，脑袋像歪葫芦瓢，冒起来一颗，沉下去一颗，像顺河漂了几千里，等着被捞起。他记起小时候捞河柴，爹总往河中央跑，说越往深越能捞着宝，硬木料、家具、河炭，只有枯枝败叶才没有主心骨，跟着浮水跑。爹走后他再没捞过河柴，娘也不捞，每次发山水，娘俩站在山头发呆，害怕大河突然暴性子。山水想来就来，一浪接一浪，人避不过，会被它卷走，裹进狭窄的壶口，跌入十里龙槽，找人得去龙门渡——和壶口滩情形一样——河吐出死人，活人拉上来，摆在滩上，没人找，往滩后小树林一埋。

滩上干晒，很快沁出一头汗，鸿业脱下褂子顶到头上，听着一浪一浪的水哗哗响，有些着急。二毛吆喝早起，八十人多一下河滩，不见一根船毛，他疑心有讹，往上游看，河走到尽头，和山连在一起，只有苍苍茫茫的黄。

他吼二毛，是不是记岔啦？快晌午了，河上纹风不动。

二毛凫出水，说没岔，开春第一船，说不定上游不顺，再等等。

鸿业说日头这么毒，要晒黑一层皮。

顺子游过来，要拉他下水，你放心，河吃不了你。他犹疑了一会儿，记起小时候总泡在河里，被水托着飘飘悠悠，每个毛孔都松开，被河吸在一起。他想变成河，只有变成河，才会知道河的秘密。他重新走进去，河沙、河石、河风，均沁凉，他稳了稳，步步挪行，直到河水漫至膝盖，一个又一个漩涡拍打着他，他猛然惊醒，想着爹娘就在这样的涛涛声响里，被河风暴烈拉拽，河沙噬舔爹娘的身体，裹紧他们的身心，拉着他们走向河心，走向强大的命运。

一条活河，吃人的河，吃了爹娘骨血的河。

他连爬带滚，上了岸。

大河依旧，一槽水奔流而来，浩浩荡荡，至壶口天堑，纵身一跃。爹说这是一条养人河，沿岸民众都靠它，才能填饱肚子。先生说这是一条卓绝的河，不舍昼夜，遇平则顺流而下，遇强则绕道而行，遇高则屈行他方，遇险则决然一跃，千年万年，一往无前。张鸿业默默问，你到底是一条什么河？一只胖鲤鱼拖着巨大鱼尾游来，在浅滩摆了摆头，晃了晃身子，复游入深河，它身后，一条细小波纹浅浅漾开，如同一道分界线，把河分成两半，很快合拢……

勤善在不远处笑话他，沿河六村，就你是个稀罕物，不敢往河里泡。鸿业说你也别泡着了，小心把你的萝卜干泡软了，婆姨不满意。众人一听后，齐口唱了一首酸曲。

边唱边在河里弹跳，激起一层层水花，浇了鸿业一身，他索性把褂子脱掉，朝他们泼起水来，水花被阳光照着，粼粼闪，像一层黑油。

突然有人喊：船！

一条木排船从厚重的黄中撕开一条缝，黑压压挤出来，如举起一把大刀，划破静止的河流。船首立一人，黑衣黑裤，站得笔直，像说书人嘴里的侠客。众人入河拉船，他自岿然不动，直等船停稳，才跳下叫顺子，尾音软软起翘，同本地口音不同。张鸿业捕捉到那么几个音节，与记忆重合，爹走的时间一长，会带它们回来，娃啊，他说，人活十辈子也搞不懂这条河。

顺子早做过安排，人分作两队，船上卸货，人背驴驮，将货先运往"忒口"。待船空拉上岸，人分站两列，纤绳背起，朝前拉。沙子凝滞，如有千手千脚，将船死死抠紧，鸿业弯腰用力，看见影子模糊一团，倒在自己脚尖，想起爹说他是为大河而生，愤愤不平，人为大河生，为大河死，大河铁着心，没有谁也一样。

瀑布水声大，烟冒起十丈高，其实是水汽，雨滴一样落在鸿业身上，他扎稳步子，朝前用劲，跟着喊号子：

拉得拉，推得推，大家齐心都用劲。哎，呀呼嘿。
拉纤的，走麻利，旱地行船不费力。哎，呀呼嘿。
哎，呀呼嘿……

声音从嘴里出来，顺身子往脚下去，扎到沙里。他和它拧在一起，好似活了几辈子，想起爹说，这号子声就是大河魂，河两岸的人祖祖辈辈就这么拉船，这么喊号子，日子不是一天一天过去，是一声一声过去。

哎，呀呼嘿……
哎，呀呼嘿……
哎，呀呼嘿……

鸿业被一股力量激荡，突然意识到，将爹娘带走的不是大河，而是无常。每个人一出生就朝向死亡，大河只是一种选择，被生活在它身边的人认定。他身体一下轻快了，知道自己正在尝试把一切放下，恐惧、不屑、愤怒、伤悲。他跟着大家吼号子，吼一声，脚往河岸扎一分，明白了一河六村人拉船，不只为吃饭，也对这条大河有感情。

他知道自己终究摆脱不了河畔人的命。

大水怪

鸿业想象自己是一颗小水珠，和大河捆绑在一起，汹涌着从巴颜喀拉山脉一路奔流至壶口，广袤蓝天在眼底奔驰，白云聚散呈现另一种形态，他闻到干树枝渐变的味道，初入水到完全打湿，过程在一眨眼之间。两岸人家的声音不绝于耳，有欣喜、欢快，也有悲凄、绝望。他明白有些东西正在改变。

他还是到滩上拉船来了，铜板在木桃匣盒里的清脆声响，他喜欢听。

天热，为躲日晒，他和勤善、二毛离河远一点，在树荫下坐着。日头一点点升高，云聚拢散开，黑鸟斜身子飞过，都带着时辰移动，先生讲"逝者如斯夫，不舍昼夜"，像这条大河一样，浪浪沧沧，无知无感，只是执意向前流，不管人世间的艰辛和悲苦。风慢慢漾过来，河腥气弥漫开，鸿业朝河一看，河岸长满人，密麻麻一片，看不清眉眼，远远望去跟毛驴一个色。毛驴是奇怪物种，浑身只长灰，浓到极致变黑，淡到极致变白，黑白在它身上似乎活着，会随情变动，任意增减，有点像世道人心，难以稳定。

他说，人都知道拉船用不了这么多人，都还抢着挤到滩里来。

什么时候也要抢。二毛牵驴来，把它系在树下。青草长起三寸,嫩得可怜,尖叶儿没展开,缩在一起,驴伸出红舌头,盖上去,像挑逗,接着一口咬住,又一口。嚼咀声和汁液一起从嘴里流出来,它伸出长舌头,舔干净,满意着连连"呃——",引得滩上"呃"声一片。二毛说我总抢不过别人,有驴也不行。

鸿业说我不喜欢跟人抢。

谁愿意抢?勤善拿两块卵石互击,让它们发出清脆的打击声,给他伴奏,他半说半唱:六村人一冬没进项,勒紧裤腰带熬活来。不争不抢莫一文,全家只喝西北风。

二毛说能喝西北风就好了,咱把嘴张大,使劲,喝它个肚儿滚圆。人活着就图它,要不咱何苦受这些罪?说着他掀起衣襟拍,太瘦了,肋条像要穿破皮肤,从身体里跑出来。

鸿业举目看,旁有老者六十左右,眉发俱白,和二毛一样瘦,手骨如几根干梢枝互相搭着,风能吹塌的样子,一把焦灰胡,干巴巴几根,从瘦下巴骨上冒出来,像被火燎过,身上布衫裤子补丁叠补丁,有洞从粗大针脚漏出来,透一块又一块肉,又干又瘦。再看其他人,俱非青壮,心想难怪滩上人多,这些老人都在等。

船只是不来。

遥远天际苍苍茫茫,像是盘古之前,混沌一片,鸿业想拿刀把它劈开,放天光出来。昨晚木桃告他,小时候她爹娘怕她被狼叼走,就把她绑炕上,门窗锁死,可还是防不住。哪哪都是狼,打老鼠洞钻进来,门缝挤进来,獠牙呲开三尺长,一口就把我叼住了。哭了?没有。它跑得飞快,黑旋风一样,颠得我头晕脑涨,想吐。她说这都是命,生在山里就被山兽吃,生在水边就被水怪吃。木桃想让他下滩,又不想让他下滩,他都知道。

人突然站起，像被同一根绳子拉住朝岸边拎。张鸿业一看，来了一艘商船，个头高大，形状威猛，扎扎实实堵了半条河。商家年岁不大，一袭青灰长袍，行姿文儒，说话前先自船首抱拳：各位大哥……早有人围上去，争着抢着喊叫我，我，我，手都伸得很长很长，探到他眼跟前，年轻人吓一跳，朝后躲，身旁早闪出一人，往前一站，把他护在身后。一看此人便知其常走江湖，知道壶口滩规矩，废话没有，手里木片一根一根发出去。

张鸿业不想抢也得抢，被结结实实挤住，脚离了地。身边有一老人拿肩顶他，他想起先生讲授"处富贵地，要矜怜贫贱之痛楚；当少壮时，须体念衰老之酸辛"，心下羞赧，忙侧身让过，却被一股力量猛掀，跟跄了几步，等站稳，越来越多人越过他，贴上那个圈，不留一丝缝隙。他索性后退几步，看众人扑前。

有一瞬，他看见河心站着一个怪物，黑身黑脸黑手，身长两丈，臂如铸铁，一柄长戟朝东一点，人便往东涌，朝西一点，人又朝西倒。定睛一看，啥也没有，只有一股子黄水缓缓流。

大船带走一百余众，人仍旧不松动，等下一条船到，又是一窝蜂。鸿业被挤紧，实一脚虚一脚，没想到二毛被踩倒。

二毛被无形的浪涌着。脱光跳进大河，就是这种感觉，大河温柔抚摸，轻声抚慰，像一床棉被柔软托起。他闭眼，任由浪涌着，裹着，一浮一沉，突然从斜旁插入两个人朝旁边推他，他没让，挤着想贴紧前面的人，被人一拐肘放倒，他听见咯嘣一声，脸朝下趴到地上，他想起来，起不来，一只又一只脚踩在背上，先还觉得疼，慢慢地麻木了。八尺开外，大河一漾一漾，把米白色泡沫吐在岸上，他想起自己憋气，一个猛子往深水里去，依他的水性，可以一口气游到十五里外再露头。可他动不了，一座山压实了他。

鸿业拿到木片,一寸宽,五寸长,榆木竖着锯开,没刨光,时间久了,吸饱汗,又黑又亮。他跑到船边,先上去的人提一包货,吼了句"接着",扔到肩上,鸿业觉着脚往沙里陷,忙拔出来,站稳,刚准备走,瞧见船底趴个人,半拉身子栽水里,半拉身子在岸上,他急扔下货包。翻过来一看,是二毛,身无气息,已溺毙。

鸿业顿生悲愤,抱起二毛往滩外走,没人看他,都弯腰看黄沙。它不说话,静静吸纳,汗水、泪水、血与肉。

是夜无月,无星,无光,无声,一盏油灯挂在树梢,光轻轻浅浅摇啊摇,二毛躺在薄门板上,小小短短一截。玉秀默默烧香,眼里无泪,只茫然空洞一双眸子,在二毛身上抚摸,一遍又一遍。娃儿才一周岁,爬在二毛身上,将他大手拉起,又让它无力落下,像提着一根木偶线演哑剧。鸿业陪着坐了一会儿,起身,回去拿锯。锯条擦着老树来回割,惊动了老鸹嘎哇嘎哇,它们振起翅子绕树转圈,最后卷着不祥的气息飞去远方。他把树放倒,就在二毛跟前剖开。兄弟呀,哥做一口薄棺送你上路,你放心,哥会照顾你全家老小。

一个悲音突然进出,勤善坐在二毛跟前放声唱:

黄河滩上拉旱船,为的是挣那几文钱,二毛呀,你欢天喜地去拉船,谁知道一命呜呼魂归天。绳儿套上肩,人站在船两边,腰猫下,屁股撅起,浑身上下都用力。二毛呀,龙王爷爷不开眼,你年轻骨嫩祭了河神……

村里人围着一圈，先还默默，后来跟着勤善大声喊，二毛呀，二毛呀，二毛呀……哀音伴着滚滚大河水，一声旋着一声，流向他乡、远方、村里人不知道的地方。

鸿业动摇了一下。

夜黑沉沉，远处大河带着光，一层一层荡漾，鸿业仿似又看到那个怪物，在河心一点一点变大，超出山，盖过天，颠覆一切……

银色月光

鸿业没想到会碰上玉秀。多年以后，他们搭一艘木船顺河漂行，两只大灰鹤跟着飞了一程，鸿业问玉秀可分得清雌雄？话一出口，两人同时想起以前。鸿业说玉秀啊，你是壶口滩上女子拉船第一人。玉秀抿了抿嘴，上了年纪，她不爱说话，喜欢浸在自己记忆里，像藏在河的最深处……

夜长得没有尽头，玉秀等了又等，孩子睡了又醒，后来她慢慢恍惚，云游到空中。大河打天上来，流到这里，遇到大石崖，一跃而下成瀑布，商船行到这里没办法，也得停下来，央人马卸货、拉船。打有水运就这样。玉秀小时候常在滩上玩，有时兴起，跟半大小子一起滚入大河，起起伏伏随河水漂。大河喜怒无常，她就见惯了大风大浪，身子舒展在水里偷偷长。

初潮后，她再没下过河。是女人了，娘说。女人被禁忌，不能上桌吃饭，不能正眼看人，不能多嘴多舌，不能这，不能那。可谁也没有承诺女人可以不受苦，不劳作，不死亡。那些面朝黄土背朝天的，哪里没有女人？那些被河水推冲失去性命的，什么时候没有女人？

光从天窗照进来，微黄一点，在窑顶闪，玉秀盯着它看，慢慢生起幻想，像在河里，水张着嘴吮吸，她把身子交出去，任由它托着，有时她沉入水中，隔薄薄一层水朝天望，世界摇晃，轻柔，梦幻，如同一层纱披在眼前，又像一层雾。她想抓什么，一伸手，空空的，再抓，还是抓不住，像在梦里。

婆婆轻声叹气，像从隙缝里挤出来。娘，你睡了？娘不说话。娘，瓮里没粮了。娘不作声。娘，咱娘俩要吃要喝。娘轻轻翻了个身。娘，我要下滩拉船。娘一骨碌坐起，女人哪能下滩，女人属阴，主灾，是祸水，自古以来没有一个女人下滩。娘，咱家没男人了。娘悄悄躺下。玉秀想，天下人都是女人生的，可男人嫌弃女人，女人自己也嫌弃女人。她迷糊了会，醒来天还没亮，几颗星子在窗前闪，像一声声催促，玉秀不犹疑，发髻绑好，黑衣黑裤黑鞋袜，腰身扎了条白裤带。

搂回一抱柴，灶膛里铺几片玉蜀黍叶子，架两根硬柴，火镰"啪啪"敲击，火苗一舔，亮起一片，玉秀拉着风箱想二毛，柴劈起两垛墙，水天天挑满缸，二毛说你是金枝玉叶，什么也不用做。他就会日哄人，如今一撒手，两座重山压在我肩上。玉秀眼泪簌簌，忍着不出声，怕婆婆听见苦。公公死时婆婆才二十三，听说河神点名让他祭，和一口黑猪绑一起，肚皮贴肚皮。那年六村闹旱灾，滩地山地没收成，村邻结成窝，四处打明火。公公把半升杂粮藏在烟道，每晚掏几颗，和观音土熬在一起给全家喝，被本家嫂告了，她说天天闻着香，每家烟囱我都爬上去闻，才把你家找出来。全村人骂公公不是人，我们要饿死了，你还藏着粮。人把窑抢了个空，席片片没留一点儿，这还不行，还要拿公公祭河神。公公被麻绳绑了三道，一纸阴阳符贴在额脑，推进壶口。本家哥在下游找，死猪白胖胖漂起来，可人却没等着。

后来，水婆跟玉秀说，你公公被龙王爷请进了神殿。玉秀说做水神仙有啥好，压在水底下，连日头都见不了。玉秀记得水婆"咯咯"笑，说这媳妇子伶俐，是你的福气。玉秀再也没见过婆婆那么高兴过。

天透出一点亮光，公鸡"喔喔"叫个不停，玉秀把扫帚苗蒸在锅里，去放鸡。守住鸡窝门，放一只，指头伸进鸡屁眼摸，等松开，它们全身一抖擞，踱着步子走远。想起二毛划算的好光景，孵一窝鸡，鸡生鸡，抓两只猪娃子，猪下猪，买两只羊羔子，羊养羊，婆婆听着总嗔怪，先让秀生个儿。婆婆生了三个，只落下二毛，现在二毛也没了。玉秀替婆婆难过，她没给二毛留下男丁，张家这一门绝后了。

窑里窸窸窣窣，玉秀没进去，立在门口说，娘，我下滩了。娘不回话，女娃儿小声哼哼，被一只手捂住。她硬了硬心，走出院子，西山头挂个白月亮，弯弯斜斜细细，跟着她一步一晃悠。二毛抬回来那天，她在这条路上软成一摊稀泥，不信早起活生生的人被横着抬回来。他在身上乱摸，秀，我不想去滩上拉船，只想在炕上摸你。他的手硬，摸过来摸过去带着风，像躺在野草坪上，草尖毛茸茸，隔着衣裳扎人。秀啊，秀，我摸你一辈子也摸不够。

走出村庄，是一条狭长山道，玉秀闻见晨起的青草味，露珠在叶尖滚动，像一滴泪，草不懂人，人不懂草，也许草也伤心，和她一样死了爱见的人。她把泪憋回去，告诉自己，扬起头，步子放稳当。

玉秀不知道鸿业在身后。

他浑身不得劲，被木桃拽过的胳膊一直疼，她说我不让你去，二毛死了，你也会死。他甩开，说人都会死，不是这样死，就是那样死。这话是娘让水婆跟他说的，娘管着不让他下河，自己却从河里逃走了。水婆说业娃啊，你娘就想跟你爹一样。鸿业想象娘用双手拥住水面，让河从她毛孔扎进去，和河连在一起。河带着她，在爹走过的地方，一步一步走向爹。鸿业知道木桃怕什么，他自己也怕，越往滩上跑越怕。只有他自己知道，他的魂被大河勾住了，河水一漾一漾像爹娘的目光，他理解他们并最终理解了这条大河。

日头漏出来一线光，像被谁握着一样。一弯斜月浅浅挂在西山，淡得只剩下个白框框。他看见前面有个细黑身影，认出是玉秀。

顺子问，秀嫂，你要到哪去？

我去滩上拉船。

男人都抢不到，谁要女人呢？

女人也要吃饭。

你回吧秀嫂，壶口滩不是女人去的地方。

我生在河畔，长在河畔，从没听河说过不让我下滩。不让女人去是男人立的规矩，可我家没男人了，三代人三个人全是女人，你让我们拿啥把嘴糊住？

鸿业的心被扎得疼。下山路窄，石头中凿出来尺余宽，横着放不下一只脚。路修不宽。前年暴雨，洪水如斧剑，劈开半座山，泥沙树木石块俱往山底冲。等天晴，路毁了一半，粗粗细细的树头朝下扎在半山，大大小小的石块滚落一坡，黄水汩汩流，像割开一条大血管，人看着一眼残败，疼得直掉泪。人怕大河，住得又高又远，河就飞起来，从天上往下流，追着人迫害。

走到哪里也摆脱不掉河，鸿业想。路隔几年毁一回，人只得攀树根，踩石块，跳洞沟，手脚并用，还得下滩拉船。直到入冬后，小雪流凌，壶口合拢，族长议事，择另一处重修。先确定大概方位，铁楔子顺大石块纹路从上钉进去，大铁锤抡起往深处扎，石头自内裂开，撬棍插进去把断石撬出去，再用铁錾、手锤敲出来一个平面。人没地方立，一根麻绳吊住，悬在半空凿。千检万查，每次仍有麻绳磨断，人从崖上摔下去，眼看着七个跟头八个滚，等找到，俱是血肉模糊，轻则断腿折腰，重则一命呜呼。鸿业记得第一次经见，本家叔滚下去，一村人点起火把找，火光红了半座山，小爷一寸石一寸石地过，终于在大石头下找见半只脚，叔被压得血糊糊，提不起，拉不动。

鸿业想得沉闷，越觉玉秀走得慢，小脚如同钢钉，走一步扎进路面，要拔出来，再走第二步。他不能想象缠足的苦，夜里常听村庄上空爹呀娘的吼，顺声音摸到头，一定有个垂泪的女娃儿，布条子一圈一圈，脚掌面翻到脚心，骨头"咯嘣咯嘣"一直响。他求过木桃，木桃不给他看，水婆不在乎，麦场里扳起闻，把弯曲的脚心亮给人看。水婆老得失去性别，才说人生天地之间，男女没啥好稀奇。可玉秀还水灵，他们不能逼她站到石头角贴着她身子过，也不能一把提起她转到身后，他们只能跟在她后头，晃晃悠悠。

卯时将过，日头升起三尺高，沟底有凉意，带着新鲜泥腥气，鸿业知道小路岔过去有泉眼，拉勤善、顺子拐过去。三人趴着喝了一阵，坐起来歇脚。泉眼圆圆，倒着山影，是个小小山尖，鸿业小时常来这里玩，手探到泉底，山尖落在掌心，一把握住，只是空空。长大后再来，喜欢抬头看，泉上山通体黝黑，笔直如铁棍，看不见一丝隙缝，也看不出水从哪里涌出。泉眼常年满溢，大旱之年救过一村。鸿业现在知道泉下有世界，祖先全在那里，护佑自己的子孙。二毛大概就在泉眼之中，眼睛毛茸茸，眨呀眨，哥，哥，哥，放心不下老小三代人。

鸿业听见"滋啦"一声，尖针划刺胸口，疼。

约莫玉秀到了滩上，三人才起身，顺子说玉秀这一去，六村人可得笑话咱，中市人死绝了，让个女人下河滩。勤善说笑话咱不怕，只怕她在滩里，谁也抢不过，再被人踩坏了。三个人同时想起二毛，一晃十几天过去，人被埋到地里头，黑漆漆没有一点光，身子骨冰凉。另一个世界的蚁鼠狐、鬼精怪，不知会不会欺负他？

玉秀远远观望，滩上黑压压一片，她挤不到跟前。从没见过这么多男人，短褂短裤，辫子盘在头顶，露出来的肉黄得像菜油，等有船来，"哗"聚起，如浪涌过去，把船围得水泄不通，接着"哗"退回原处。人和驴一起行动，朝下游去。玉秀听见雄壮的号子声：

伙计们好好拉哟，嗨哟。

拉到茋口发钱哟，嗨哟。

哟，嗨哟……

悠长号子响彻天空，玉秀看到几只灰鸟盘桓，绕人群飞了两圈，振翅飞远。玉秀想象在它背上，能看全滩上的风景，内心被激荡，像回到小时候，出生以前，盘古初开天地之际，大河两岸的人就这样拉船、喊号子。

　　哟，嗨哟，嗨哟……
　　哟，嗨哟，嗨哟……

　　这不是号子，是一声声叹息，玉秀泪流满面，好似看见二毛站在眼前，秀，等着我，拉完船我就回来。他死在了这里，号子依然高亢，人潮依旧汹涌，没有谁为二毛掉一滴泪，她心说，二毛你死得真冤。心底"嘎嘣"焊了根铁钉，告诉自己，男人能干的，我也能干。大河能养活男人，就该养活女人。你们不要女人，我就把自己变成男人。

　　她转身，一步一步离开壶口滩，身后号子如怨如泣：

　　哟，嗨哟，嗨哟……
　　哟，嗨哟，嗨哟……

　　回家，玉秀披散开头发，婆婆急问干啥？她早捏起额前一绺剪下，地面很快铺了一层黑。秀，你为啥剪头发？娘，壶口滩不要女人。她听见婆婆哭，心软下来，后又立即硬起。知道瓮底扫了几回，罐里还有几颗米，她不能停。头发乱纷纷，心也乱纷纷，好似回到新婚，轿子在山路颠簸，她只希望快点，再快点，轿夫却颠高颠低，如同风把船扬起。她自小长在河畔，知道再大的风浪也有停歇的时候，她总会等到落轿，身子舒展开，像泡在水里。她喜欢二毛一见她就脸红，手探过来，烧得像火球。

慢慢剪，越剪越短，剪一刀，疼一下，二毛也曾拿起这把剪，窗花，鞋样，窑楦，花花草草都活了，蝴蝶飞上去。二毛，我再不是你的金枝玉叶。从今往后，我要像你一样，在壶口滩上讨生活了。她听到二毛笑，尘粒一样四处弥漫，没有脸，没有身体，只一串笑声上下蹦。

等木桃闻讯来，玉秀额前已是一把乱蒿，她夺下剪子，叫秀，秀回头，四只泪眼相对，只是无话。木桃忍泪，唤秀坐好，让姐给你把前面头发剃完。油灯小小一盏，一片破旧铜镜，木桃避开，不敢看玉秀的眼神。夜里鸿业回来，也想不出好办法，和木桃商议，给自家灰驴搭了副垫鞍，让玉秀一早一晚骑，拉货也省力。木桃牵去，见玉秀包一块手帕帕，在灶间打浆糊，说要抹袼褙做老虎帽，二七逢集，能换点粮米。

鸿业像在河底，水流汹涌，漩涡越来越有劲，卷着他往下陷，他的身体来回撞在滩石上，胳膊腿脱离身体，随水流进入深洞，紧紧扎进河底。他看见湿润、深沉的气息里，长起密林般的水草，他被自己的身体包裹，透不过气来。

他不知道，那也是玉秀的难眠之夜。未知张开大嘴，一口一口吞噬，她认定自己死了，死在河里，被水草紧紧束缚着身体，她试图突破，只从密网中探出去十根手指，另一股相反力量朝一个点拽她，她慢慢缩紧，以自己为圆心。透过厚实的黄河水，她看见二毛贴在上面，她努力往上，力量拽着她往下，他们之间越隔越远，二毛终于模糊成一个小黑点，然后"嘣"一声破裂，再无牵连。玉秀知道，没有什么可依赖的了。第二天早起，她从炕底拿出大鞋，烂棉花套撕破，一片一片塞紧，把脚套进去。小脚拖大鞋，如同粘了厚胶泥，很难行动。她努力适应，娘给她缠好足就打发她下炕跑。疼过劲就不疼了，娘说。她蹬鞍子上驴，像男人一样叉开腿，灰驴"嘚嘚"一路小跑，玉秀被一种新奇感刺激，以往她总是侧坐毛驴，看一半风景，今天起，她能看两面。大河给她苦难，也给她力量，她要像二毛一样，撑起这个家。

鸿业默默看她，像看着婆、娘、姐，也像看着村庄里的所有女性，她们比男人柔弱，可和男人一样肯下力气，纺线织布、犁耙耱耧……旱地行船！他对现状无能为力，模糊希望有一个盛世，和戏文一样。晚上做梦，娘牵着木桃和玉秀，三双小脚在水里深一脚浅一脚，他潜进去，看见水草系紧六只脚，鱼龟虾蟹拉紧，一步一步往深处走，清晰听见号子如人声：哟，嗨哟，嗨哟……哟，嗨哟，嗨哟……他惊醒，看见木桃睁大眼睛：明儿别去了，行吗？

不拉船，我们吃什么？

山里人从来不拉船，都没饿死。

这里是河畔。

我怕。

他用胳膊将木桃紧紧抱住。可她还是一直颤抖。

鸿业后来知道，从他决定拉船，木桃就把自己做了典押。"不要带走他，"她初一十五焚香，向四面八方的神仙祈祷，"实在不行，让我替他。"八年后，她病在炕上，走街串乡的铃医为她针灸、拔罐，用草药熬出浓稠药汤，都不能治愈她。最后他拿出福寿膏，舀出小米粒大小的一颗让她吞服，立刻见了神效，木桃长久病黄的脸子泛起红光，双目炯炯，有了生的渴望。那一刻，鸿业有了清晰想法，希望借由此物让她活下来。后来一问，才知那就是鸦片，这东西价格奇贵，无处可觅，铃医存量也有限，食够三天就会断顿，木桃也将重新陷入死境。

木桃死后，鸿业被"这都是命"缠绕余生，后来他和玉秀一起食素、诵经。他终生都没有走出这句话。

叙：爱不会丢失

你要写这条河？写河就是写人，人和河一样，不知道什么时候就会丢失，永远也见不到。小时候我们游玩的河道都干涸了，鱼苗死了一地，河床龟裂，第二年长出参差的幼苗，没人知道它们怎么扎根，然后长满河床，就像从来没有过河。

除了这条大河，很多河都死了。

人也一样，除了我，他们都死了。

是我把他们弄丢的。车在行驶，速度六十迈左右，不算太快，我嘴巴不停地说，脑袋不停地想，脚不停地踩油门。突然听见他大吼，看车。黑在黑里只有更黑，两只灯像野兽的眼睛，闪着，却遥远，如同非洲原始森林里的陌生存在，需要借助现代仪器才能窥探到它的痕迹。朝右打方向，二十五度，立即回正，这是驾驶王道，你不能让它偏离太多，也不能偏离太长，刚刚好，闪过前面的车。但我没能闪过，它们撞击到一起，气囊弹出，硫黄味随之扩开。脑袋磕到方向盘上，脖颈以它微弱之力拉回，眼前只有虚无的黑。黑到极致，是一片炫目的白。也许北极光就是这个颜色。

如果不是水婆，我早就跟他们去了。

水婆和我住在同一栋楼上，新农村住宅楼，政府为我们建的新楼房。

不，出事前我住在城里，我以为一辈子也不会喜欢壶口，我是后来搬回来的。我后悔没能早点回来，像他希望的那样，搬回大河身边，让心脏和大河一起跳。

一切都来不及了。

每天我都会先陪他们一会儿。阳光透过大飘窗，三面玻璃折射、反射，有很多个太阳同时出现。我坐在两米大床正中间，眯起眼，光一点一点抚摸眼皮，我能感觉它在穿越，高楼、树木、飞鸟，一片落叶，一根毛发，乃至一粒微尘，它穿越它们，或者迅速离开，以温柔、细腻关照我，它知道我的渴望，吸收，不顾一切吸收，给心房照进光明，温暖那两个在暗黑、冰冷中闭眼的灵魂。

我后悔没跟他俩一起离开，消防员撬开车门，拖拉、呼唤，我钻出来，踩在路面，清醒地看着他俩被抬进救护车。交警拍照，测量那两道黑色刹车痕。高压水枪冲刷地面，漏掉的机油被稀释，墨黑变浅变淡，最终只剩一丝油花，随水流一曲一拐，钻入下水道。拖车的长影子拽在地上，像来自幽冥处的光。厢体上卧着废掉的桑塔纳，黑色车身变形，哀伤着眼睛。

这是农历十月某日，阴，晚，路灯亮起来。来壶口旅游的人停下来，三三两两看，开车人瞥一眼，迅速躲开。我坐在路边台阶上，希望太阳出来。阳光能区分油和水，烈日当空时，那条机油流过的地方就会与别处不同，通体冒光，如同舞蹈演员抖开的彩带，柔软，梦幻，绮丽，炫目。

他拍了一天，不满意，没有光，反嘴鹬也没有风采。他说再等等，也许能等到太阳出来，落日熔金，暮云合璧，夕阳西斜光线最美，拍剪影尤其漂亮。反嘴鹬在河面上追逐嬉戏，在瀑布上空展翅，美得像梦。他不停地按下快门，对即将发生的事情一无所知。

如果活到今年，他五十二岁，头一定更秃了，跟桌上摆件中的老头子一模一样。那是我在橱窗外看到的，喊他过来。我说他俩多好看，所以你不要担心掉头发，等到六十岁、七十岁，甚至八十岁，你会更可爱。第二天他买回家。摆件长十二点五厘米，宽八厘米，高九点五厘米，树脂材质，老头老太太都戴眼镜，坐同一只沙发，看同一本书。他把它摆进书柜，嘴里哼唱"我能想到最浪漫的事，就是和你一起慢慢变老"，歌声像污垢一般贴附在角落，不经意间会在空中悠悠回荡。很久以后，我才看到背面那行字：相亲相爱慢慢变老。我把它摆在桌上，在他俩的相片下面。

壶口的大太阳炙热，不一会儿晒得我头面发热，躯干四肢游移，屁股压扁棉花垫、棕榈垫，静悄悄的。我睁开眼，眼前一片虚白，楼宇、窗户、栏杆、天和云，都被遮掩，像挂了一块大幕布。我画一个他，再画一个她，他俩跑，跳，说，笑，偶尔风来，幕布被吹皱，俩人带着浑身褶子慢悠悠远去，又慢悠悠回来。我想象他俩在另一边，跟我一样，隔着幕布看我，如默片，一屋一床一人。有时我倒一杯红茶，举高，与阳光齐平，光线穿透它变成红色，如水波漾在他俩脸上。有时我把茶杯放低，太阳跌进杯里，我一口吞掉，让它顺食管滑入，照亮胸腔，给藏在心里的两个人带来希望。更多时候，我看着外面发呆，前面一栋楼有许多小窗格子，总有人头在动，我想象每个人，会不会像我一样，等回不来的人。

将视线从窗户延伸出去能看到小区门口，水婆拄着拐杖坐在那里，她从来不跟人说话，也不关注来往人的脚步，她的白发总是凌乱的，可以想象眼神也一样。隔着几十米，我听见她哀声叹息，如同对我的召唤。我知道我的未来已就位，就在她停留的地方。

半年前我滑了一跤，在浴室躺了一个多小时。水在地板上打着细小漩涡，离我那么近，又那么远，我想不出用什么办法传递信号。如果伤势再重一些，也许我会任由自己死去，直到肉身腐烂，臭味引起他人警觉。被抬上担架时，救护车的蓝光一直闪，我看到几页窗帘掀起，很快放下。没人在乎我从浴室爬到电话前费了多大劲。

我为等不到她而焦虑，于是决定去三单元看看。

门虚掩，有声音传出。"别人都能去，你不能去？你去也得去，不去也得去。"一个壮汉走出来，身子一边高一边矮，浑身烟味。

她坐在床边发呆，看到我，并不意外。"侄子想办民宿，"她说，"让我去镇养老院。"

我问："这是他的房子？"

她说不是，"和你一样，我老头也死了。我答应把房子给他，让他给我养老。难为他等了十三年，人活得时间不能太长。"她牙齿掉光了，嘴瘪进去，看起来有一百岁。

风从玻璃窗吹进来，绕着客厅跑，像长着无数毛茸茸的脚。她眼中的哀凄，水汽一般慢慢溢开，我不忍多问。镇幼儿园的孩子们在跳课间舞，童声柔软、轻浅，听着像梦，我们一起竖起耳朵。他们还不懂，等待他们的不只是爸爸妈妈，还有衰老和死亡。

离开时，水婆喊我一声，说你不能这样。眼里探出两只铁钩，把我钩向这种日子开始的时刻，我一直问，怎么办？怎么过？纯傻纯傻的追问，被生活轻描淡写忽略，它告诉我同情怜悯无用，充沛的伤感必须以生命为代价。一晃六年过去，我想她理解我的疼痛。她劝我走出来，学会遗忘，学会发现，不要被死人牵住心。这些话没有安慰功能，为了让她宽心，我装作听懂，不断点头。

回家后，我做饭。一棵圆白菜，剥一片叶子吃一顿，已经喂了我三天。好些人劝我去镇养老院，我都没去，我要腾出更多时间陪他俩，有时我想也许我才是离开的那个人，阴冷黄昏被带走的是我，被放逐到地狱的是我，他们还在人世好好活着。我女儿把我的照片挂在墙上，她自己一年照一次，放在一起，我们的年龄间隔越来越小，直至她超过我，变成姐姐、妈妈、奶奶。

饭端上桌，热气在他们面前袅袅上升，有一些攀在相框玻璃上，被窗外照进来的光照耀，很像他们呼出的气，一点一点变成水，从我的眼里往下淌。我用纸巾替他们擦拭，身子俯过去，像一片乌云把阳光遮掩。意识到这一点后，我迅速躲开。他们重新站在阳光下，朽坏的、被机油浸泡过的黑色霉斑脱离身体。他们承受过的痛苦，只有我用爱和记忆拯救。我希望他们明白，被他们抛弃，对我而言是更深的责罚。事故发生以后，逆行司机和保险公司赔了一大笔钱，我都给了公公婆婆，他们不说什么，一直盯着我看，我知道为什么，我也一直为这个问题而自责。

现在我的父母公婆都离世了，我在壶口滩会盯着那些白头发的老年人看，想象在另一个世界，他们四个坐在一起议论我。我一定让他们很失望，所以他们选择用同样的惩罚方式来处罚我。

有一辆车停在三单元门口，等我下楼时，上午见过的跛脚男正指挥两个青年关门，三张脸一样圆。我问他把水婆送去哪里，他看我一眼，很是不屑，说镇养老院，人老了要给自己找退路，不要活成别人的麻烦。

他们走后，我预想到我会死得凄苦，没有子女，没有至亲，一个人死在家里。我预想过各种死法，肉身到尸首，温暖到冰凉，有到无，渐而腐坏，气味从窗户钻出去，或者吸引蚁虫进屋。时间会改变一切，或者让一切毫无改变。

每次触碰这个软肋，我都去后山陵园。六年前，村里给我批下三块墓地，我的墓碑竖在他俩中间，只需刻上死期。这是镇政府为六村统一规划的，坐在这里能看见瀑布上空腾起的水雾，听见它昼夜不息地鸣响。我看着三棵侧柏树枝叶相触，渺渺似有人音。不远处，看守陵园的鸿业老汉把一束野花放在墓前，他的她睡在里面，闻见花香，一定很开心。我也想让鲜花开满坟头，撒过几回种，栽过几回苗，都死了。也许那种美丽只适合真切悼念。人不能规划身后事，更不能预谋让大自然代替活人。我很遗憾在每个需要祭奠的日子不能告诉他们，我们被另一种方式纪念。

再过几个小时，黑暗会将世界淹没。鸿业老汉遥遥招手，示意我离开。我嫉妒他住在这里，时时刻刻守着她。我也想躲在墓碑后面，把自己缩成很小很小一团，等他们出来。我又坐了一会儿，感觉断片了，脑子清空，记不起任何事情，等再次醒来，像长在地里，拔出来很疼。我知道，我的身体越来越不听话，也许身体早做好了准备，等着与他们会合。

路上有个曲调一直飘，没有歌词，没有歌意，只有绵长的

"哼""嗨""呀""哪",把曲调从嘴里哼出来的老女人头发全白了,穿一件亮红的衣服,走一步脚跟都会踮起来一些,像一只火苗,我越听越想落泪,也许她在壶口丢失了爱人,想经由歌声把他找回来。我跟在她身后走了一阵,直到她进入瀑布酒店。

两旁的路灯亮起,宝蓝色灯光闪得像梦。走太累时,我会坐在路沿歇一会儿,看来来往往的人。他们像一队队蚂蚁兵,从各地汇集到这里,匆匆忙忙走在壶口瀑布前,被吼声折服,为美景惊叹,拍照拍视频,然后像来时一样朝北朝东迅速撤退。和他们相比,我从不着急,或迟或早,没人在意,我是一个没人等的人,只待时间到了,把自己交出去。

我慢慢走进小区,看见水婆拄着拐杖站在楼门前。灯光将她的侧影照在墙上,额头阔,鼻头尖,嘴巴瘪回去,下巴突出来。"进不去了,"她看着我说,"锁换了。"

"你不是去了养老院?"

"他说只是让我去体检。"说着,她用拐杖戳地。

我劝她不要白费力气,扶她去木排椅坐。小广场空空荡荡,连一只小动物都没有。她身上有一股新鲜的消毒水味道,也许从养老院带来的。

"我不想去养老院,只想留在这里。留在这里,才能看到他,听到他,闻到他。你懂吗,他死了,可是并没有走远,还在这里。有时我也想把他带出去走走,可是没用,他不长脚,走不远。十三年前他就死了,我以为我也会死。不超一年,最多五年,可现在都十三年了。我不知道我活着还有什么意义,可我就是还活着。我活得没底,人最怕没底,没底就没希望。我总想我为什么不死,这个世界上,每天都死那么多人。他们有人爱,有人疼,有人陪,有人等。我什么都没有……"

她开始唠叨,像是要把肚子里的所有事情都倒出来。

"我也想找个伴,可是世界上没有第二个他。我总拿他比较,一比较就觉得别人不行。他是扛过枪打过仗的人,可他不打我,也不凶我,对我很体贴。我没本事,生不了孩子,他家里人都让他另找一个,他不找,他说人活着得有良心。我跟他过了五十一年,被他宠了五十一年。有时我想,他不对我那么好就好了,我能把他放下。放下多轻松呀。很多人不知道,人心里真正惦记一个人,有多重……"

我不敢看她的眼睛,知道那里藏着什么,我们各自背负难以忍受的沉重。气温慢慢降下来,我把她带回家。她看着"死后声明"发了会儿呆,它挂在玄关醒目处,不管谁进屋都会看到,如果有一天我死了,村里会按这个处理尸体、财产,把剩余的钱捐给五保户。

我们用眼神交流,一眼,又一眼,似乎把彼此的疼痛交融在一起,我变成她,她变成我。那一夜我睡得极其安稳,醒来闻到淡淡的小米粥香味,像一下回到从前。妈妈和婆婆都会很早起来,准备早餐。这种久违的妈妈味让人想哭,我告诉她可以留下来。

她说我不会离开他。

我帮她去叫人,管理我们新农村的人都很和善,不用说,他们知道房子是水婆的。门重新打开,一些褴褛的光洒在地面,像凿开一个又一个坑洞,她小步行走跨越洞坑时,光落在身上,金黄色斑摇摇晃晃,拐杖"笃—笃—笃—",先于脚步摸索,情绪被唤醒,在周身弥漫,一层又一层,交叠在她身上,她慢慢稳下来，停在柜前。

老相册，旧笔记本，旧文件，装在黑色硬皮包里，边缘磨损处，能看到里面的牛皮纸。她指给我看，黑白照上的老张很精神，侧身四十五度，眼神坚毅，胸前佩戴有五枚军功章。她哀伤地说，就是这么个人，世上再找不到第二个。照片抽出来，摆上桌面，一张照片就是一段故事，她将它们挪过来挪过去，像挪动一段人生、一种情绪。我也时常沉湎，照片像一把把钥匙，能打开过去的门。我从一扇进入，被牵扯着穿过很多扇，最后它们融合在一起，变成一座铁城，把我困在里头。我知道这是心门，它打开，或关上，都在一念之间，我情愿被关住，和他们一起听河水被挤进一壶，叮叮咚咚跌落十里龙槽，看苔藓在岸畔青石板上生长。如果我不坚持，也许一切都不一样。"明天再回城吧。"他说。他希望能劝服我，可是我不听，"为什么要等明天？我不喜欢这个破地方"。

这句话像刀悬在心尖上，一动念就疼，我知道我再也走不出阴影。我整夜整夜失眠，眼睁睁看着两页窗帘之间那条缝隙由黑而白，窗帘杆与窗帘之间形成的波浪形光纹映在衣柜上，粼粼闪，像一些小火苗。我期望接收到信号，告诉我一切都好，他们在一个温暖光明的地方重生了。

我去帮水婆。她依靠拐杖绷直身体，努力把照片按到墙上，让我用胶带粘牢。很多个老张，很多双眼睛，形成庞大的光，丝线一样一层又一层把她笼在中央，我仿似看见老张从墙上伸出手，轻轻抚摸，水婆变成温顺新娘，目光满含深情。

粘完照片，又粘军功章、证件，它们拢起巨大的场，把我们与现实隔绝，直到"咚"的一声，跛脚男把一只大袋子摔在门口，骂说你个老不死的，说完他倒吸一口气，似乎被一墙老张震慑住了，很快稳定。"你别以为抬出他我就能放过你。"他居高临下，像要把水婆从沙发提起来，顺窗户扔出去，或者一跺脚踩漏一条缝，让水婆随尘埃一起坠入地底，沿悠长的地下通道汇入大河，像无数个曾在河边活着后来死掉的人一样，变成游魂。

"我没想让你放过我。"水婆朝墙看了一眼，像是征得老张同意，"我八十六岁了，还能活几天？你为啥不等等？"

"我能等，可生意不能等。你活得太长了，挡了后人发财路，不丢人吗？"

"我跟你说过，我不会离开这里。你要是铁了心让我走，只能先弄死我。"

"你以为我不敢吗？你不要逼我，人逼急了，啥事都干得出来。"

"你干啥事我也不怕。你一直奇怪我把你叔埋在哪里，现在我告诉你，就埋在这里，你就站在他身上，把他吸到肚里。你把我弄死的时候，他在这里看着你。你在这里办民宿，挣钱，他就在这里看着你，白天看你，晚上看你，一刻不停地看着你。"

"你胡说……"

跛脚男跳起，狐疑着四处张望。屋子如同沉入水底，一些粼粼的光轻浅摇曳，盘桓在水底的植物伸出触角，牢牢攀住我们。有一瞬间，我窒息了，好似看见蓝色光点缓缓聚拢、成形，围簇着水婆，她把头微微抬高，嘴唇轻嘟，像在承接一个轻吻。我知道她沉沦于自己的想象。老张穿着军装，她拽着棉袄下摆，偷看，一眼，又一眼。那种动心的时刻也时常被我回忆，我想她和

043

老张一定时时刻刻都在另一个维度相遇，交换彼此的情绪，把珍藏的幸福一次又一次拿出来追忆。

我忍住不流泪，看着水婆站起来，顺墙慢行，老张的人生交叠着她的人生在墙上铺展开，她一点点走过，一点点回忆，在现实和记忆中跳入跳出。有一瞬间，我像看到一幅油画，暖色调灯光，哥特式圆形拱顶，人像从墙上凸出来，温柔注视。水婆微抬头，以额抵额，以目视目，用唇触着唇。

我被一个念头召唤，跑回家。

六年前我摸黑回来，把所有灯打开。气息不知道他们已走远，像恶作剧的孩子，不住钻出来。我用胶带封掉门窗，害怕属于他俩、弥漫在空中的气息会从隙缝流出去，我要把它们关在房间，依靠记忆和他们待在一起。两天后，窗前有流动物质，那是他们的魂，在想办法回来，把没看够的再看一眼，把没带走的一起带走。我急切拆掉胶带，打开门窗，放他们进来。那以后，我每天都会看到他们，捕捉或舒缓或急促的呼吸，或一阵哭泣，一阵笑声。声音起初无形，经由我重复甄别，确定它们就在该在的地方，形成固定的样态。

他在客厅，握紧吹尘球，松开，气体从孔眼钻出，轻微颤抖，藏在相机缝隙里的尘灰被吹出。它携带壶口瀑布的水雾、尘沙、泥粒，他用酒精棉擦干。他总带回来风尘味、流浪味，一股没有过去没有未来的哀怨味。为了拍下百年难遇的壶口瀑布神秘月虹，他七点守候，等到十一点，翻过防护栏，离岩壁只剩一脚的距离。为了拍下冰挂流凌，他在冰层上趴一个多小时，和冰凌冻到一起，手腿都失去知觉。他身上总是一处又一处受伤，为他撕下创可贴时，粘胶撕扯皮毛，嗞，伤口渗出新血。我后悔总是抱怨。

我不断开窗关窗、开门关门,直到有一天,空气中窜出陌生气味,属于他们的,刻在我生命里的味道变得若有若无。我带他们回到壶口,希望经由大河呼唤、瀑布幽深、时间和阳光多重修复,给他们救赎。

我把相机取出来,它被关闭六年,黑色躯体似冰封,如今闻嗅,只有一股硬塑料的味道。我打开它,像打开六年前,时间空间一起跳转。我看到反嘴鹬展开的翅,一根根羽轴笔直,毛与毛之间,露出一条长河浩荡。我闻到瀑布的水汽,想象自己藏在反嘴鹬羽尖上,被它带到空中,看他一直想看的景。我用心抚摸,把他最后一丝气息吸到心里。

光透过窗户落在水婆身上,把影投上墙,一人一影一墙,光线和角度,我不停按快门,沉湎于捕捉。晚上把相片拷进电脑,我一张张看,相片没有超能力,不能把他们带回来,只在某个瞬间提醒我,今天的我和六年前的他一模一样。我凝望照片里的水婆,理解了他的欣喜,发现美景后他总是掩盖不住。我后悔没能跟他学到更多,壶口瀑布瞬息万变,每一分每一秒都有稍纵即逝的美景和摄人心魄的疼,我告诉他会继续拍,拍一张,洗一张,把它们挂在他身旁。

第二天早上我去集镇洗照片,十六英寸,背景暗黄,水婆站在墙尽头,抬头回望,目光有如吊钩,射出无数条线,钩紧墙上人。被爱人包围,她一定很幸福,我想起她的眼神,温柔坚定,她一定看过老张无数次,每看一眼,就为爱增加一份重量。

我选了黑胡桃木镶边,准备当礼物送给她。没人回应,门敲不开,电话铃孤寂响起,我的心一抽一紧。

水婆平躺在床上，枕边放一小纸条：凌晨三点半，我死了。字迹清秀，小楷花体，茫茫渺渺如同隔了很多年。村干部掀开白底黄花薄被，见她怀抱黑色硬皮包，压在胸口，系带和手腕绑在一起。他们想把它拿开，拉了又拉，拉不动，由它留在那里。镇医院的救护车驶进来，把她抬走了。

我在原地发愣。墙上空无一物，只有指甲留下的纤细划痕淡淡浮现，我想象水婆在墙前站了一夜，和老张说了一夜话，她躺到床上，觉到虚空，十三年她未能离开他半步，借由他才战胜每一个漆黑的夜。她一页一页揭下，把它们原样装起，抱在怀里。我把相框放在桌上，如果水婆回来，能一眼看见，她在相片里真的好美。

我把另一张粘在他们身旁，希望她能告诉他们，放下很轻，但尘世里的每一颗心都被坠得很重，我和她一样，会终其一生等待，直到世界尽头。

从那天开始，我开始和他一样，在壶口滩拍照，给游客拍，也给瀑布拍，给大河拍，我把眼睛放在取景框前，像焊接了他的眼睛，他牵着我去发现美景，然后拍下来。我知道我这辈子都不会离开这里了，大河牵住了我的魂，一如曾经牵住他的魂一样。

有时我会像水婆一样在小区门口静坐，一些年轻躯体弹跳着，让人怀疑他们出生时装配了不同零件，还有些人蠢蠢欲动，被人牵着走出去好远好远。我静静等待，知道他们最终都会回来，也许被爱，也许被感动……

贰

　　我被一道白光吸引，四处寻觅，独一块巨石倾斜，一半跌在水里，一半留在岸上，我怀疑它从天上掉下来，本来想翻转一百八十度，翻到一百二十五度被发现，仓促跌落。河岸不平，它腰身架空，水从下面流过去，哗哗轻响，试着推搡，纹丝不动。不动也是动，大河是地球血脉，又自转，又公转，把它放在眼前，人会眩晕，全身起反应，严重者恶心呕吐，肠胃腾空。我习惯夜里来，大河空荡荡，更容易召唤祖先灵魂，听说灵魂的重量只有二十一克。这样的重量换成珠宝黄金会更吸引人，或许有更炫目的色彩，多角度切割，抛光打磨，暗夜里熠熠发光。半夜爬进瓜田，将吸管插入西瓜吮吸，也是这种感觉，清凉瞬间，醍醐灌顶。

　　堂弟按部就班，全县二十八万亩果园跑了几遍，总结出一套标准化科学化精细化的管理流程，从生产到销售经过三十多道工序，每道都有严格的技术标准和操作规范。他在果园没日没夜熬，苹果在地里没日没夜烂，果无止境，烂无止境。我把这个当梗,他只是一笑,术业有专攻嘛,要不叫你回来干啥?

起初我没摸着苹果属性,把它当普通商品,一车又一车发去广东,易荣紧急叫停,卖一颗烂两颗,利润不及成本高,咱不能学鲧这头湮堵到那头,得打通渠道,所谓通则不痛,痛则不通。他一说鲧我想到禹,斧劈孟门现壶口,引河入海,像医生巧手搭接,把断裂血管接起来。目标是方向,路线,方针,是阿基米德撬动地球的支点,折射到祖先张鸿业身上,是建立拉船秩序,对堂弟而言是让苹果大又圆,对我,是把苹果送到人肠道里游一圈,完成入口到出口的终极循环。这一过程缓慢,相当于大河游泳,借助浮板、泳圈总显拙笨,需要把水性摸透,和水粘在一起才高级。

我在河岸来来回回走,三百多年过去,两条拉船印清晰,似乎踩上祖先脚掌印,热血倒灌,头脑发昏,能听见他不停催促,快啊,快想出办法。苹果存地窖不通风,腐烂迅猛,黄米斑点如传染源,一而再,再而三,三而全窖,村庄上气味复杂。我和郭臻各地调研,发现吉县苹果品牌影响力和市场占有率几乎为零,大型超市、水果批发市场难见踪影,偶有乡亲异地叫卖,三五天降至成本价,悔到脸发青。市场比大河汹涌,不懂水性跳下去扑腾,只有呛水的份。我被焦虑揪紧心,看果农如六足小虫被关进玻璃夹层,无法突破,供养不足,只能窒息身亡。

这是我一生的转折,我卑躬屈膝,把"要不要苹果"挂在嘴上,比香烟更快递出去。遭遇彻底拒绝,或是两手阻拦,只能将眉心紧紧皱起。我想起枝头大苹果,绿被红一点点顶出去,果香渗出来浸入鼻孔,不能让每个人闻到这种香,是我无能。瞬间感觉被郭万庚提了颈,刀子横在脖下两寸。困境换汤不换药,阻碍我的已被祖先张鸿业突破，凭借半本《六股头宝卷》，我不断试图找到答案。市场如战场，落后要挨打，我发誓要把"吉县苹果"品牌叫响。十年后我循着往日足迹再跑一趟，水果摊贩手写"吉县苹果"挂在铺头，LED液晶屏滚动播出品牌推荐视频，比吆喝一万句顶用。

　　回忆是心中所念，人一生熙来攘往，重要时刻不过几次。我带果汁厂人回来，苹果一麻袋一麻袋装运，乡亲们矛盾纠结，不甘心黄金卖出白菜价，又害怕放几天彻底沤烂。堂弟跟我叫冤，低到这个价，投资都收不回来。他和果农吃住一起，比我更能体恤付出艰辛，可市场规律容不得情绪登场，那一年的编剧还没有把"吉县苹果"写进剧情。我俩坐在岸边，河是亘古河，水是长流水，水声浪浪涛涛铸起四面墙，我给他立下军令状，来年早筹划，把苹果卖在树头上。他听得激动，一口干掉一大杯，和我距离拉近，"我也有机会去大城市，不去。没感情，它没有一条脐带通达过我的生命，没有在我记忆的城池里驻过一卒一兵。时间长了腿，跑得疯快，也把我带不离故乡。"

　　他说："你知道密林里那些树吗，长了几百年，根深扎进地底，头高高扬起。你懂得它们对泥土的依恋吗？"

　　他说话让我想起祖先张鸿业，进而想到《六股头宝卷》的创作过程。民国二十五年内战期间，我的另一位祖先躲进书斋，逃避是另一种意义的突围，他写下故事全篇，成为串联历史和现实的媒介。颂卷唱词是艺术再现，我想象他在窗前独坐，天光连通过往，牵着他进入光阴之河。想象力是共情力，他一定和我一样来过这大河很多遍，跟着拉船人走一步挣扎一圈。还有另一种可能，"六股头"创立者并非张姓，我祖先为家族荣誉冒贪他人之功,颁卷唱词有过N次更正,我所见孤本得以留存,是祖先千帆过尽后唯一的选择。

想象是饭后甜点,正餐被我一字一句精研,我将《吉县志》《壶口志》《张氏族谱》和后来者所撰各类文本一一对比,看到思想生发过程,一生二,二生三,三生万物,庆幸看到这么多实物留存,让我有更充分理由寻找大河魂,捕捉《六股头宝卷》遗落部分。我和郭臻将史志资料中的人物名姓拿掉,模糊事件本身,找出大河人精神内核,眼一闭,字眼突出来,像从天而降的一只容器,放进去桃子梨子杏子都能成立。堂弟对号入座,找出自己和张鸿业的相似之处,坚持、勇敢、好胜,如同方剂君药,其他性格臣、佐、使,形成千人千面。

我有方剂外机灵,才能逢赌必赢。按照易荣说法,谁能想到呢,起初广州公司利润填补不了苹果生意窟窿,苹果生意是个无底洞,后来"乐之然"立正稍息三步走,引领全县苹果产业发展,利润翻番。再后来市场受到冲击,广州一大波中小企业倒闭,公司依靠"壶口瀑布""吉县苹果"获得生机。潮流如水流,一浪一浪涌现,现在果农都是销售王牌,利用网络,以短视频的方式呈现,将苹果销往全世界。郭臻自作主张,将"乐之然"重心转到文化传播,挖掘那些即将消逝和正在发生的文化,如唢呐、颁卷、蒲剧、眉户、民歌、小调、快板、剪纸、布艺……在网络平台传播。世界变化快,让三米之外都变得模糊,我不知道公司还能坚持多久,只能慢慢体会、细细品味,希望学会祖先招式,化所有武功为内力,出招未见招,招招见功力。

现在我更容易和祖先发生共鸣,按照更多人的讲述,他曾搭木船溯源而上,又顺流而下至入海处返航,不知道有没有人看懂这条河。看懂这条河，才能看懂这件事，看懂这个人，为此我总腻在河滩。郭臻说我走火入魔，却总陪在我身边，甚至比我还坚持，关于"六股头"的创建历程，关于河两岸的风物，关于这条大河的秘密。他如稚子般清纯，看到一花一叶一波一浪都会发出惊叹，似乎大河是个魔盒，不断地被他打开，我借由他的提醒看到身边俗常事物的美丽，也借由他重新发现这条大河。

我们很快和岸上人熟悉起来，喜欢和他们一样向外地人推荐壶口，"你来一次不行，得常常来。壶口风景四时不同，每一朵浪花都不一样，同一朵浪花的每分每秒也不一样"。大仓库里放着橡皮艇、漂流船、救生衣。搁一段时间，我们整理一次，除尘、打气，像对待久不见面的老朋友。有时来了兴致，拖一艘入水，顺黄河峡谷慢悠悠漂。河水浑浊，亘古翻滚，河道两侧的石崖，经年累月被河水冲刷，形成天然水蚀浮雕，看一次有一次的不同，有一次的感悟。我们经常这样从上游漂到下游，再奋力摇回来，出一身汗，酣畅淋漓。当晚，梦都是香的。

我们也依靠现代科技接近大河，无人机放飞，五十米合适距离升降俯仰，把眼睛灵魂带离尘世。有时从河面迅速攀升，河身撤退，波纹、漩涡、岩石消隐于河流，浊黄缎带环绕山间，越来越细。有时如大鸟俯冲，细节放大，捕捉沙粒在镜头里飞旋。有一次无人机失去控制，跌进河槽，河流在画面中折叠翻转炫如神话，为此我购买了专业水下相机，沉潜之后一片模糊，拉出来，细砂包裹相机，和一块泥石没有两样。

哪怕所有眼睛被遮蔽，我们也会一次又一次走近大河。它带着过去奔流，也带着预言朝前冲……

河神庙

给二毛烧五七那天,鸿业和勤善去得早,山顶离河远,纸钱挂在酸枣枝上,只剩几片,想来被谁抢走了,人在人世要抢,鬼在鬼世也一样。鸿业跪在坟前,黄表纸烧两张,香插三炷,酒奠一杯,眼泪簌簌流,那天他脚下的软,是活人,他浑然不知,和别人一样,为十文钱踩着他朝前冲。他后悔没把他抢出来扔进大河,他如鱼远游,大河托举他,像托举每一个河中生物,他只需轻轻荡开,远离河岸纷争,就能活下来。二毛说他最满意的是死在河里。离河那么近,又那么远,他一定不甘心。

山顶风高,一阵阵刮过来,吹得尘土飞扬,一颗一粒飘起,裹着树叶儿盘旋、散落,坟前聚起一堆。家雀一群接一群来,栖在坟头,抖一抖翅膀,落一泡白屎,很快飞远。它们不稀奇。新起的土包缓缓下沉,土与土之间慢慢吻合,最后板结在一起。草籽被风吹来,被鸟衔来,或者裹在刚才那泡鸟屎里,光晒雨淋,霜雪雾霾,扎下根须,开春就挤出嫩芽,肆意成长。

鸿业越想,胸口越憋得疼,让勤善唱个曲,二毛隔着人世十万八千里,他再想听,得等好一阵。勤善试了几回,开不了口,狗日的,一定是二毛这龟孙捂着我的嘴。

突闻唢呐声如怨如泣,把几千年的惆怅绕在山顶。鸿业想,河畔人活一生，也活不全唢呐几个音，生是它，死是它，喜是它，丧是它，一茬又一茬人陪着唢呐走过一生。又想，人一茬茬死，一茬茬生，山还是这座山，河还是这条河，滩上人还是那样多，你来我往地抢。不免伤感。

等下山时，滩上停着三条船，一个人也没有。几个壮汉蹲在滩石上抽旱烟，见他们来，提棍过来撵。你们不能过去。为啥？现在这片滩归郭掌柜管。郭万庚？凭啥？那你们得问他。勤善要闯，被鸿业拦下了，这是众人的事，不能靠单打独斗。

郭万庚在壶口滩是数一数二的人物，跟着爹娘和官府中人厮混，眼观六路耳听八方，比河里的鱼都滑，尤其一片巧舌，谁在他跟前也得服服帖帖。去年他新镌五眼石窑取代了旧驿站，木门窗雕花，隔一月换一茬窗花，听说外来人都住那儿。鸿业去时，院里立个姑娘，挂着扫帚把不动，听见响，头埋下乱扫，见是陌生人，方停了，说掌柜的一早起来净口净手，去祭河神了。

河神庙在半山崖，一孔天然石洞，两根黄河石撑出半片檐，雕两扇门。刚放过炮，气味还在空中弥漫，一只雄鸡敬在座前，香烟袅袅升起，郭万庚跪着磕头。河神泥塑，有些地方旧了，露出里头的麦秸草，鸿业想起小时不懂事，常随大孩子往神像后头躲，那儿常有洞，钻进去，能看到一肚草莽。神像和大河一样，长着两副面孔，开心了护佑百姓安康，不开心就赐人一地苍凉。长大后鸿业拜神，总想起那些破洞，心中闪念，没那么诚心。他想河神位列仙班，当明晓是非曲直，体恤穷苦人的难处，成全百姓的意愿，为何放纵大河，收走不该死的人。

郭万庚敬罢，提鸡要走，问鸿业何事，鸿业说你管着其他人不许下滩，是拿了官府的批文，还是得了谁的指令。郭万庚说我要干的事，只跟河有关，河神同意就行。鸿业抬头一看，河神依旧慈祥模样，心想郭万庚将六村人圈起，断人生路，你是瞎着还是聋着，受点香火就做他的帮凶？鸿业知郭万庚不讲理，见勤善过去磕头，也懒得拜，转身望向大河。船又多了几条，船家在滩上急得乱转，像雨前蚂蚁。拉船人在一里外，黑压压圈了一片。鸿业好像看见他们嘶吼，哭诉，双手朝天挥舞，像祈雨。龙王爷这庄稼快旱死了，快些下雨救救老百姓。龙王爷听不见，看不见，吐着长舌头看热闹。

鸿业想得糟心，不禁自语，郭万庚这是欺天。

勤善说郭万庚以前就这么干过，被人告到官府，停了。现在又来这招，该是找着后台了。自古民不与官斗，他敢这么干，咱也没办法。

鸿业说，官是人，民也是人，是人就得遵天道，哪能逆天而行。

两人跟着郭万庚走进驿站，早有船家在等，郭万庚问几条船？一条。多重？六十石。啥货？盐，碱。哦……郭万庚喊人端来一盆开水，公鸡浸进去，一股燎毛味散开。他把鸡翅膀捏住，拽鸡毛，拽一把，往地上扔一把。一只黄狗蹲在跟前，静静等，偶尔伸出前蹄在鸡毛里拨拉一下，又收回去。鸿业知道狗有灵性，在等开膛，有些东西它吃起来很香。

船家等得急，郭万庚不慌不忙，他说拉你这船得九十人。行。每人二十文。原来只要十文。今时不同往日，你见滩上有人？以后都没有。我听人说……那你莫再开口，我请你吃酒吃肉。你且等着，等个十日八日，等船自己卸货，自己拉船，自己把自己送到忒口去。

鸿业看船家二十出头，农家打扮，黑红脸膛，看得出常在河里泡着，看着和二毛差不多大，二毛有个愿望，就是把天下黄河九十九道湾行一遍，不免怜惜。就跟郭万庚求情，老哥，就按十文一人，你看他……郭万庚问鸿业哪个村的，叫个啥。鸿业答后，郭万庚说鸿业啊，你说行那就行，不用钱都行。人拉是这个价，你带他去求神，河神老爷不要钱，指头一点就行。说着手起刀落，鸡头落在黄狗跟前，它一嘴含住。

大河勇往直前的劲一直都那么狠。鸿业一时语塞，见船家掏出钱袋，忙去阻拦，却被船家拨到一边，我知你是好心，可这船晚一天运到，就多损失一分，我不能困在这里。钱袋翻扣在郭万庚手心，碎银铜板拥拥挤挤，喧嚣了一阵，停下了。郭万庚一根指头拨拉两遍，还缺五十文。船家说你行行好。郭万庚说你好我才好，没钱，可以拿盐顶嘛。目光一递，早有人跑出去，鸿业忙拉勤善跟上。

已是日悬高天，人按村坐成六堆，比两个时辰前少了很多。鸿业问，顺子说被打跑了。待要细说，有人在前头吼，要九十个。人站起来一窝挤，听见说每人八文，停脚犹疑。有人抗议，说昨天还十文。来，你过来，哪个村的？南垣村。叫啥名？梁虎子。"笃笃笃"棍子点着滩石，二话不说，抡起来砸，梁虎子抬肘一挡，反手抓住棍子一使力，提起来甩了一圈，把那人顶到地上。没料想从旁多出十几个人，夺棍，抱腰，提脚，把梁虎子制服了。为首那人说，我记住你了，梁虎子，南垣村的梁虎子，以后你就另谋生路吧，壶口滩你别来了。说完他跳上一块滩石，说自古识时务者为俊杰，你们大家记住了，我是存心村的姚二，这壶口滩拉船的营生，以后我说了算。我说八文，你们就挣八文，我说七文，你们就挣七文，我说五文，你们还能挣五文，别惹我不高兴，像今儿前响一样，一个铜板挣不着。现在挑人。众人见状又朝前涌，吼着我，我，我。

慢，鸿业跨前一步说，姚二，你去告诉郭万庚，人不能这么欺心，他问船家要二十文，只给咱们八文，这不合天理。你去给他回个话，我们不给他拉船，让他自己拉。

要多少钱关你屁事？姚二说着推开众人，走到鸿业跟前，你最好别找麻烦。右爪子一钩，朝鸿业抓过来，被顺子一把捏住，甩开了，姚二不服，换成拳头狠狠砸，顺子轻轻拨，化解开。于是两人打斗一起，姚二心狠手辣，拳拳直击门面，顺子自如挥洒，像给他画了个圈，他在里头扑腾，拳法渐乱，失去章法，混乱不堪。打了几个回合，姚二喊停，说你们等着，一溜烟跑了。

鸿业安抚众人，说壶口滩自古就是咱老百姓的滩，旱地行船也要靠咱穷苦人拉，他郭万庚再有本事，也只有一双手一双脚，顶不了几百人的差。只要咱拧成一股绳，就没人能撼得动。众人连连称是。

日头有手，牵着树影子，像谁的一只大脚，重重踩过众人的头，从西往东跑。鸿业想人说天下都从天上来，隔着这页幕布，不知谁的手在提捏，让郭万庚一步把六村人逼近死局。他打定主意带众人死抗下去，就是把河神请下凡，也得给老百姓留活路。一群人等了又等，还不见姚二回来，有人嫌麻烦，站起来要走，被人用棍子点住了，想拉船就乖乖听话，你要走了，以后都别拉。顺子说，刚才就这样，把很多人撵跑了。

姚二终是来了，还站上那块滩石，郭掌柜说了，你们不拉他也没法，咱都在这里慢慢等。人群骚动，鸿业要稳，见有人站起来要走，姚二也不拦，三三两两放出去。空出来的位置像疥疮，挠得人心痒，鸿业暗想，船家等不得，六村拉船人等不得，他郭万庚守着驿站吃喝不愁，最是不怕。话虽这样说，船到底还要大家拉，只要咬死这股劲，天神老爷也没法。正待说话，只听远处传出号子声：大伙来到龙王汕哟，嗨哟，为就是挣几个钱呀，嗨哟……众人一齐吵嚷，姚二大笑，说聪明人听话，吃香喝辣，不聪明你趁早滚蛋，领着全家去要饭。这下众人吵起一锅粥，怨声一片，听姚二吼叫说现在要一百三，众人忙着朝前涌。

顺子拦住中市人不让动，说欺人太甚，老天爷留下壶口，就是给六村人留的活口，又不是他自己家的，归他一个人？万有苦着脸，说咱不干，在滩上耗一天也挣不到一文钱，家里人等着要吃要喝，愁死人。偏是姚二见他们不动，有意挑衅，说不干正好，粥少和尚多，你想来，我还不要。鸿业就劝柱子别硬拦，慢慢再想对策。

一阵风刮过，像刮过一片愁云，鸿业一阵哀凄，不由想起二毛，仿似站在他骨殖之上，血从脚心渗进来，往骨子里冷。他离开人群，坐在岩石上，将烟锅伸到烟袋里，慢慢思量。天依然阴沉，几只河鸟斜着身子飞过河面，鸿业盯着它看，害怕它一闪身就闪到河里，大河无知无感，无视人间疾苦，兀自流着，流着，流向未知，流向空渺，流向日复一日的明天……

等鸿业回家，木桃炕上缝白衣裳，说后响山上来人报丧，爹被黑豹掏了心，三天后殡葬。鸿业只觉脑袋木沉沉，好似被丈人拖住脚，往深处拉。丈人四十出头，一身精肉，素日在深山讨生活，猴头蘑菇、树花木耳、野核桃、野杏仁，长年不断。丈人猎捕的山鸡、野猪、獾等，都用粗盐在罐里腌着，拉出一条放铁锅煸炒，总能馋他一嘴口水。要不是丈人接济，他这七年都不好过。

鸿业看木桃给宝蛋比试丧服，心下难过，看着只有五岁的儿子说：宝蛋，记得姥爷不？

记得，黑胡子，扎得脸疼。

姥爷死了。

姥爷为啥死？

人都会死，河畔人死在河里，山里人死在山里。

那太阳会死吗？

会死，它从东边山出世，死了落同西边山。

那月亮会死吗？

会死，它初一出世，死在月尽。

爹会死吗？

爹也会死，这是天道。

宝蛋"哇"的一声哭了，眼泪鼻涕一起流。木桃忙抱过去摇，你给娃说这些干啥，鸿业说我说给他听，说给你听，也是说给自己听。人有活就有死，天有晴就有阴，我要不说出来，就要憋坏了。宝蛋"嗝"，哭一声，"嗝"，又哭一声，木桃跟着落泪，让鸿业拿起火柱出去敲：宝蛋哎，你快回来，宝蛋哎，回来。

第二天一早，鸿业带着木桃和宝蛋去了三十里外的山上，住到五七尽才回来。

晚上鸿业在灯下编筐。油灯小小一盏，一圈光低低矮矮，人被光照着，映到土墙上一个黑影，他兀自看着，兀自发愣，兀自将一颗心提起，放不下，长久思索。木桃在灯下缝补衣裳，头越来越低，像钻进一个魔圈。她的太奶奶，奶奶，娘，都在这个圈里，破破烂烂的一个圈，像一个魔咒，被人提着一把扔进来，哒，不能出去。

两人都不说话，听见勤善在外头问，鸿业回来啦，忙去开窑门，迎了他和顺子进来。两人和鸿业拉闲话，问老丈人葬礼，山里人活法，路上见闻，问鸿业还去滩上吗，鸿业没说话，木桃抢说不去了，吃不了滩里这碗饭。人活的都是命，得认命。鸿业以前听她口口声声说命，还有几分认同，现在只觉刺耳，让木桃给玉秀送把黄花菜，说她们孤儿寡母不好过，你去看看。

木桃一走，顺子就骂郭万庚狗杂种，打玉秀主意，半夜摸到窑里。鸿业忙问咋样，顺子说狗日的没占着便宜，让玉秀一剪刀戳了个血窟窿。又问，说姚二发现的，叫玉秀去驿站，郭万庚几句话，就探清她女扮男装的真相。

话没说几句，木桃回来了，说刚进院就听见二毛娘骂，二毛死了才几天，你就去丢人现眼！六村人夹起屁眼笑，你熬不住了，往男人堆里扎。玉秀说谁爱笑谁笑，靠苦力挣钱，不丢人！二毛娘说你不嫌丢人我嫌丢人。她俩你一句我一句，我本来还想劝，女娃爹爹爹叫，二毛娘和玉秀都哭起来，三个人哇哇的，我听着难受，没进去，把菜放窗台上就回来了。

乡村的夜，静静沉沉，一两只老鸹不断飞起落下，擦着树叶哗哗响，抖掉的叶片孤零零地在空中飞，最终落在地上，慢慢枯死。鸿业让木桃早点睡，吆喝勤善、顺子到院里坐。三人叭叭吸烟，像三颗星子闪在暗黑里。顺子说也不怪六村人议论，她知道郭万庚打自己主意也不避嫌，头发长长也不剃，也不穿大脚化装，每天早早去，倒比男人还挣得多。勤善说他郭万庚老狗有这么好心？玉秀迟早被他糟践完，留在驿站做脏营生。鸿业说河畔人靠的就是旱地行船挣几文钱，她一个弱女子，能把头发剪掉跟男人抢口饭，不简单。我看郭万庚的主意没她硬，挣钱是挣钱，干其他营生却不一定。

"哗——哗——哗——"大河在夜里水声更剧，急促如鼓点，一轮大月亮照着河水，像涂了金，能看到孟门山的黑头顶，被一浪一浪恶水击打，仍自岿然不动。鸿业心中起了一念，仿似看到它使劲，瞅准大河一条隙缝，双脚狠刺下去，穿透大河躯体，把身子稳稳扎在河心。于是，他也暗下决心，要像这孟门山一样，在郭万庚铁桶一般的围堵中找一条缝。

勤善、顺子抢着和鸿业说滩上的事。谁被姚二划了黑道道，钱没挣到一文，还挨了打。逼得船家等一天多加一文，把价抬到每人二十五文。最可恨他两头盘剥，给百姓的还是八文，还放出风来要减到七文。照这样下去，老百姓没活法，还得跟他争一争，这壶口滩是大家的滩，可不是他一个人的滩。

鸿业有一阵没说话，不停地抽烟，烟雾从口鼻冒出笼在四周，让他产生说不清道不明的情绪，他想起死去的二毛，想起跟男人抢活法的玉秀，想起被万庚逼得没活干，每天空手去空手归的乡亲。他下定决心，让勤善、顺子连夜组织人，明早在滩上，以其人之道还治其人之身。

回窑，木桃还在灯下补衣裳。一只蛾子在灯前扑，扑一次，被火燎一次，它不走，扑来扑去，终于倒在炕沿上，扑腾两下，不再动弹。木桃劝他不要硬碰硬，郭万庚成天跟官府中人打交道，你哪能扳得动他。鸿业说不硬碰，六村人都得饿死。木桃说不去滩里饿死，去滩里淹死，这就是穷苦人的命。灯芯被风吹着,一左一右闪,木桃的心起了涟漪,想突破,可那个圈随着她跳跃、攀爬,无形成长,像一件长在她身体外的坚硬衣裳。她想变成一根针,一阵风,一股子气息,从圈子里溜出去,想看看别人怎么活。她说人活着得认命,你是什么命,就活什么命!鸿业不喜欢听,你口口声声说命,爹娘生下我就是穷死受死累死的命,可现在老天爷连苦都不让我受。

蝉一声一声鸣叫,老鸹嘎哇嘎哇,村里的牛马骡驴猫狗鸡鸭被搅起愁绪,一齐嘶叫,鸿业细听,是勤善唱的《哭恓惶》:

三月里,冰消融,舟行水上;
四月里,人驴忙,卸货拉绳;
五月里,苦菜根,黄连熬汤;
六月里,发山水,爹死娘亡;
七月里,谷花儿,苦度时光;
八月里,百般花,又怕秋霜;
九月里,菊花儿,恶霸来抢;
十月里,秋风寒,少衣没裳;
十一月,雪花儿,纷纷扬扬;
十二月,冷冬天,一年空忙。
……

祭 祀

夜黑得浓稠，鸿业睡不着，遥听大河哗哗流，如擂紧战鼓，让人心焦。昨夜他睡下，又被叫去祠堂议事，族长说大道之行，天下为公，只要你立一个公字，就是我全族全村的功臣，知府、县衙、里村，就是天神降罪，也有我替你顶。全族男丁一百余，齐刷刷举右臂，鸿业明白其中深意。正月正闹元宵，七月十五请大戏，祈雨拜神修庙，族长将这事摆在头等，是为中市村利益计。人被水撵上山，就缺水，石头山顶一层薄土，刨不了几镢就见底，蜀黍、玉蜀黍种下去，一暑天只有几根细苗苗，山风吹，日头晒，大石头烤，到秋日时全死光了。滩涂地倒茂盛，可也要看龙王爷的心情，一旦收获季赶上雨季，几场雨下来，发一场山洪，也就绝收了。全族全村就靠下滩拉船调养生息。鸿业端过酒，情知此事重大，一旦应下，就没有退路可言，任是刀山火海也得咬紧牙关，受天大委屈也不能后退半步。他望着一双双眼睛，想起正月舞长龙，龙头在谁手上，谁就要下狠功。

他接过酒，一饮而尽，朝祖宗牌位三磕头。

夜扯出黑幕布披盖，模糊了边界。鸿业恨自己看不清，别说三步，一步以外，都是漆黑。他坐在打麦场，听见水婆叹气，哎……呼……哟……像一个远古调门，拉人回到过去，回到遥远，回到永恒。他大叫婆,婆。水婆打窑里出来,坐到他跟前,业娃你不睡觉,发什么呆?

婆,你多大岁数了?

婆不识数,不知道活了多久,也不知道活着还是死了。

婆,以前有人抢拉船吗?

抢,世世辈辈抢。大利大抢,小利小抢,饿肚子的事,拼命抢。

没人管?

都想管,管不了。前朝的事了,六大族发生争斗,打死十几口人,大大小小官员来了一河滩,定下规程,一个族拉一天,不管河里有水没水有船没船,按日子排。排着排着就乱了。

为什么?

六族自古通婚,你族里有我娘舅,他族里有我姑丈,轮到这一天都来了,撵又没法撵。业娃啊,水婆说,你要记住,没有六族六村,只有一族一村,同喝一条河的水,享这条大河的福,受这条大河的苦。

鸿业说婆,我记下了。水婆佝偻着瘦脊背,一步一摇走回去,窑门轻轻一关,像沉入河底。她像一股风,无家无业,无儿无女,无父无兄,族里最老的人也记不清她几时来,为何来,从何来。十三年后她老死在炕上,鸿业请了柏木棺,重孝在身,将她葬入祖坟场。玉秀问,他避而不答,也不肯告诉任何人,没有水婆这句话,他干不成后来的事情。

鸿业又坐了一阵,前路渺茫,要面对的不只郭万庚,还有大河大山,大旱大涝,大风冰雹,地震秋雨,蝗虫瘟疫。他记得前年绝收。收割前几天去看,麦有尖刺,一片金黄,捻开来,颗粒有白，易掐，汁液如凝蜡。凭经验，麦熟三五晌，收获就在眼前。隔两天，全村召唤开镰，麦香绕在鼻前，驴驮回麦场，连枷高起重落，一场麦粒舞蹈。他和木桃对视一眼，握紧镰刀，俯身如动物爬行，挽住麦苗，"噌"割下去。麦芒不怕。脱下褂子，把一身精肉露在大太阳下，给风，给云，给大地，给麦。他的麦，全家人的保障。大太阳毒晒不怕，农民皮脱不尽，脱完一层又一层。

巨响由远及近，众人惊叫，来洪啦！

洪水狂卷而来，浪浪，像挟带巨大山火。抢，木桃喊道，抢。怀抱几垄麦苗，被鸿业一把拉走，快走。水撵着他们的脚，前脚站在高地，后脚就到，一口吞掉麦苗，卷着去往远方。

沿河六村，颗粒无收。

洪水过后，暴晒几天，鸿业又去，见地皮龟裂，裂开的黑缝一条又一条，拾起遗麦捻，发着绿霉，凑近一闻，臭气熏人。

人欲哭无泪，看着一层雀儿落下，啄食，吐出，飞走。

浩劫一场接一场，鸿业跟着浮浮沉沉，顺流逆行，只是折腾不停。待再醒，天窗仍是黑洞洞，听见几声狗吠，几声虫鸣，仍是大河一浪一浪占着主场，哗一声，哗一声，搅得人心慌。后来木桃啜泣着醒来，说梦里阴雨绵绵，自己骑一头黑猪水里漂，上不了岸。鸿业一听，合着自己的心境，不觉心下又是一紧。

待天明，鸿业吃了两碗和子饭，揣两块黑面板，去村头。人已集中，齐刷刷的一百壮汉，俱是短打扮，只听顺子一声口哨掉头朝山下行。只昂扬了一阵，脚步起了疑心，鸿业知道人心不稳，肘一捅，勤善会意，起了个酸曲：太阳落山人睡定，想起妹妹像犯病，半夜三更不要命，偷偷摸摸把门进，抱住妹妹就是亲……嘴跟着唱，脚就有了节奏，一直把气势带到滩上。

守滩口的一见，迎上来挡，被鸿业一把拧住手腕，甩出三尺远，告诉你家郭掌柜，壶口滩不是他一个人的滩，他占得，我们中市村人就占得。即把人分成两队，一队十人他和顺子统领，挟制姚二及其手下一众，其余人勤善调派，整整齐齐滩前等。恰有商船泊岸，勤善上去周旋，依惯例每人十文，总共九十文，先付一半，船到忒口货上船，再结清。

鸿业等着，他知道郭万庚一定会来。他俩就像两股来自不同方位的力量，被大河吸引到同一个地方，出招，收手，一环，一套，注定要有一场争斗，也会有一种和解，这是他俩的宿命，六村人的宿命，也是大河的宿命。

果然，等了一会儿，姚二来请，说郭掌柜驿站里等。

站外挑起彩色幡，两只石狮披着红，蹲在大门两边，五眼砖窑新换过窗花，红艳艳。鸿业往门内一站，听见郭万庚叫，来来来。树荫下新备一套木桌凳，俱雕有精美花纹，能闻到梨木清香从纹路渗出来。鸿业坐于一侧，见郭万庚提壶冲泡，碗内几根绿叶，沸水冲进去，树叶立起来。郭万庚说，鸿业兄弟，我很是佩服你的胆识，今日你有此举，也在我意料之内。既如此，我想跟兄弟联手，统六村民众有序推进拉船这一行当。实不相瞒，这是门大买卖，兄运营一月余，进项可观。今诚意拉你入伙，所得利润除却杂摊，你我一分为二，不知意下如何？

鸿业说我对你的所作所为深恶痛绝，咋会与你为伍，和你共事？大丈夫公而无私，我不会为一己私利，置全族全村利益于不顾。

郭万庚说你既想为全族谋利益，我也可向你担保，你张姓族众人人有船拉，个个有钱挣，优先于其他五村。

鸿业听得此言，火烧上脑，说壶口滩是六村人的滩，不是你郭掌柜的掌上玩物，今日你将拉船当私产，是与六村人为敌，我岂能与你一丘之貉？

郭万庚端起茶碗，轻啜一口，唤姚二去厨窑看，昨日捕来的狗獾可有炖烂，要跟鸿业小兄弟喝几杯。鸿业再三推辞，眼见郭万庚一张白脸发了青，说你口口声声仁义道德，所作所为却是不仁不义无道无德。我且问你，你所言之"公"，指代范围几何？无非中市一众。你们捧起的饭碗，俱从其余五村夺取，则你中市霸占壶口滩，比我高尚几分？若你认为我错了；今是以"错"抗"错"，你的正义又在何方？

鸿业说你我本质不同，我天地无私，以仁德率众，你为谋取私欲，以暴力胁迫，岂能相提并论。

郭万庚说鸿业兄弟，我看你年纪尚轻，有些事不必认真。自古黄河就有水运，奈何壶口天堑阻隔，往来舟楫一时计穷，后唯有旱地行船也。百年里，六村人为拉船争争吵吵打打闹闹，死过很多人，壶口滩成了死人滩。我想出治理之策，把六村人统起来，建立秩序，收取少许管理费，问心无愧。

鸿业冷笑，说郭掌柜果然善辩，自古问天问地问神灵，你却问自己的心？行为心声，心主神明，你如此心安理得，我们何必多言。

郭万庚终是忍不住，拍桌站起，食指指向张鸿业说，我今日与你商议之策，是对你，对中市村张姓全族最为有利的一条。你若一意孤行，只会将事态推向不可挽回之境，到时可就覆水难收了。

鸿业"哼"了一声,离开了。

滩上滞有一条船,问顺子,说适才勤善带了人拉船去试口了,要等返回,才轮到拉它。鸿业沿滩去,一路闻着河腥味,只觉亲切,仿似看见水中鱼群遨游,列队摆尾摇首,朝他示好。第一次想到,大河是生死河,轮回河,时光河。水汽扑在脸上,润着心。玉秀额顶头发杂乱,如蒿草朝天乍起,穿灰袄,牵驴走在前面,看着让人心疼。他经过她,轻轻拍了拍驴背,驴眼温顺,低"呃"一声,没停脚步。货包颤颤悠悠,和她一样,努力在壶口滩站稳。

她身边,是中市村的男儿。鸿业来了兴致,加入拉船队伍中,他要喊"河口",粗绳搁在肩膀上,背靠船身,反手攀住船帮,腿部微曲,他吆喝一声,准备好了吗?众人齐答,好咧。他高唱一声:"伙计们好好拉哟!"众人齐应:"嗨……哟……""拉到忒口就发钱哟!""嗨……哟……",船移行了一小段后,停下了,鸿业感觉到沙滩的巨大阻力,他用力踩实沙地,身子前倾,朝前拉拽,大声喊"最后再加把劲哟!"众人一齐着力,"嘿……哟……",船又慢慢开始移动。

大家弯腰一齐拉哟,嗨哟
加把劲就拉到头哟,嗨哟
哟,嗨哟,哟,嗨哟……

玉秀被这种情绪激荡,想冲破禁忌,加入拉船队伍,和他们融在一起,像他们一样流汗,把汗珠子滚到滩上,她不能自禁,跟着从胸腔吼出声音:

哟，嗨哟，哟，嗨哟……

哟，嗨哟，哟，嗨哟……

二毛死后，她第一次看到希望，像看见一把利剑刺破黑夜。她告诉自己，一定要在这里，在河滩上，拾起被二毛丢弃的未来。

众人拉船至壶口瀑布小歇，鸿业看着上游百丈宽的水流挤缩为十丈，像把一张纸折叠，从一个平面变为多个，生出神龙、怪兽，均龇牙咧嘴，嗷嗷狂啸，蹄足互搏，拼命厮杀。鸿业看得心惊，待细辨，它们已拧成一股坠入槽底，蹿起水汽十丈，喷了他一身一脸。

行至忧口，装货上船，顺多年形成的石豁推下去，船身入水，如鱼龙入渊，一摆尾，已在老远。众人复往上游去，二里地，身子轻快，跳几步就到了，却见顺子等人被按在地，看见他们，姚二大吼：给我打。一群人跑过来，二话不说，撵着中市人乱打。很快，人和人滚在一起，分不清谁是谁，离河近的，掉到河里，离河远的，慢慢也近了，黄汤中滚成泥人。

玉秀瘫坐沙地，泥头泥脸，先是呢喃天哪，天哪，接着仰天嚎叫，老天爷呀。后来也就无声了，喉咙干渴，像被黄沙堵死。慢慢地，她觉着这不是一场厮斗，是一个遥远仪式，是一场神圣祭奠，所有人不是被迫掉进河里，而是自愿跑进去，泡进黄汤。他们在水里松手，捧一把黄水朝天浇。日已偏西，阳光和大河一个颜色，都是暖暖的黄，水在空中是一道道光线，珠子一样落在别人头上，也落在自己头上。

两方人马都躺在泥里不动。太阳就要落山,瀑布的巨大水声从大河升到空中盖了过来,像一个凝固的壳子,束紧他们的身子,又像他们摆脱不了的命运。不知谁最先跳起来,跑进大河,返身朝岸扑了一把水,一个猛子扎进河的最深处。其他人被激醒,由一股力量支配,纷纷站起来扑进河里。

　　鸿业看着他们在河里扑腾,想起水婆的话,他们在大河边出生,大河里长大,同每个黄河儿女一样,他们受到的创伤,只能在大河里疗伤,在大河里遗忘,最终在大河里成长……

来自远方的消息

　　大河波浪汹涌，遥遥自天边来，泛起的白色泡沫一漾一漾，如同一种迷惑，鸿业盯着看，渐生眩晕，仿似看见另一群人在河那面盯着，和他互望。另一个世界？鸿业不知道，以瀑布为标尺，船家将大河分为上游、下游，上游有的下游没有，下游有的上游没有，上下游说话不一样，做事不一样，长相不一样。见多识广的船家口吐莲花时，鸿业总生起怅惘——他身边人都一样。河滩像一只木盆底，六村人每天从盆沿下来，在盆底来来回回走一天，再回到盆沿。日复一日年复一年。拉船，拉船，拉船。他步丈过拉船道，二里地，走路几步到，拉船却得两个时辰，船像一座石头山，人拉着它，一寸一寸糙。光阴在船底和沙石对抗，人是战俘，拖一步，矮一分，迟早低进黄土，被它带走。

　　鸿业疼惜这些人。

　　混战那晚，鸿业回家后发起高烧，木桃拿白酒擦了两回，额头仍是滚烫，去请水婆。水婆带了些粉末，往他嘴里一填，嘱木桃拿筷子去水碗里立，立住了，一菜刀劈倒，水隔门洒出去。木桃问水婆是不是有脏东西，水婆说这人世本也没什么干净的。鸿业只觉无力，听见木桃说话，睁不开眼，好似被一只手捏着，糨糊糊的，昏昏沉沉。停了一会儿玉秀来了，说其他人都没事，就是万有伤着了，腿被滩石拉开一道血口子，婆姨抓了一大把灶膛灰也没止住血。鸿业"噌"地一下清醒了，正好勤善、顺子来了，大家就一起去看万有。

水婆嘴里嚼一把草，把绿渣吐出来往万有腿上糊，口子不长，四寸左右，从大腿面斜着往下刺到膝盖上半尺，翻出来两条肉像拱起两座山，夹出一道血水沟，汩汩朝外流。这些烂开的地方引诱万有不停地抓挠、抠掐，想一把揪住扯出来，像扯出冬瓜、南瓜的瓤，或者在烂掉生出绿霉的地方一刀剁开，露出瓜的整洁面。似有一万只虫子爬，在烂肉里嘬啃，虫子的尖嘴咬一口，慢慢咀嚼，能听到细微的吞咽声，似乎还有漫不经心的评议。以破口为圆点，皮肉、血管、筋膜、筋脉，先锋军把细足犁进新肉，一圈圈开垦。又痒又疼。他知道水婆已经用尽办法，难以防守。小石片擦着他的肉划开时，"咯吱"一声，血不会改变河水颜色，事实上没有什么能改变河水颜色。万有活了三十四岁，伤了何止三四百回，水婆和她神奇的草药每一回都能治好他。这一次是例外，他从水婆眼里看见答案，当她颤抖着将草药渣按在他腿上，他觉察到她努力掩盖慌乱。万有知道，没有人能对他的死负责任，将他轻轻推了一下的小娃是留村葛姓人，他爹和他一般大，穿开裆裤时就在一起玩。他被外力推着朝他倒过来，也许力量来自河里，他们站在它的背脊上，被它一拱一拱，站立不稳。他扶住他，随他荡漾了一下，一起跌进河里。太阳晒了一整天，温度适宜，他们不自觉潜下去，埋入更深的水里。

水婆把绿草渣涂了大半个腿，让万有婆姨拿布裹，包袱扯开翻不出一块完整布，一着急，从自家裤腿拽下一条。窑里黑乎乎，没一点儿亮堂地，三个娃裹着一条被，在炕脚挤着，大的小的都蓬头垢面。鸿业不忍，把几个铜板悄悄塞给万有婆姨，她紧紧捏住，一路送出来，走一步，黑裤腿扇一下，露出一截细腿，像干棍子挑张皮。

夜黑，几只星子在很远很远的天上闪，三个人坐在麦场，听蝉高高低低叫，树上，土里，河槽，无处不在。鸿业跟两人说了见郭万庚的情形，说咱今天占滩，是戳了他的天灵盖，他绝不会善罢甘休。顺子说咱怕他？大不了明天再打一架。勤善轻声道：

> 万里黄河东逝水
> 铸就壶口天堑
> 多少木船行至此
> 空悲切
> 需百人拉纤

一词吟罢，还要念几句道白接唱词，被木桃打断了。回，她说，快回。

香插一院，纸烧四堆，木桃要拉鸿业四面磕头，请神仙护佑，被鸿业甩开了，鸿业说人打人呢，你求神仙？木桃说你不要乱讲话，神仙造了人，怎么管不了人？鸿业说你想让神仙管的人，早就买通了神仙，人家杀猪宰羊敬谢，你只插一炷香，神仙闻都不闻。木桃听他胡言，劝不住，又去磕头，鸿业听她碎碎念，知道她害了心病，就出去磕几个头，把她带回家。

泥水滩里混战不断重演，好似中市人都被摁紧，黄泥往口鼻里灌。他看见爹娘，看见二毛，看见无数死去的族人，他们只是换了一个地方活着——在河里,被水一波一波洗涤,和水起起伏伏荡漾。大河有龙宫,就有司仪,簿子里记载,某年某月某日,某时某刻某分,拣出谁去投生。他看见自己的名字,黑色,硕大,突出于账簿,被龟将军押进大堂,呔,你可知罪?却是木桃苦兮兮那句唱词:这都是命啊!

浑浑噩噩一夜,天明到村头,又是齐刷刷一百壮汉,万有缺下的空,他大小子顶起。十三岁,个子没长全,站在人堆里小小一苗,鸿业却听见浑厚男声里那个稚嫩音符冲得最高。

鸿业问,柱子,你怕不怕苦。

我不怕。爹告诉我,这世上没啥吃不下去的苦,不怕苦,才能吃苦,吃得了苦,才能把苦日子熬下去。

好小子。

山路细窄,一百人铺开,像浩浩荡荡的一股黑水,要汇入大河去。有那么一个时刻,鸿业听见足音合在一起,笃,笃,笃,蹦向石头山,斧劈刀削的尖峰吸纳它,给它填一颗坚定的决心,隙缝里的花草环抱它,给它套一层又一层温润,它弹跳出来,带着必战必胜必死的决心,雾一样弥漫开。鸿业知道这不是他一个人的事,是一村一族的事,是六村六族的事,他要把大家统到一起,像大河一样,朝向目的地。

他们手挽手,肩并肩,胸脯贴后背,像一排浪涌到滩口。果如预料,姚二和几个人守在那里,他们一步步后退,浪一步步逼近。没有谁能跟一百个不要命的人抗争,郭万庚不得不退这一步。

滩上渐成规矩,你一船我一船。两股力量像双首单身的怪物,头与头瞪目,互嘶,吐口水,身子缠在一起,这头游到那头。鸿业知道这一点，他在等待，一点一点感化，把两颗头拧在一起。

鸿业盯着浪头，想象另一个世界——远离大河的世界、山里的世界、平原的世界。他只去过三十里外的山上，那里缺水，人去五里外的沟底挑，水桶慢悠悠晃，挑水人总是小心再小心，步子小点，再小点，别让水洒出桶沿。河有千尺万尺长，以壶口为圆心，三十里只是小小一圈，他想顺河走一回，走遍人世这个大圈圈。

天灰蒙蒙，黑云向中间夹击，露出一块又一块狭小天空，补丁一样缀在天上。灰鹤穿透迷雾包裹的山峦，发出一声声尖叫，在鸿业头顶划过，向他传达暴雨要来的消息。他努力向上游望，想从昏暗中看到船来的消息。常有这样的情况，船和暴雨一起到来，需要人等，在洪水暴虐之前，把船拽上来。那些掀翻木排船的大浪，总是不留情面。

船没来，雨来了。

雨一来，洪接着就来。

河低声号叫，像猛兽进攻前一样。河滩鼓起身子，微微颤抖。峡谷被一股激流涌动的声浪震颤。鸿业大吼，上山，快上山。众人爬上河滩，朝每一条山路跑。洪挟带巨大声响，冲毁了岸边巨石，将长在山坡的乔木和灌木刺棘一起冲毁，相互撞击缠绕，裹着它们下行，形成更为强大的队伍。它们一路踏平河床河滩，收服每一寸土地，攫取前方的每一处物产。滩地上的麦，没地方躲藏，在洪到来之前就投降，交出了自己的所有。

鸿业站在山石上看着这股水，看着随河水起伏颠簸的黑色船身，每经过一浪翻滚就破碎一分，爹就在这样的洪水里连人带船翻掉，那天的浪和今天一样凶猛，爹没来得及逃上岸，被一浪拍到河里，漂了五天才冲上岸。鸿业不知道，河深处，那人眼不及的地方，有没有肉身正被吞噬，他们和巨石一起翻滚、摩擦，消融掉最后一点清醒。鸿业吸紧一口气，瀑面更宽了，变得无边无界，似乎想把天地一口吞掉。他看着这股黄褐色的水，清醒地看到了自己的命运，和河畔六村人的命运。

暴雨下了三天三夜，洪流了三夜三天。

滩上无有一船来，两条船被水吞掉的消息长了嘴，一日日在滩上飘，说是两条船载重一百石，装的兽骨兽皮和粮食，船上十二人常年行船，吃了一辈子船饭。"再有经验也对付不了天。"

鸿业便操旧业，把阴好的柳条拿出来编制，筐子、筛子、笊篱、篮子，这一来木桃反而欢喜。两人在树下编筐，院外一棵杏正在发黄，风一来飘着香，鸿业觉着和木桃离得那么近，又那么远，不知道她在想啥。有时见她发呆，目光瓷愣愣，仿似离了魂，有时她哼唱小调：手拿线儿绣肚兜，呀唉咳呦，绣一朵荷花在水中，鲤鱼儿水哟游呀唉咳呦，哎嗨哎嗨呦……唱一半就停，鸿业猜她想到眼前河，真实河。

等了十来天，总算有消息来，两只一百石大船，不是明天就是后天。

鸿业把人拉到滩上等，姚二带两人，离了五尺远近。两只船一前一后靠近，跳下五人，均赤脚，黑面，跟滩上人无异。他们拉动木船靠岸。有一人自船头跳下问，谁主事？鸿业应道，每人十文，得八十人，也能加人，加人不加钱，总共八十文。船家说那咱说好了，先干活，后结算，船货拉到弌口，你来找我拿钱。鸿业说行，一挥手，人一拥而上，一只船开始运行。

鸿业站着没动，冥冥中有股力量，让他留下来。姚二晃荡着身子过来，褂子没系扣，露一条白肚皮，鸿业想，人和大河一样，皮囊下面都是未知。把传说讲给他的老人都说，河底有地道，有暗礁，有一个接一个打着漩涡能把船吞进肚子的深洞。没有人见过。

轮到我们了，姚二说。船家问人呢？价钱谈好人就来。刚才不是谈好了？他谈他的，我谈我的。你是什么价？一人二十文。勤善正往驴身驮货，回头跟船家说，人都被赶到三里外去了，他跟你要二十文，只给干活的七文，唉！作孽不怕遭报应，自古穷人不欺穷人，克扣他们，也忍心？姚二说我想进皇宫克扣皇上呢，我娘没把我生在京城。勤善"呸"一声，边拉驴走边唱说"你不敬神神自在，你不磕头神不怪。你一心只把穷人害，坏事做绝你要遭罪……"

船家不动声色，走回第二只船，自去抽烟、喝水。日头一点点往高移，滩上暴晒，无风吹过，世界有如凝固，一丝滞缓的情绪在三人间流传。

姚二跳上船头，说你不用等，等到天黑，等到明天，等到明年，你这只船，也得让我们拉。船家说这是谁定的规矩。我定的。没人管？老天爷管，老天爷告诉我，就得这么办。船家浅笑，说我今天这船，一定不会让你拉。指着鸿业说，让你的人把这只船也拉到讹口。

姚二咋呼，你敢？

船家一步下船，手往他身上一搭，一抓，一提，姚二双脚离地，独两只手扑腾。船家说我走州过县几十年，万没料到小小壶口一隅，有你这样的强贼。一面欺哄船商抬高搬运钱，一边克扣穷苦，见人头抽成，你不怕生意太好做，阎王爷眼红？膀子一紧，一顶，一扔，姚二已倒在十步以外，他手脚并用，连滚带爬，一个忽闪不见了人。

鸿业要去拉船，被船家拉住了。两人沿河滩南行，站在瀑布旁。水声巨大，翻滚着的水花在崖石上反复冲刷，水柱如石柱，重击进龙槽，激起的水烟落在他们身上，变成泥点子。船家详问了滩上的拉船情况，问鸿业，我这两只船拉的同样货，走同样路线，你拉一条船八十文，他要一百八十文，你说会造成何等影响？

鸿业回说，我只管我，管不了他。

船家说此言差矣，你管你，不管他，却不知你们被"壶口滩"这一称呼指代，你就是他，他就是你。他名声坏了，就是你名声坏了，你们这一片滩的名声全坏了。

多年以后，鸿业与郭明道在"龙王汕"集镇创建过程中结伴同行，结成至交，他们遭遇一次又一次艰难困顿，每次都会站在瀑布前，重温这次谈话。郭明道说你知道吗，壶口瀑布是黄河唯一站起来的地方，它一直屈服，一直转弯，积攒愤怒，积聚能量，它能站起来这一回，咱就能度过这一个关。

人的一关又一关，像大河的一弯又一弯。

鸿业看出他绝非普通商贾，虚心求教，说我只恨才疏学浅，还想不到好法子，不能将六村统起来，不受郭万庚盘剥。

船家说只要你心里点起一个苗头，就一定会想出办法。咱们脚下这片土地，自古就流传尧舜禹"公天下"的故事，你勤听勤问勤思考，一定会从中受益，想到对抗郭万庚的法子。

鸿业被激发起希望，望着大河浩荡，一往无前，有股劲头悄然生长，如同一颗种子在辽阔的心扎下根芽。他觉得自己从未如此饱满，许多隐约的念头被郭明道一句话焊在一起，如同暗夜里的灯火，把缭绕在眼前的谜团一点点消融。

鸿业送郭明道至忒口，挥手告别。他站立船头，赤身，精壮，像风一样，把远方的信息带来，又带着这一地的信息而去。他要去往哪里，跟这里一样吗，人担心无船可拉，无货可卸，无纹银可挣，无茶饭可食吗？大河东流，它流来的时候，有没有带着上游人的期冀和梦想，它流走的时候，有没有带着这片滩的愁苦和怅惘？大河那么长，世世代代活在它两岸的人啊，有一样的期想和愿望，会不会和他此时所想一样？公平公正。雨露阳光。

一颗心渐渐放松。

天色渐暗，张鸿业沿河滩北行，靠近瀑布停下来，想着刚才郭明道说的话。你们被"壶口滩"这一称呼指代，你就是他，他就是你。他的名声坏了，就是你的名声坏了，你们这一片滩的名声全坏了。第一次觉得，他和郭万庚并非对立关系，而是一个整体，好比嘴巴与耳朵，互相依赖，互为依存。郭万庚和他一样，和大河岸边六个村子里的农民一样，想在黄河滩上讨口饭吃，他只有这一点能耐。他为自己的局限而自省。

夜更深地掩过来，仿似谁的黑披风，鸿业面对瀑布坐着，丝毫未觉危险临近，那股风突然降临，挟卷着被谁挑起的愤怒、哀伤、绝望，在"夜"这个同谋者的怂恿中，将他紧捆，他觉到粗麻绳缚住大拇指时一再勒紧，勒紧，再勒紧，一定有血渗出来，先还是新鲜的红，只要一会儿就变成深褐，到明天变成黑。他见过那么多的鲜艳，红绿蓝，青白紫，最终都会变成黑。黑，这世上的唯一永恒，唯一真实，唯一沉重。他觉到一些拳头砸过来，一些腿脚踢过来，也许还有木棍、锨把、木镰，还能指望他们有什么呢，他们用什么对待土地，对待大河，就怎么对待世界，对待世上一切。没人说话，语言会暴露他们，让唯一独立于他人的那个名字被识别，他们把嘴巴闭紧，却让更粗重的喘息发出来，呼哧，呼哧，呼哧。让他有种错觉是在牲畜圈里，同家里那头牛在一起，它双眼沉静，万事看透的样子，温柔开合时，有一种光发散，渐渐形成光圈，形成光场，吸引他深迷、沦陷……

鸿业躺了很久，像被泥沙裹着，一浪一浪滚，途经巨石尖利的棱角，看见奇怪的动物正在噬啃，声音如同风吹密林时丛林深处的回响，碎石跃入大河，太阳将光线一丝一缕绘在河面，生长在河床底部的水草有一种梦幻般的青绿，他被河爱抚，被河咀嚼，被河吸收，变成一粒河沙。

迷迷糊糊的，听见一种歌吟，没有歌词，没有歌意，只有绵长的"哼""嗨""呀"，把时光含混，他同时看见过去、现在和未来，时光折叠，光阴折叠，大河折叠，一条巨龙从壶口飞起，鳞片闪亮……

鸿业睁开眼，水婆停止细碎的念，把手抚在他额上，他又把眼闭上了。想起那个无声无息的夜，如果不是有人通风报信，他会死在那里。大河怀着巨大仇恨，设计一场意外，它调动千军万马，从上游滚滚而来，黄水漫延，从他的脚心开始，一点一点吞噬，将他卷入河水里。多年前随河水一跃而下的小媳妇，随浪起伏，一路沉浮，最终被冲到津渡龙门，被"拦尸石"拦下，小船窝的艄公撑着木排船，行了一天一夜，才把她带回来，人早泡得没了形，身子胀起来老高。人把人当人，其实跟蚂蚁蚂蚱也一样。人常说靠山吃山，靠水吃水，山里人吃野菜吃山货，沿河六村的人却不吃鱼不吃虾不吃龟，它们在大河里活，大河吃什么它们吃什么。大河吃人。

又躺了几天，鸿业执意要起，再躺我就成废人了。

木桃拦着不让，说伤筋动骨一百天，这才几天。

鸿业说你让我躺着，不知道我一颗心跟着大河浮沉。我心里也横着一条河，也横着一个瀑布，过不去这个坎，我躺不住。

这都是命。几千年了，河就是这么一条河，瀑布就这么一个瀑布，辈辈把日子过下来了，也没人把这当回事，也没人说这是个坎，就你逞能？你逞什么能？跟大家一样拉船，一样挣那几文钱，非要冒这个头？这次让人打个半死，下次说不定就打残了，打废了，打死了，大河埋不了几个你？

大河埋不下谁？鸿业苦笑，你没去过黄河滩，没有看到那里人推人，人挤人，外人以为抢吃抢喝抢享受呢，他们抢受苦。你说咱庄户人有多苦？你说我逞能，我为啥逞能，是想让村里的父老们有口吃喝，有件衣裳穿，人活着，不就图个吃饱穿暖？

木桃说谁也想吃饱穿暖，可鼠有鼠洞蛇有蛇窝，你没这个能耐，就别出这个头遭这个罪。

正说着，勤善来了，人还没进院，先听见他唱：玉帝给我赐重任，走访天下老百姓。为怕刁民不接应，赐我一根盘龙棍……勤善进窑，带着一股泥腥味，鸿业知道他刚回来，问滩上咋样。勤善说还那样，发生过几起纷争，哪方也没占便宜，仍旧是你拉一船我拉一船。

鸿业被怄了一肚子气，赌气要起身，却被疼痛钉在炕上，它如同一只小老鼠四处窜，拳脚，力量，耻辱。他想起那天晚上，风一阵猛似一阵,他全身不能动,只听涛涛黄水怒吼,像一只千年厉鬼发出绝望嘶吼,天黑洞洞,没有一丝亮光,好似一块黑幕布,透不出一丝光亮。他只说要死在这里了,却听见叫声,火把如同天光一样闪在半山腰,蜿蜒在山路上的声音和火光一起召唤他,他提醒自己,不要闭眼,醒着,保持清醒。勤善告诉他,信是南村一个远亲捎过来的,亲上亲,亲加亲,一河两岸的人,人不亲水亲。他知道这是天不灭,更是人不灭,没有深仇大恨,大家都想靠船吃饭。混乱是郭万庚所造,其他人只是墙头草,哪边有希望就朝向哪边,历朝历代,啥时候不是这样?

该怎么突破呢?

叙：为爱守望

你想写这条河？写河就是写人，河和人一样，你不知道现在活着的人是不是以前活过的人。我活了八十五年，看到太多人活着活着就死了，可有一天，你见到另一个人，觉得他又活了。今天我刚去上过坟，坐在地上，风呼一下从眼前吹过，点起的纸灰被裹着飘飘忽忽飞，最后落在地上，不过一点小小的黑。我喜欢上坟，表达对逝去亲人的怀念，他们是我爹，我娘和她，离开了四十三年、三十二年、十三年。

坟场很大，占着一个山头，据说埋了八代以上，要是把他们请出来排序，金字塔形态状比坟头，一支人是一座坟，从顶端往下繁衍，四代以后，彼此面目不清。这是个让人不愉快的想象，延展一下，是坟下之坟，骨下之骨，坟上之坟，骨上之骨，一定有谁被我踩在脚心，我想总有一天他们会重新站在人世，踩住我。生命不过是一次又一次轮回，时间空间恒定而我们只是如蝼蚁般重复相同的命运。

人啊，就这么回事，活着是人，死了肉化淤泥气化烟，只有骨是见证，还藏着那一支的基因。人是讲基因的，儿子长得像不像老子，孙子都会像，就像你们作家写字，过来过去就那么些字，来回组合。老子儿子孙子重孙子，也在固定的基因密码里组合，一不小心，就撞脸了。我甚至怀疑人类的基因也不过有限种种，比如隔了几千年，中国的谁就像了外国的谁，或者谁的脸上，就长了谁的眼，人无非是单眼皮、双眼皮，高鼻子、塌鼻子，薄嘴唇、厚嘴唇，正如坟下之坟，骨下之骨。我怀疑我活着，不过是重复过去某个人。魂被人身束缚是相，被狗身束缚同样是相，死一次脱一次相，脱掉了，魂就升天了，就空灵了，就能自由投胎了。

你说投胎也是技术活？对对对，不是想投哪就投哪，这就是人生，所有人都一样，不问来时路，只朝未来奔突，不管前方光明黑暗。这一点和河一样，你看这条大河，哪管什么黑白是非，只管朝前流。

我不搬，往哪儿搬呢，搬哪也不习惯。我娘把我生在老窑，我又在老窑娶媳妇生娃过了一辈子，我的一生都在这里，我的一切都在这里，我死也要死在这里。

石窑坐北朝南，高三米五，宽四米，入深七米，东边两只木箱，一口水瓮，一台锅灶，西边由北至南大衣柜、碗柜、组合柜，正北一盘大炕，铺淡黄炕单，揭开来，毛毡仍旧，苇席仍旧，扑起的炕土味道依旧，好似一家人仍在这盘炕上，早起叽咕，睡前叽咕，晌前晌后也叽咕。她常说，你们别吵了，求求你们别吵了。后来她躺炕上，一句话不说。我怀疑那时她已经上了天，小仙拿册簿一五一十订对，好了，你进去吧。宫殿四壁辉煌，神仙位列两班，眼神带钩尖，一勾一引诱惑人。

我二十岁结婚，弟弟妹妹还小，九个人睡一炕不觉挤，老窑旁边再凿一眼石窑，集体搬过去。那晚真空，一盘大炕只睡两个人，风从四面八方往过涌。窑顶一条细缝，我盯紧，只消一会儿，它就松劲，蜈蚣一样爬行蠕动，节肢伸展，一节拖动一节。

我努力回忆发现细缝的时刻，老奶奶死后三天，丧礼正在进行，棺木板还未钉实，哭声绕在窑顶。后来又多一些，有的越裂越宽，有的自行愈合，还有的弯弯绕绕，连成圆圆圈圈，爹说这是先人通达尘世的门，有宽有窄，有深有浅，有一天当了神仙，抹掉一切印痕。老窑追溯三百年，住过十几代人，一代一代生，一代一代死，窑顶都有呈现。再往前，没有这么考究的雕花窗棂，一格与一格不同，横看与竖看不同，棱形或方形，要看一时心情。再远只有洞，锯几棵树洞口一拦，冬天挂一袭兽皮防寒，一家老少康泰。常有狼来，隔着院墙嘶吼，人在百米外听见，寒毛竖起，都吃过亏，赶紧点起火把，再到铁桶里爆豆，噼啪噼啪，狼一害怕，就跑了。

你不信？她也不信。洞房夜我当故事讲，她两只眼扑闪，眼睫毛特别长，盖下来黑压压两条重痕。第一次见，我就担心，又浓密又厚实，抬眼皮得有多重，能帮她一下就好了，来，眼睫毛放指头上，我帮你往起扶。眼球大，眼白少，眼睛闪闪亮，正中间那点光，是暗处一盏灯，遥遥召唤，你永远走不出去的大河。

你不懂。石窑把四条腿扎到山里，就和山长在一起，山带着它一起呼吸，山不死，它就不会死。我和她生了三个孩子，孩子生孩子，现在四世同堂。她一直等，撑过一天又一天，还是晚了，死后一个月，孩子才出生。医生说胆囊积水，治了几年，哪哪都不对，瘦成一把干筋，人走近前，气味先扑过来。大把大把吃药，一天输两回液，骨血都换了，毛孔渗出来，不是汗，是各种液体。工厂流水线上生产，不甘心农村生活的打工仔一瓶瓶装好，密封，运往医院，护士拿针尖捅开，扎进手背。她左右手全是青紫，针眼挨针眼，直吼疼。短暂清醒时，她就叫我，眼里全是泪。

临死前她精神了一下,眼睛大大睁开,盯着我。我被她引到河的最深处,大簇水草蓬勃,她如鱼穿行,无手无脚,独两只眼睛,偶尔回看,串串晶莹。我拼命追,手脚软弱,用不上劲。急出汗,手背抹上去,见她努力要坐。院里阳光正好,她喜好花草,高高低低种了三五层。秋刚来,一切还在浓烈。我伸手去扶,眼见她哗一声软下去,枕上一层白,瞬间结了冰。

人围了一圈。小姨子将手指拉住,一根一根揣摩,也许想找开关,一开,活了,一关,死了。摸了半天,指头变为手纹,一条一条顺上去,顺下来,她说叫人啊,快叫老姜,扎针,你怕她疼吗?你让她疼,她一疼,就好了。旁人也附和,叫啊,叫啊,你快叫啊。

我没动。

为啥不动?老姜不顶用,神仙老爷也不顶用,生老病死,谁能敌得过?

棺材早就做好了,放在边窑,老窑西北角掘出的深洞,三米见方,几口老瓮空着,敲一敲瓮壁,发出一阵又一阵空响,它与大河只差一层泥皮,铁锨一点,人就在水里,被水托着浮起来沉下去,瀑布就是龙口,吞进去一个,吐出来一个。鱼游过来游过去,把她拽进去,她也开始游动,像一出生就在河里。我头疼,眩晕,断片,她是谁,他们是谁,全身轻微抖动,上下齿不断磕碰。这种抖动难以控制,每一次都持续很久,我被一股力量推促不断回到过去,重温与她走过的每一天。她说我要走了,你看不到吗,他们朝前扯我,一直扯,胳膊多么细,细成一条线,就要断了。我想她一定在为了我搏斗,哪怕只剩一口气,也要拼上去。

　　她入土为安那晚，几拨亲戚在炕上盘腿围坐，我儿突然说，爸跟我们一起住。像跪在神像前发誓，一副请天地诸神见证的架势。他们齐刷刷点头、微笑，做出一块大石头终于落地的表情。我没有接话，恍惚她仍在炕上，一根透明管子一头连着她，一头连着输液器，他们还没来得及拿走它，它缩在炕角，被光切成两块，像自责，又像发愁，被搬上炕之前，它一直站在地上，地面那么凉，没人烧火炕，它一定冻坏了。

　　窑顶一条新缝，我费了很大工夫看见它，那么细，弯弯一条，像一根头发蜷缩在炕角。她费力拾起，缠上去。头发团就在枕头边，越来越大，昨天他们抓起它，甩进火堆。火舌一舔，化成灰。我赶在他们之前把木梳揣到兜里，用了五十五年，跟她一样，秃完了。它躺在我上衣口袋里，我把手伸进去，像仍旧抓着她。

　　你说什么？哦，老窑没几户人住，都搬去住新楼房了，我儿也让我去，把我带到新房。玻璃、瓷砖、铁栏杆，没经过土地滋养，冷冰冰，像个铁盒子。阳光贴上去，被它们不留情面地踢开，像对待一个脏东西。洋灰地坚硬，我穿布鞋跺了跺，硌得脚疼，留下两个泥脚印。夜里我睡不着，听不见大河嘶吼、老鼠磨牙、绿头苍蝇飞行时翅膀和脚打架，看不见窑顶细缝绘成的家族图腾，只一股味道，熏得头疼。

　　第二天我就回来了，我还是住老窑舒坦。石头路敞开身子接递我，一节一节送我前行。远远的，门窗栅栏，院墙窑面，水、木、土，都是黄色，吸纳阳光，被光包围，罩一圈金光。树和花在光里漫舞、伸展，壮硕或纤细，将头高高昂起，根深扎进地里。一只喜鹊飞过我头顶，落在梨树枝上，随风摇曳，一股清香随之弥漫。我知道我再也不会离开了，不管我儿请来谁。

有一天暮色将沉，花草颜色逐渐消隐，一层一层灰漫上来，我坐在院里闻，水汽弥漫，花草带着别样的香，桂花，米黄色，小苞蕾，大能量，拼尽全力开放，那么香。花影飘摇，两个人影闪进来，我眯眼看，以为哪个亲戚。人老活成害，过节总要动员其他人来。走近，我不认识。他们介绍自己从镇里来。

"一个人，很难把日子过出滋味吧。"

"人生来就是一个人，谁能陪谁一辈子呢。"

"日子长着呢，一天，一月，一年，又一年，你得习惯新生活。"

"我习惯着呢。"

"不，我的意思是人得群居，你应该住进儿子家，有人给你洗衣服做饭，有人陪你说话聊天，还有人在你疼痛时给你找医生。"

"我在老窑住了一辈子，离不开。"

"你不能住在这里，它太老了，随时会坍塌。"

"你放心，它比人寿命长。我们祖祖辈辈住窑洞，知道怎么维护它。窑老了，有灵性，也知道怎么维护人。我见过最老的窑洞，已经五百多年了。你知道什么窑才会塌吗，没人要的窑，被人丢弃的窑，它跟人一样，知道自己没用了。人和窑一样，没用了就会死，世世代代都一样。"

后来又来过几拨人，都太年轻。洋灰水泥才几岁，它们兴盛前，我们世世辈辈住窑洞。和山长在一起，探进另一个世界，鼹鼠、灰兔、长蛇、蚂蚁、蚯蚓、蜈蚣、蠕虫、细菌、真菌、植物根茎活跃其中，人只要遵循。现在我打呼噜很轻，害怕惊扰一墙之隔的它们。有时我整夜整夜不睡，细细听，会从微弱里听见她暖语叮咛，瓶里的药每天半片，纸盒里的药每天一片，别吃混了。

老了就听不见外头的声音了。你还年轻，心不静。

大河声？我当然听得见，血里流着呢。

我一天做两顿饭，烧柴禾。树枝干硬，总是先于火苗冒起黑烟，从灶膛溢出来，用纸一扇，烟囱钻出去。我曾无数次望它，凭借形态、颜色、烟向判断她心情。错得不多。心情好时，她会多走几步，从院墙外、连接小道的柴垛里抽柴，而不是从院墙内。松木、杨木、榆木、柳木、苹果木，不同种类，不同时间，会散发不同气味。水滚沸，发出轻响，一股气流从面颊掠过，细屑，轻柔，无质。

有时我会整修院子，赤臂赤脚，双手握紧夯把，提起再落下，泥土震动，像被谁挠着脚心。突然刮过来一阵风，我闭起眼睛，听见它轻轻掠过花丛，擦着枝条攀上桂花树，迅速上升，最终一个回身吹到我身上。我闻到她的味道，甜蜜清香。修缮过程缓慢悠长，我一点不着急。老窑有疗愈功能，一些瑕疵我注意到，隔一段去，自己合严了。我跟它长成一体，舒展身体，泥皮颤微呼应，裸露在外的麦秸节不规则跳动，我们服从于自己的节奏。

每天下午，我坐在院里，深长呼吸。风穿行花茎，抚摸每片叶纹，目光刺入花蕊，深情嗅吸；流浪猫跳上土墙，慢慢踱步，偶尔停下，弓起腰身；十几只麻雀在地上跳，叽叽喳喳。我意识到自己没有办法分离，老窑和她融为一体，当我决心死守老窑，就是向她宣示，我会永远留在过去，守着有你的日子。每当我这样想，她就会出现，隐身在花丛中，探出脑袋笑，比花儿明媚。她没有离开，分散在空气里，附着在可见之物中，甚至化身为血，在我体内汩汩流淌。

没有什么能阻止。人老了，就会看见自己想看见的。

谁都一样，你想什么就会看见什么。

我只想好好活，让我儿不要担心。

连阴雨来那天，噼啪响几声雷，闪电窜进窑，照在她遗像上。我长时间盯住，玻璃反射老脸，跟她重叠在一起。看什么看？我想看见她生气，以肢体引发声响，叮叮咚咚，咣里咣啷，滋里滋啦。像三年前一样。我承认，后三年，我总是故意挑逗，出于自虐，或同情。疾病让她越来越无力，嘶吼近于呻吟，愤怒有如娇嗔。最后她带着它们离开了——声音。味道。温度。眼神。

一挂紫藤垂吊，枝条挤进窑，朝深处长，我把它送出去，雨落在手上。起初只有轻浅几滴，沙沙响，像叶子刚落下来，被风卷着擦地跑，越下越大，叮叮咚咚，小石子砸过来，急急切切。

我儿披一条塑料袋跑进窑，劈头说，你跟我走。他一边跺脚，一边将塑料布摘下来挂在门头，水流下来，被土吸收，留下淡淡印痕，轻声嗞，小气泡冒出来。将眉头蹙起想什么时，他和她极其相似。这一点，她死后越发明显。我怀疑她把这个表情当遗物留给了他，我没有告诉儿子，她给我的都在老窑，这里，那里，所有。

他走近立柜，冲破梨木无形、固体的香，靠上去。梨树一百多岁，春季早早开花，味道热猪油一样流向老窑，附着在木门木窗木栅栏上，土墙土炕土灶台上，一整年香。故事和老窑一样陈旧，常从爹嘴里出来：一个人因为另一个人爱吃梨，在院里种了一棵树。将它放倒前我才信了，我去祖坟磕头烧香，请老老爷爷和老老奶奶原谅，回来告给她，没事，我给你做。刨花堆了一地，她一条条展开，粘装饰画。小渣子添进灶膛，火舌一卷，一舔，跟烧一苗蒿草一样，草灰堆在灶膛，很厚一层，来年洒到田地，催发庄稼成长。

走吧，我儿说，手在炕沿来回游走，预报会下三天雨。老窑不安全，说塌就塌，已经塌了十七孔。我说人都搬走了嘛。窑跟人一样，识眼色，没人需要了，还不塌吗。他说全村人都住新房，就你一个人住老窑，让村里人怎么看我？是儿子不孝吗，儿媳妇给过你坏脸色吗，儿孙没本事让你吃饱穿暖吗。

一转眼，他也变成老人，牙齿坏掉几颗，说话漏风，声音像伪劣产品，听着扭曲、疼痛。似乎还是昨天，小片雪花落上窗棂，打湿糊窗纸，风从缝隙乱窜，他四脚朝天蹬，盯着窑顶咦咦呀呀，像和谁对话。我感受到他热乎乎喷出来的气息，看见和他一样，出生在这盘老炕，在老窑从生到死的很多人。他们埋进山里，和山连在一起，成为山的一部分。

他眼睫毛长，眼皮翻起来看人时，黑眼珠一闪一闪，也像她。心不停悸动，极不规则。她留在世上的，过于实在，看起来可以触摸，找过去，又毫无痕迹。有时我明明听见她在笑，跑出来，只有风卷树叶沙沙吹过；有时脸颊有温热感扫过，像她的抚摸，睁开眼，一缕阳光晒照。她无所可寻，又无处不在，散在老院角角落落。

我儿走时眼圈发红，眼仁亮闪闪，也许委屈。我后悔没能告诉他，我住老窑大半辈子，像蜗牛的壳，得背着，一旦脱掉，就是换了骨血，和魂儿合不来，搅得人不安分。话一闪失永远错过，我察觉再也没机会诉说。从小我就知道，人都以自己为核心，然后才是小家庭，大家庭，家族，村落，乡镇，县市省，乃至全中国，圆圆叠圆圆，圈圈套圈圈，我应该把这个道理讲给他。

不，你不应该这样想，这跟孝不孝没有关系。如果你在一个地方住够八十五年就会明白，人守着各自生活才舒坦。

对，有很多像我一样的老人。他们不愿意，可总有各种各样的理由让他们离开。

晚上听见异响，打手电找过去，老院西北角地势高，淤了一滩水，窑顶一枝酸枣砸下来，溅了半院泥。我锄一条深壕，引流到旱井。等龙王爷发脾气，十天半月不出头，再吊出来，喂给庄稼苗。爹说人都活在"轮回"里，日升日落，花谢花开，春夏秋冬，朝代更迭，吃了饿饿了吃，老子儿子孙子。棉和麻从地里长出，纺线、纺绳、织布、裁衣、做鞋，穿烂了，沤粪，变成肥料，滋养新的棉麻长起。

我静静聆听：雨水触碰到树叶。叶茎朝上卷曲。叶面上水珠微颤。雨被风一吹，落到地面，渗入墙角。水淹过蚂蚁窝、蚯蚓窝、蛇窝。叮——咚——呼——啪——嗞——像一首合奏，和记忆里某个不知道出处的调门吻合。我跟着哼，不知不觉睡过去，等醒来，时间还早，不到零点，九点上炕，以前我只需半小时就会睡着，六十岁以后，一小时挂零。现在我有大把时间，三小时不够，四小时。四小时不够，五小时。没被黑白无常勾走之前，我每天都有二十四小时。

院里明晃晃，雨给泥土地镶了一层黏胶，麻雀落下来，翅膀湿透，耷拉着，扇一下，落几滴水。我正要救助，见它单脚蹦至大门檐下，抖擞精神筛，接着叼起一粒米，吱吱吱，十几只麻雀一齐落下来，列队吃，突然一齐张翅膀，飞远了。几十只小爪印，泥里生动，被勤善哥一脚踩乱。

你咋来啦？

雨把人泡沤了，想找个人说说话。年轻人都玩手机、打麻将——

人老了等死，谁听死人说话？

死人不该嫌弃死人。

我俩坐在炕上，打嘴官司。榆树枝噼啪燃烧，似乎温暖我们的不是火焰，是声音，欢快、暴烈、超脱于时空，被我们延绵至七十五年以前——作为新生儿，被人托举跳过篝火堆。我们不约而同追忆，像顺着树身往上摸，分岔，又分岔，有的干死，有的枯萎，有的悬挂树梢，等着被风吹掉。

雨水滴答，像催眠师念咒，我迷迷糊糊睡过去，不到十分钟，被他一个哈欠惊醒。他挪了挪屁股，问几点了。我朝座钟看了一眼，没看清，随口说四点。我们接着断掉的话题，也可能开始一个新话题，七十五年互相交织，纷繁物事如乱麻，被我们扯出一根，延长几十年，牵出另一根，又是几十年，一松手，各自回弹，缩回记忆深海。我们不断在线索间跳入跳出，彼此纠正，彼此承认，时空被我们拿捏在手中，如同一只魔方，按不同方位旋拧，会产生不同效果。后来我头疼、眩晕，脑子一片空白，慢慢坠入深沉。

我睡了一整夜。

醒来听见吵闹。勤善哥一晚没回去,他儿找遍沟沟坎坎,天亮才找过来,正在批斗。我让他闭嘴,你是儿子他是爹,照以前规矩,说话先鞠躬,不叫爹不开口,哪有你这种态度。他儿说那是旧社会,新时代不兴那一套,高速路都通家门口了,你还想着骑毛驴。我说人就是跑太快了,才忘了根本,忘了你们从哪儿来。

中午,勤善哥把铺盖卷背来,说要和我死在一起。

这怎么不行?我们是叔伯兄弟,光屁股长大的。

七十五年,足够让我们把这些看淡。

雨停了,花草萎了一地,散发出植物腐烂的味道。旱井早满了,地面渗透不及,水朝四处分流,聚至院墙,从水眼钻出去,顺水渠流至沟底,浩浩荡荡往山下奔涌,最终汇入河海。我开始遗忘,像鱼一样。经常不往锅里加水,干烧,或者把柴塞进灶膛忘了点火,或者把饭热在锅里忘了吃。勤善哥也一样。我们诅咒自己,安慰对方,最后达成和解:没关系,咱又不急,慢慢来。

我们像上学一样,轮流做饭,轮流打扫卫生,轮流睡热炕头,有时候劲头来了,合唱小曲,它们像生长在黄土地上的野蒿苗一样,一次次被火烧去,一次次重新长起,一年又一年,一茬又一茬。更多时候,我们晒太阳,排排坐在窑前,双眼眯缝,嘴巴紧闭,雕塑般一动不动,等着死神"点兵点将"——棺材早就做好,寿衣成套,每年被儿女们展开几回,缝制孝服孝帽的白布压在箱子底层——我们披挂一新,走向未知之地。

勤善哥毫无征兆病倒,下午我们把倒在地上的黄瓜苗扶起,用布条重新捆扎。泥汤裹着细弱蔓条,手指头般大小的嫩绿小瓜挺一身尖刺,警醒我们小心。我们都没牙了,也没劲了。怀念一口咬开它时满嘴绿汁，青草气充盈口腔，沿食管滑入体内，像和地底有了某种连接，能感同身受它的成长。

晚饭时他一脸茫然，目光呆滞，对呼唤毫无回应，脸肿胀如充水，像被迫接上高压水枪，不停充溢，随时会爆破。电话打过去，他儿带老姜来，灸针抵探肉体，长针短针，游针停针，扎了满身，没顶用。送去医院，说他中风，瘫了。

他儿说，他想死在这里，就让他死在这里。

我儿要理论，被我拦下了。我说行。

人不知道哪一天死，以什么方式死，死在什么地方，他儿想推卸责任，我不怕责任。我能照顾他，人老了就会知道，活着不需要太多。

像往常一样，我跟勤善哥说话。记得吗？四十八年前，县里奖给大队一台拖拉机，顺子开着拖拉机拉船，一个铁家伙顶一百个人，把老队长高兴的，直说现代化好。记得吗？生产队正要割麦，滩地麦黄澄澄的，都闻着麦香了。一村人磨镰准备开割，连夜下起雨，一下六七天，山水发了半个月，麦一片一片黑掉。成儒伯身子一挺，倒下去死了。记得吗？老队长带社员修路，一锨一锨挖，崖上掉一块大石头，正好砸在他头上。他们那一茬人，活到老干到老。谁愿意死炕上，你等着吧，日子越好过，人越不中用，以后人都会死炕上。最没出息就是死炕上。

他不会说话，眼角嘴角亮晶晶闪，我帮他擦掉，怀疑有人在我不留意的时候动了手脚，把一个零部件从他身体抽走了，像老窑被抽走顶梁，地基被谁拆去一层。我抬他腿，一松手，"啪"落地，两只胳膊也是，给人感觉是糊不上墙的烂泥。我希望给他增加些力道，像黄泥加入麦秸、头发。能干的泥水匠总有适配比例，如同磁铁互吸，啪，紧黏到墙上，窑活多久，它吸附多久，甚至比窑还长久，被剥下来，成为时代印记。他不怎么吃，土豆、红薯、胡萝卜蒸得烂熟，以前他一碗一碗吃，现在一口一口吐出。

他很快瘦下去，只剩一把骨头，皮松散，一把能揭开的样子。除了眼睛偶尔眨眨，跟世界没有呼应。有时我会从那两条缝隙看进去，希望得到启示，让他恢复到以前。

两个月后，我坐在被告席，被"七十四""七十五"两个数字来回拉锯，好似真相隐藏得很深很深，一个要从不同立面切开完整呈现，另一个要努力捂得更严。事实上年龄早在十五年前就失去意义，我没有办法回答法官，勤善哥怎么死的。他身子软成泥，坐不起来。我想了个笨办法，在墙上钉了四只铁钉，每两只横向钉一条皮带，可以把他扣紧，让他坐端。这样他能看电视，听我说话，阳光好挑起窗帘时，能看见院里明媚，一群家雀结伴落下来，大胆的一两只跳入门槛，翅膀一半明亮一半阴暗，吱吱几声后，斜着身子飞出去。

那天夜里，我给他换完尿布，去院里清洗，水管开到最大，冲洗完又用刷子刷。刷毛很硬，它一定来自某个塑料加工厂，工人将它们安装在一起时面无表情，不会想到它们的用途。总算清理干净，我把床单挂上晾衣绳。时间很晚了，天上悬挂一轮满月，几只星星亮晶晶闪着，它们周而复始旋转，不知道累不累。每年中秋，她在院里摆月饼苹果，朝月亮祭拜，不知道在那一边，会不会也跟月亮有共鸣。等我回窑，他出溜到炕上，皮带勒住脖颈。我把他抱住，很轻，不到九十斤，很脆，嘎巴一声会扭断。也许人都一样，死之前，肉一点一点弥散，分布于空中，只有骨架依靠一点硬度维持尊严。我抱着他摇了又摇，他紧闭眼睛。我告诉法官，愿意赔他一条命，黄泉路上，我们哥俩还能吼一嗓子蒲剧，震惊藏在路边的那些魂灵。

不，我不后悔。人都会死，我们老哥俩在一起，他死得不孤单，我也没遗憾。

每天我都等待有人将我带走，我修剪了花草，提前把葡萄藤埋到地里。等来年，院里还有美丽的花，甜蜜的果，村邻经过时，还能闻到香。为了向她告别，我从偏窑翻出黄表纸，向四面八方焚烧。有一瞬间，我肯定她知道了，轻轻牵动我的衣角，告诉我，你放心，他很好。一弯斜月白白冷冷挂在半空，射出来的光线慢慢流动，沥青一样覆盖在我身上，我不停抖身子，抖不掉，任由它一点点浸入骨头。

几天以后，勤善儿告诉我，他向法官递交了谅解书，请求轻判或不判。他说人都会死，是我糊涂了，才不听别人劝，把你送上法庭。他说请你原谅，因为有你，我爹死得不孤独。庭院有风吹过，一片片落叶枯死，被吹到空中，无力落下，刮着地面，沙沙响。我们坐在炕上吃烟、喝水，四只铁钉仍在，两条皮带软耷耷，像犯错孩子低下的头。

法院判我缓刑，我仍旧住在老窑。收完秋以后，不少人要去打工，征得我同意把老人送过来。他们像曾经的我们一样，肩扛铺盖卷，塑料袋里装着换洗衣服，如同万事操心的老父亲，一个劲儿叮嘱。紧接着，镇里给老院装了淋浴房、运动器械，安排一个妇女做饭洗衣，挂起"互助养老"的牌子。

你说得对，他们也是这样说的。但我们都知道，没有谁照顾谁，我们互相依赖，迟早都会离开。世界对我们而言，只剩最后一丝光线,当黑暗彻底笼罩,我们就会被它带走。

我更少走动,每个人都从天上飞下来,长一岁就往土里扎一点,迟早被先走一步的亲人拉入地底。我对此毫无怨尤。人在人世得不到的,会在那里一点一点实现。我只是一天比一天沉重,走一步要费很大劲,像是将一棵树连根拔起,再往下扎得更深。

有一天我看到她站在面前,呼出一股光阴去了又回的幽远气息,被我吸到肺里。她拉住我,一股力道传递,我的手变成透明,接着胳膊、肩膀、背部。身后一股寒意,像靠着冷库墙壁。万物消失,只有空气带着她的召唤,一丝一缕渗入。我有种感觉,是在地面之下与她见面,我能看进黑暗,看到地底星罗棋布。时间像水波微漾,爱与希望在几个单音节中蔓延,我陷入奇怪渴望,不想离开。

我告诉鸿业,我要死了。他帮我烧了一大锅热水,往澡盆倒时,一脚滑倒,再也没醒来。灵棚搭在麦场,吹鼓手热闹三天,全村人像雀鸟,落在丧宴上,接着远飞,停留在人看不见的地方。

一年又一年,一晃勤善死了也十年了,我还活着。院里的花败了又开,太阳好的时候,我孙女爱来老院拍照,这么拍拍,那么拍拍,夸花好看,窑好看,院好看。"爷爷,你住在这么美的地方,一定很幸福吧。""是啊。"等我说出这句话,她早跑远了,留下一股陌生味道。她把头埋在手机里,像木偶一样朝前走去。

坐在老院能看到壶口滩的游客,像我孙女一样,说着我不能理解的话,我不知道他们的世界,不知道他们要走向哪里,我只是静静等待,等着大河将我带走。她走后我就一直在等着,知道每个人迟早都会进入大河,在水里变成透明,一点一点进入永恒……

叁

我与祖先张鸿业和堂弟齐肩站在瀑布边，个头一般高，眉眼有相似，PS技术让郭臻拥有魔力，如同表演仓央嘉措诗句：没有了有/有了没有/没有了有了没有/有了没有了有……时间空间被忽略，想象是唯一发力点。他手指在键盘上飞，Ctrl+C、Ctrl+V，很快滩边站起无数人，黑压压排了几十层。我试图复原梦境，捕捉祖先张鸿业的眼神。他一直盯视，两束凝成千万束，似乎整个家族去世之人都站在他身体里，山一般压迫。依据我对梦境的解读，郭臻试过N多次，最终放弃。"这超出我的能力，"他说，"我还没学会用形而下表达形而上。"未来他会以此为课题研发，形成独特表达方式，当他将射线光束照在舞台上，台下人都能看懂，那是盘桓在壶口滩的精神力量，是生生不息的大河魂。当然，这是后话。

梦是现实反射，祖先张鸿业现身梦中一定是我面临困境。"乐之然"创世如西天取经，磕磕绊绊缀在全县"扩规模、提品质、创名牌、上效益"产业链条上，像人一生运命，无数岔路口彷徨，最终被谁的意念驱使，全程懵懂，朝前一步步迈进。

我记得果农彷徨，头一天苹果还在阳光下鲜艳，突然一场冰雹霜冻，果面染了病，密密麻麻坑点。他们像被人提着头发往起拽，整个人僵直，朝天望。天和大河一样，兀自沉静，浑然不觉自己落过雨降过霜给果农带来毁灭性伤害，自若神气活像被人抓了现形还在装样。我观察过他们仅有几次落泪，几乎看不见，手掌拂面，所有情绪被遮掩，喷发同时冷静，热血在头顶一点点冷却，绝望从脚底流走。不让人看见情绪起伏，是果农的自我修养，眼泪被他们视同脆弱，要紧紧压在心底。后来郭臻在"乐之然"挂幕布播放由墨西哥著名导演阿方索·阿雷奥导演，1995年上映的美国老电影《云中漫步》，当葡萄园燃起烟火驱逐寒流，他们一齐望向果园，许是思谋另一种可能，假如上一场寒潮降临，能借此挽救多少损失。

总有人问郭臻，你一个外地娃娃，怎么对壶口这么热情，他笑说："我不是外地娃娃，我家也住大河边。听水声长大的人，走到哪里都是亲人。"大学毕业后，他步履匆匆，在北上广的地铁里思虑人生，总觉不安，直到有一天站回大河边，嗅闻河水激起的泥腥子味，心一下子稳了，"生在黄河边，注定就得死在黄河边"。

他陪了我十五年，一河大水滔滔不绝，亘古长流，泯灭着什么，也记忆着什么。已届中年后，他常常对着大河发愣，偶尔发疯，又唱又跳，顺出嘴的，是刻在骨子里的《黄河娃》——

　　黄河岸出生，黄河边长大
　　喝过多少黄河水

> 黄河边就站着咱黄河娃
> 黄河娃有黄河赋予的肝胆
> 从来就不知道什么叫害怕
> 黄河娃有黄河铸就的魂魄
> 纵有那千山万水咱也敢横跨
> ……

他和我有同样执念,我痴迷寻找《六股头宝卷》遗落的文字,依据目录拆解、重组;他痴迷以镜头记录现实。两者偶有交集,好似公路尽头相遇,含颔一笑,转身离开,渐行渐远。

现在我回想一路历程,总觉一根指头悬在脑门正中,一旦茫然,就朝前指个方向。郭臻把这些都拍成视频,十五年资料存满八个移动硬盘,他拣重要片段整理成短片,常投影到幕布看。总是深夜,"乐之然"播放轻音乐,果树被声音浇灌散发不同香,我们唏嘘时光飞逝,泪从眼底泛上来,手背拭去。

"想不到啊,"郭臻说,"世界变了大模样,我还一直陪你疯。"

画面里我们都年轻,"乐之然"是创世前的一片荒滩,果树粗放式生长还没有精细管理的印痕,只有大河澎湃不曾改变仍是一浪一浪翻滚。我常常中途喊"停",画面定格是时间空间消失、视觉听觉消失,是想象产生的地方,我们设想"唯一"以外各种可能,每一条线几何散射,结果倍增。郭臻说,"从结果推导原因容易产生认知偏见,但我真的想不到比现在更好的结果,这证明我们每一步都走对了。"指头无意识痉挛,播、停、播、停,画面开始失真。

"对错是价值衡量,有取舍,有偏向,甲之蜜糖,乙之砒霜。我们选这条路是时代要求,时代同大河一样,走进它就得接受它,听它一步一步驱使。"

我因此对史书产生浓厚兴趣,将史志书籍中的时间线列出来,希望借此将《六股头宝卷》的空白填充,将祖先张鸿业的每一步都看清,这项爱好还没开始就被郭臻质疑,他随手翻开《吉县全志(民国版)》,指着"今裁""今废""无考""讹误"字样嘲笑我,说清民已经搞不清,距今又过百年,你拿什么连接断点?作为记忆介质,有选择就有未曾选择,有记载就有未曾记载,我相信未被记载是没有价值,不需要你费神打捞。

照他的说法,《六股头宝卷》遗失部分恰似巨著留白,有无数可能,一旦填满就只剩唯一,没意思。当时他右拳握紧让我猜,我一连说出十几种物品,都被否定,后来他展开手掌,灰色U盘缀一只金蟾蜍,开关一触动,"哇"叫了一声。

这是"乐之然"兼顾文化传播的起始点,"一业兴,百业旺",来找郭臻拷贝视频的人从政府机关延伸到运输、包装、餐饮、旅游、物流等行业,还有人想通过视频截取亲人画面,他没来得及规划死亡就离开人世。特写短暂,通过一帧一帧图像检视,郭臻截到他模糊脸面,这是老人留给世界的最后笑脸。我们去祭拜时看到放大的相片,恍惚看到祖先张鸿业神色,那些拍摄于清朝的老照片上,人都有类似眉眼。回到公司我不停翻看《六股头宝卷》,在有限字词里寻找精神呼应,再任由思绪生发,把空白部分填充。过程如某种渔技,不只打捞起鱼类,还有杂草、树木,被谁随意抛弃的垃圾袋,或者顺河而下的一段旧情绪,一切发生得毫无理由,一切又藏着必然理由,最后,听见祖先张鸿业说：

"坚持下去，没有什么能打败你。"

在这一过程中，我们找到销售新脉门。

苹果自然生，基因有传统，和人一样，好运噩运，坦途荆棘，只能趟过去。万物都有属性，木火土金水，相生相克，幻化万千。没人保证生而为人一生通顺，也没人保证苹果生长期间不会有这样那样的磨损。我们被苹果牵着心，苹果的生长期就是我们的成长期，我们见过太多太多损害，冰雹、霜冻、病虫、干旱，一轮一轮破解，一轮一轮俗常，最终我们像大河一样气定神闲。

堂弟对兴建苹果气调冷藏库持反对意见，说生鲜物脱离母体越久，越会加速死亡，丧失鲜香特质。他给我看笔记，记录曾经的实验过程，苹果采摘后置于常温条件下，每日三次观察变化，表皮微皱，果肉糖化发甜，果面发黄，口感酥软，生起果蝇，十五天后全部腐烂。量变到质变是时间魔力，他不相信只是降温就能阻止结果发生。何况建造冷藏库一立方米造价五千元，他算了一笔账，一斤苹果进去转一圈，成本要多五毛钱，这意味苹果失去价格优势，有先天缺陷。堂弟心思全在苹果上，把世界装进苹果，掌心摩挲。这让我经常拿他和祖先张鸿业作比对，拉船绳和苹果同样是媒介，他俩捏紧，就是捏住命门，心思都一样：拧成一股绳，保证六村人幸福安稳。

我也有同样的执念，"吉县苹果"有狭义也有广义，我目标清晰，要让人看到四字就感知到差异，不止外形，还有文化、观念、情感加持，形成品牌影响力。我带堂弟去广州水果市场参观，提交专业报告论证，终于让他相信，苹果存进果库能延长销售时长，变被动为主动，冲进市场前得到有效缓冲。现在果农果商都习惯把苹果存进果库等待时机，时间放慢，一点点糖化，过程中香味留存，那些在寒冬腊月进过果库的人，一辈子难忘苹果浓香。

我嘘叹祖先张鸿业不能感受到新时代向心力，"乐之然"创立之初，我在政府工作报告里听到全民战役号角，十万人就同一事达成共识并践行，分享行为、思想，甚或灵魂，需要强大信任才能服从。后来全县推动"畜——沼——果"生态循环模式，配套水利设施设备，安装生物杀虫灯、防雹网，十万人齐头并进。如果将这些拍成画面，会史无前例震撼人心。郭臻说等他再积累几年，我看出他的野心，一点一滴积累素材让他成为最大资料库，未来他只需要找一条线，将资料串上去，就能让很多想法实现。也许什么都不做，简单展现，就是最大价值所在。

郭臻遗憾没能拍得更多，后来他自发为社员拍摄短片，总在果园最热闹的时候，将机器架在苹果前面，果农的手从画面一侧进入，镜头拉开，出现一张笑脸。公司成立十五周年庆典时，郭臻在首页制作社员谱，鼠标点住一张脸，进去是人物简介，字不多，他们的笑容是最有力的语言。阳光从果叶间漏下，闪烁如钻石般明亮，它们穿透泥土，一层一层钻进地底，将黑暗分裂成残片，那是祖先张鸿业生活过的时代，它重叠在我的时代里，被赋予新意。

如果有三百年前的影像资料，祖先张鸿业带领拉船人从屏幕穿越出来，拉船号子在大河上激起另一重畅想，或许能让我更快看懂。大河浪浪沧沧，以它分界，历史显露出一点尖角随河浮荡，更多内容深埋在河流底部，我试图接近，总被它一个浪头打回原形。郭臻说未被记忆是不需记忆，人一生看似很长，其实关键点不过几个，一二三就是一生，事也一样。我慢慢接受空白，寄希望于我的时代清晰，当后世靠近，能看到每一天质感纹理。

镜头越探越深。我喜欢听他们讲述，那些拨动他们灵魂的情节同样拨动我，我们思绪叠合一起，正好酝酿纪录片的拍摄。主题确定，情节铺陈，细节如桃花一朵一朵缀满枝头，延时拍摄，会看到花瓣渐次展开，先开和后开之间两秒缓冲，黄色花蕊探出来，颤巍巍抖动。上一秒已经是历史，我们拍摄属于固定证据，接着剪辑制作播放。时间慢下来，一个又一个主人公轮番上场，我知道其实只有那一个，同一个，像亘古大河一样，说一样话，做一样事，将心中期愿一遍又一遍重复……

一盏油灯

　　油灯枯瘦，一颗小火苗跃动，如一片灼热的花瓣燃烧。玉秀看着它，一种疼慢慢溢开，浸洇全身。午夜梦回时，她总想二毛，觉得还在身边睡着，瘦瘦弱弱一个，她讥笑他没她重，没她高，可他是男人，到底有铁打的脊梁，是家里的顶梁柱。他不在了，家就塌了。无数次她想二毛没有死，只是去了哪里，去地里，去滩里，最远一次，他跟叔叔去宜川卖羊，赶了一船羊过去，拉了一船杂豆回来，二毛说那里人也吃不饱，种粮也靠天年，说他过了一条大河，跟没过一样，一样的天，一样的地，一样的庄稼，连人都一样，婆姨们包个头帕帕，黑眉黑眼。二毛说走到哪里也一样，人活成个人，就是受死受活。二毛下葬那天，她看着薄木板晃晃悠悠送到地底，那么个薄板板，只怕老鼠一张嘴就咬破了，它们朝他身子里咬，吱吱叫。玉秀打了个寒战。

　　灯芯闪一下，又闪一下，好像二毛的眼睫毛一下又一下在她胸口忽闪，闪一下，就让她的胸口疼一下，以前她总嫌二毛窝囊，中市村再挑不出第二个。那么窝囊的一个人，也是完整的一部分，缺了他，就是破了一张糊窗纸，冷风嗖嗖吹进来，没遮挡。

女娃牙牙学语，朝她拱过来。玉秀想你不要再叫了，你再叫，他也不会从院里走进来了。玉秀的心如同坠了大石头，一直朝下落。她把拴着女娃的石头往远挪了挪，做起了针线，玉秀一会儿缝好一只老虎帽，她把女娃抱了过来，将帽子戴在女娃的头上，然后被女娃一把扯下，填进嘴里，吮吸起来。

玉秀朝窗口望了一眼，外面黑沉沉，夜才开始。她听见脚步声，稳重，矫健，像谁擂响鼓声，一声一声击打人心。是谁？肯定不是郭万庚，那种操了鬼心眼的人，总是将步子放得很轻，猫一样摸进来，上次她就没有察觉出他什么时候进院。这一次，玉秀想，不管你是谁。她悄悄下炕，朝门缝看，人已在门前。

事后鸿业反省，他少想了一步，二毛娘搬到另一眼窑，他忘了。这自然是托词，他没办法告诉木桃，每次看玉秀走到滩上，总有一种复杂情绪，想替她受下所有苦。这种悲悯同对任何人的悲悯一样，不带有性别差异，然而他知道，越强调这一点，越容易让人浮想联翩。

包裹是留村葛成儒先生捎来的。

鸿业躺得不安稳，郭明道的话像星火，在头脑里熊熊燃烧，有时能看到图景，有时只是一地灰烬，被未知捆绑的手脚无处安置，找不到突围的隙缝。他跟勤善、顺子议过几回，在一个平面转圈圈，像笨猫追着自己尾巴跑，不能突破。他决定去找先生，爹走后，他再没去过私塾，年节去探望，先生总遗憾，嘱他勤读圣贤书，人一世一世活，活不脱书中那些道，也活不脱前人那些理。

先生在院中编席，见着鸿业，先自诵读：……故人不独亲其亲，不独子其子。使老有所终，壮有所用，幼有所长，矜、寡、孤、独、废疾者皆有所养；男有分，女有归。……是谓大同。一种社会理想自先生的诵读里成形，鸿业仿似看到大河两岸男耕女织，人强马壮。他踱到先生面前的石阶坐下，自兜里摸出烟袋锅，点火，吸气，望向天空。

蝉鸣声起。鸿业记起小时候和同伴抓蝉，把它的腿绑到线绳上，放它飞，它被牵着，飞不远，透明翅膀不停扑闪。现在他体会到它们的绝望，被束缚的无助，想一飞冲天却处处被牵制的无力。

先生说，我知道你会来，这些天我也一直在思考这个问题。你组织中市村人拉船，想让村民有船拉，有钱挣，本意是好，但方法有问题。头一条，你不该一味站在郭万庚对面，他虽有恶端，身后却站着其他五村村民，你和他对抗，就是和这些人对抗，与五村利益对抗，时间一长，必然会积累矛盾；第二条，你虽和郭万庚在本意上泾渭分明，方法却一样，甚至比他还狭隘，不能从根本上服众。可以说，中市村获利越多，你越失人心，时间一长，只怕会有更大混乱。

鸿业忙请教。

先生说你看。细长苇条在他指间来回穿梭，经纬编织，苇席在他手下渐渐成长，忽然，他将已经编好的苇条的经线和纬线慢慢抽离，打散，抓起一把散乱的苇条，在鸿业眼前摇。尔后，他将这些苇条重新编入，问鸿业，看明白了吗？

先生是说？

万物莫不有规矩，壶口滩的混乱就在于没规没矩。规矩是存在，是自然的，也是社会的，是官方的，也是民间的。你想为中市村谋福祉，先是建立规矩，"有序，有矩"才是解决乱象的根本！秩序不是天生的，是后天约定的。好比四时，好比天支地干，好比十二时辰。你要在混沌中发现规律，拟定秩序，予以规范。

先生的话如暗夜里洞开一盏灯火，让鸿业陷入思考。他不由想起郭万庚的话——你以"错"抗"错"，正义在何方——之前他不以为意，认定他狡辩，一个将恶意揣得极深的人，有何资格谈论他人之错，闻听先生一言，再将整件事回溯一遍，看出郭万庚积极的一面，设若没有上下盘剥，也可称为善行一桩，便与先生商议，联合六村拉船人，共同建立拉船秩序。先生自是赞同。

两人畅谈至晚，一弯下斜月挂在天上，窄窄细细弯弯，有些清冷，许多星子散落在空中，不停闪烁。临行，先生托鸿业捎个包裹，说自家婆子是玉秀表亲姑，一直病歪歪，二毛出事也没去。

鸿业将包裹递给玉秀，说了怎么一回事，待要离开，看见一伙人山水一样涌过来。

有淡淡月辉，把一树影子稀疏漏在窑面，人以窑为中心，围成半圆。鸿业看见二毛娘眼里的恐惧，无依无靠的恐惧，失去二毛，让她和玉秀的关系不再牢固，她像从虚无的地底来，要往虚无去，带着爬行动物不顾羞耻的决心大骂玉秀，你坏了良心，二毛尸骨未寒，你就在家里收留野男人。

鸿业说婶子你莫要胡说，我是替葛先生捎了个包裹。

你捎包裹，为啥不让我先验过？到底是谁的包裹，包裹装的何物。又指玉秀骂道，门里门外，你还要有些媳妇子当有的规矩，我告诉你，没有吃，你就饿着，没有穿，你就光着，只因为吃喝穿戴就要破了祖宗留下的规矩，这却没有道理。

嚎叫、诅咒、哭泣、咳嗽，鸿业听见二毛娘喉咙里有两块痰在滚动，她正被恶魔主导着，仇恨。村里人围了一圈又一圈，些许猜测从嘴里流出，瘟疫般散开，他知道乡村的夜有多沉寂，流言一旦出现，会被无意中喂养成洪水猛兽，忙嘱人去叫木桃，叫族长，又说了一遍如何如何。

　　玉秀说娘，你要说，咱就往开说。二毛死时，家里还有两斗蜀黍三升玉蜀黍，你趁我下滩，一伙舀了藏到你窑里。二毛的衣裳被褥，你搬到你炕上。连母鸡下几颗蛋，你也跟我抢。我去河滩卸货拉船，你骂我败兴丢人，可我买回来的麦，你从不嫌脏，趁我不在偷着舀。我不跟你争，你穷怕了，饿怕了，我比你年轻，脸皮踩在脚后跟，总能挣几个钱。可是娘，你今天伤着我了，你不能这么作践我。你这是捉奸吗？你是看鸿业哥给我带来包裹，想瓜分呢。你分，你都拿去，看有什么值钱好东西。

　　玉秀将包裹往地上一摔，两件家织布做的小衣服，一双虎头鞋，并无他物。人都退后两步，鸿业看着两件小衣服躺在地上，以它为起点，蔓延出一条孤独之路，玉秀将沿着它行走，一步一步走到生命终点，最终躺进无垠的暗黑里。他能感到一股悲凄在流传，人们不再看热闹，看到绝望、恐惧，被暗夜一点点侵袭并最终被收服的生命，鸿业觉得有什么东西一点点长起，又有什么东西一点点散去。

　　起了一股风，把木桃的脚步声送进院子，她轻轻走进人群。二毛娘仍以爬行动物的姿势坐着，似乎被谁从地底拉紧两条腿，不准备起来。木桃蹲在她跟前说，婶，我知道你怕什么。奶奶告诉我，最可怕的不是穷，是没心劲儿，二毛一走，把你的心劲儿全带走了，我们也心疼，可谁也没办法，这是咱的命。我知道你苦,有苦没法说,玉秀也苦,她才十八呀。婶,二毛没了,你还有玉秀,有娃,可不敢把心松了。以后日子还长,这娘俩还要靠你呢。

二毛娘"哇"放声恸哭,是那种全心全意的哭,声音郁积许久,被大石子紧紧压在心底,如今揭开封印,水一样流出来。她一动不动,任由声音一点点吞没,渐渐变小,变成虚无,变成一个符号,无数次在暗夜中被人提起的情感象征具有强大魔力,沾染一点,迅速扩散,哭声从单音节变成多音节,很快起了合奏。鸿业听见,只觉心疼,好似看见愁苦日子显现成形,被人一把揪住,一声声哭诉。

鸿业和族长再三劝,将人劝停,说到与先生商议之事。族长吃喝勤善、顺子叫人,祠堂议事。

祠堂在暗夜更显威武,屋顶连檐翘起,有种振翅起飞的错觉,从高大门楼进来,坐北朝南三间正屋,中无间隔,祖先牌位从上而下,一排排分列。看守的二大爷见有人来,早点起两把松枝,火光在祠室里摇曳,更显得空间辽阔,渺渺似有千丈深。鸿业在列祖列宗前站定,想说些什么,终是无语,一转身,众人站了一院。

族长说,壶口滩拉船自古就是单打独斗,没有组织,六村人你争我抢,害了很多人。今日鸿业和葛先生商议,想将六村联合,建立壶口滩拉船秩序,请大家来,就是想听听你们的主意。

鸿业说,现在大河行船,有四十石、六十石、一百石三种,每拖一船和货,最少需劳力七十、九十、一百三,咱们中市男丁只有一百余,而每日行经壶口的船只少则五六,多则十几,光凭咱一村,根本拉不动,船只能滞运。时间一长,船家肯定不满。

所以，我们要跟其他五村联合。把六村拧成一根绳，不给郭万庚拉船，对抗他盘剥克扣的恶行。同时，通过六村联合，建立顺序和规矩，让大家不用争抢，身强力壮的能拉，身小力弱的也能拉，同心同向，都吃苦，都受益。

有人说，壶口滩拉船自古以来就靠抢，抢上才能挣钱，抢是人的本性，抢才正常。你不让抢，那船来了让谁拉，让谁挣钱？

鸿业说，这一部分人拉船，那一部分人等着拉船。

众人嚷嚷：

那联合个屁啊，我们愿意时时刻刻抢，时时刻刻有活干，有钱挣。

我不怕郭万庚克扣，只要能让我挣到钱。

搞什么六村联合，有本事，把其他五村轰出壶口滩。

鸿业和先生交谈时看到的希望之光，哗一下合严了，他极度疲倦，像被人拉着朝各个方向拽，特别疼，他不停解释，想让大家理解他的苦心，不是一二三简单相加或相减，它是六村的命运，不，不是六村，是一村一族，同根同源。他们自私、狭隘、偏执，认定天下的事大不过自家的事，这让鸿业愤怒，后来他不知道该说什么，以可怕的动物般的咆哮吼道"二毛死了！万有也快死了！"

人群静下来，大河水声遥遥响起，远处"风水塔"上，一颗琉璃闪光，这座建于前朝的砖塔有五层，每一层都是六棱角，听说奠基时洒过一百儿郎的鲜血，为的是护佑全族安宁。鸿业大吼，他们不是他们，是我们。他感觉情绪正在悄然扭转，山水般的反对声慢慢弱下去。

就在这时，一串尖锐哭声突地响起，枣卜院上空升起微弱纸光，鸿业知道万有殁了，刚才他嘶吼之时，就是万有咽气之时，他强撑这口气，到关节口咽。鸿业赶到枣卜院，万有已经落炕，水婆正给他剃头刮脸，一刀一刀，刮出半脸枯黄。

万有的腿，水婆反复治，药方子换了几回，仍是不见效，没办法，婆姨请了阴阳摆治。阴阳在炕角点火，念咒，一张黄表纸燃了几秒，迅速成灰，扑起一窜。阴阳说不干净，有东西跟上了，安顿黄表纸一日三刀，纸灰按到伤口，把小鬼往出引，如是几回，万有病情更重。前天鸿业去，万有已现死相，面色灰暗，山羊胡子无光，人躺在炕上，只剩一口气，腿上脓包有盆大，不断冒黄水。

鸿业跟族长请命，去山上打柏叶，他带了一弯镰，只身一人进山。顺山路上行五里，密林最深处，有一片传说是唐人栽植的柏树林，他要爬上最高那一棵，割最油绿的叶，给万有铺在棺底，送他一路好走。

天上启明星初现，微亮微亮的一颗，像哪家煤油灯的一点灯芯，鸿业听见一声响，勤善声动天：

黄河滩上拉旱船，为就是挣得几文钱，万有呀，你欢天喜地去拉船，谁知道一命呜呼魂归天。绳儿套上肩，人站在船两边，腰猫下，屁股撅起，浑身上下都用力，万有呀，龙王爷爷不开眼，你年轻骨嫩祭了河神……

一河长水兀自流，沿岸六村的村道上，隐隐有了灯火，那是报丧人正把万有逝去的消息传出去。鸿业知道，在另外五个村，有他的舅舅，姑姑，姨姨，他们会连夜出发，在最平常的日子送别最平常的人，死亡不过是沿河六村的日常。鸿业爬上柏树，密林有声，叽叽喳喳，许是另一个世界的纷争，他把镰刀探向高处，探向黑暗中的更黑处，用力，柏枝断裂之声如同哀鸣，他一刀接一刀割下去，让这声音慰安万有的魂灵……

龙王庙会

来。鸿业叫，拍拍独轮车，宝蛋小身子往上一拱，跳上来坐好。天还早，太阳正从东山挤出来，细细一条红光，铺开几丈长。鸿业欢喜初升太阳四平八稳的样子，像正戏前打过门，呼胡铿铿锵锵响一阵，观众眼珠子瞪累，嘴巴抿紧，喉咙干透，四脚僵成硬棍，演员才从侧门出来，一声"咦——呀"，震得大河翻滚。戏请了五天，蒲剧"义和班"班底，《薛刚反朝》《三家店》《西厢记》《赵氏孤儿》《窦娥冤》五大本，就在龙王庙舞台演。集资时，里长率人亲自登门，族长叫鸿业议，将六村联合的事报于里长，议定由里长出面，令六村族长同商同议，日子就定在龙王庙会最后一天。

独轮车沿一条深车辙下行，身后世界慢慢合拢，鸿业每每回头，总望见天幕一点点压下来，像号令一阵急似一阵，催促他前行。他知道不能急，山路狭窄，被水冲毁的地方还没修平，能看见泥水推开的印痕和裸露出来的岩石，青草从一些隙缝里歪曲着长起，那是假象，一脚踩上去就会踏空，被一股力气拽着，翻滚到山下去。鸿业小心翼翼，像驾驶自己的命运，一步步走到分岔道口。

从一个山顶下到沟底，又爬上另一个山顶，龙王庙舞台上，已响起一片，铙钹、马锣、小锣、梆子，叮叮咚咚。鸿业让木桃、宝蛋去看戏，自己在庙外平台摆摊，和玉秀坐在一起。柳制品和布老虎、老虎帽、虎头鞋站成一排，像一种流动，柳条和线的流动，又像一种语言，一种形态，一种舞蹈，脱离物的束缚，变幻无形，与铁、麻、布、绳在空中缠绕、交织。集市上物种丰富，门类繁多，第一次刺激到鸿业，他渐生迷惑，仿佛脚离地面，径自往高里升，三尺，一丈，十丈，百丈，他能看到整个集市，整个龙王庙，整个壶口滩，整条大河，整个天下。拉船道两里来来回回，一河六村人祖祖辈辈，鸿业想，是谁蒙住他们的眼睛，看不到两里外的世道人情。他让玉秀去集市转转，回来问她，集上都有啥？

玉秀说啥都有，卖吃卖喝，卖布卖绳，卖鸡卖蛋，粮油酱醋，牛马骡驴，猪娃羊羔，要啥有啥。

鸿业问，给你个集市，你卖啥？

人要啥，我卖啥。

人要吃要喝。

我卖吃卖喝。

人要穿要戴。

我卖穿卖戴。

人敬天敬地敬祖宗。

我卖鞭卖炮卖纸香。

人死要埋葬。

我卖棺材板。

她的话浪一样冲击他，似乎她就是那条河，说"我要远行"，山阻挡不了，树阻挡不了，悬崖阻挡不了，她就只是一浪一浪朝向远方，驶入目的地。他在她的目光下有点心慌，像乘坐一艘船航行，既有风平浪静的安宁，也有疾风骤雨时内心的激荡。他努力控制，不让情绪外扬。

多年以后，鸿业告诉玉秀，就在龙王庙集市上，他感觉头顶开了一树花，花蕾像人形，穿米白色钗裙，风一来就跳舞，送过一阵又一阵香。他想向玉秀证明，一丝一缕成长起来的情愫被命运之手编成了笼，将他俩牢牢扣紧。船正经过一片开阔地，两岸河滩长着窜天的杨，令玉秀惊叹，她让船行近，再行近，想透过河水看到根。她看不见，河水如同雾障，只浅浅漾着树影。她责怪自己老得没了劲，如果年轻二十岁，她就要脱光凫进去，潜进水的最深层，看看树根。

玉秀说，我最圆满的死法，就是死在河里。

这话二毛说过，娘说过，爹说过，鸿业知道，自己也想过很多次。

树被一层金辉耀着，越来越远，越扎越深。

他们被同一个日头晒着，慢慢融化。

从北边走过来一人，径直走到跟前，鸿业一看，是郭明道，说今日专程行船至此，要拜一拜龙王，保一年平安。鸿业嘱玉秀看摊，自己陪他同去。明道在庙门口买一把香，一刀纸，去河伯像前拜，鸿业只是四周看看。龙王庙建于明朝，五间正殿依山面水，四梁八柱，挑角挂顶，正中供奉河伯像，旁立牵马战神及守卫四名，神像四周，有二龙戏珠、雷电贯顶之图形，厅壁绘有大禹治水和河伯施雨等壁画，厅门十六扇，俱是斜格字门，正对舞台。鸿业觉着，戏演给神看，而神根本不看。

他盯着《河伯施雨》。画中人动起来，先在壁上行走、端立、注视、倾听、关注，神态庄肃，接着私下对语，眉目流转，把心底情绪显露，慢慢地，他们走下墙壁，到舞台上去，到舞台下去，融在众人中间。鸿业猜想，这些人本就是画匠的父母家人、妻儿子女，他受命画传奇故事，从虚无里造出实景，便照着众亲邻，把他们画在墙上。似乎看到画匠涤手、静心，关起庙门，以俗世为蓝本，一笔一画描。

明道拜罢，和鸿业走出庙门，乃问鸿业，为何见神不跪不拜？鸿业说人竖起的神，还是人。人有局限性，限定了神的门类派别，人跪了这一类，就只信这一类，人信了这一类，就没有其他类，所以我敬神信神又怕神，却从不拜神。明道闻之大笑，说你此话有理，咱们中国人自古就是无事不登三宝殿，求神拜佛是跟神佛做交易，神佛所谓有求必应也是人的理想，所以好人求佛，坏人也求佛，我佛慈悲，是被架在炭火上烤，应了这一个，就应不了那一个，只好做无相佛，无事佛，告诉众人，求神不如求自己。

鸿业从上次见过明道，就觉四壁黑沉沉的暗夜裂开一道缝，看出一些希望。那些天他将肉身安置在炕上，精神却在从未到过的高度奔忙，恍惚有个设想，将平面重叠，化单一而多样，在壶口滩画几个圈，一个圈是一个圈的活法，一个圈有一个圈的出路，圈与圈并行，间或交叉，却绝无冲突。想来想去，只是虚无，单从万般杂乱中想出第一条，先联合六村拉船人。

明道连连称是，夸这法子好。

鸿业大受鼓舞，待六村族首议事，就带了明道一起去。

人都在庙前石滩坐定，能望见一河长水浩瀚渺茫。鸿业将明道介绍给众人，又分别介绍众人给郭明道。上市、中市、南村、留村、南垣、古贤六村族长，葛先生，里长。里长亲自坐镇，说难得你们为这事坐在一起，咱六村占了天时地利人和，自古靠拉船谋生，如今郭万庚仗着和官府有牵连，想把拉船营生独占，咱不能答应。

六村族领都说是，河是大家的河，不是他郭万庚的。鸿业听出三句客套话后，各村开始拨拉小算盘。上市说自己离河最近，最应该受益。南垣说自己虽离得远，却是第一个下滩拉船，"想当年我们几十壮汉"。南村一族人数最多，提倡以自己为主，其他五村为辅才公平。鸿业知晓各家立场和角度，俱是"小我"，便开宗明义，说联合六村，不只为对抗郭万庚，还为建立秩序。说着蹲下来画图、算数，说我通过多日观察，滩上每天最多来五百人，只要有秩序，这五百人都能拉到船，现在之所以混乱，是因为无序。所以六村联合最重要的是建立秩序，有了秩序，人人都可以拉船，原本一人拉一趟的，可以拉两趟三趟，还能减少争斗，避免损伤。

有人问，秩序怎么建立？

鸿业说，把所有拉船人统计下来，集中调派，集体拉船，所得钱财均分。

又有人问，谁来首领？

鸿业要说让大家投名，被葛先生拦下了。先生说这联合六村是鸿业想的法子，我看，还是由鸿业先行操持，待成了规模，再议不迟。

里长也说，鸿业和勤善、顺子率先发动，在壶口滩顶住郭万庚，已为人先，下一步六村联合，我看也该由他三人挑起大旗。

郭明道见状，忙向众人说，我们常年跑河运的，有帮有派，我回去向各路领头人详细说清楚，大家一起抵制郭万庚，让他没船可拉。你们这里六村联合，把大家统到一起，和鸿业共进退。咱们双向夹力，一道使劲，郭万庚只凭手下几个喽啰，拉不了千斤重的大船。

六村当即表态，回去就造册，把各村名簿统起来，由鸿业集中调派。

鸿业闻到一种莫可名状的怪味——是河腥味、霉斑味和死去水草的味道。他和明道沿拉船道一步一行，看见风干的泥脚印，横一只，竖一只，像看见拉船人伶仃的身影，听见飘浮在河道上空的号子声：哟，嗨哟，嗨哟……哟，嗨哟，嗨哟……

听到了吗？鸿业问。

水声，拥挤声，还是号子声？

混在一起，分不清。

利也大河，害也大河。

两人在瀑布前站定，看着一壶大水翻腾，有如千军万马过境。鸿业想，今天是农历十月二十，六村联合的动员日，也是我实现理想的第一步——脱离"小我"，撑起大旗，为一河六村谋福利。

小雪流凌，大雪冰封，今天以后，大河放慢流速，冰一层层积聚，跌跌撞撞，磕磕碰碰，黏在一起，最终封堵在壶口，聚起可连通晋陕两地的大冰桥。这是一个休止符，大河进入冬眠，将巨大身子藏在冰层下面，留给世人满目宁静。鸿业不相信大河给人的错觉，他听过它在冰下咆哮，永不休止的激流噪声，如密林中呼啸的山风，如巨型动物留下的足印。

明道说大河一封，万物都停了，你却不敢停。鸿业忙问何故，明道指着行船道问，你知道这条道经过多少年才形成？

　　鸿业说有史为记，明朝弘治年间，大河两岸农业发展到鼎盛阶段，却苦于交通闭塞，货物无法外销。久而久之，上游人就地取材，伐木造船，将货物顺河运到下游，这才有了壶口滩的旱地行船。算起来，也有两百多年历史。

　　明道说我怕的正在于此，习惯早已形成，断难在一朝一夕更改。你要利用这大河休养之时，串联每个拉船人，不要轻信六村族长的承诺，以免三月河开，又是一场措手不及。

　　两人惺惺相惜，乃约定来年三月河开，明道行第一艘船来，两人要再上龙王庙，喝一顿烧酒，祭一回河神，让六村联合实实在在地运行起来。

　　送别明道，鸿业回到集市，摊前一堆残火，柳都变成灰烬，空中缭绕淡淡草木香。

　　"郭万庚干的。"玉秀说，展手，掌心躺一只小元宝。"他买了就是他的，不让他烧？"

　　这问题让鸿业头疼，他没有回答。突然飘起雪花，一片又一片从头顶落下，像有一只看不见的手，扬起，扬起，再扬起，人从山门涌出来，被故事勾走，又落回现实的身体，看起来像做了一场梦。

　　木桃叫鸿业走，鸿业没动，雪落到身上很快化掉，衣裳变得沉重。他看着一阵风过，灰烬被吹散，像黑蝴蝶一片一片飞远，知道它最终会停留在一个地方，或者沟边，或者山涧，或者河里，被大水深深吸引，融进它的恢宏。

　　他问木桃，你听，大河在说话。

说什么？

总有一天世道会变。他盯紧，驿站就在半山腰，五眼石窟的窗花融了雪，正在变浅。

三月大河开

河将开未开。

鸿业听到冰层破裂,如山体崩塌,巨石落入水中击起偌大声响,哗啦哗啦,出门察看,河上冰雪混杂,一浪一浪的水顶破冰层,涌过河滩,往山脚前来。去冬天寒,壶口冰层较往年厚,封得严实,上游河水流下来,冲不开、带不走,只好顶破它,从下边、旁边涌上河岸。鸿业看到,山路和河滩连接的地方,一尺粗的柏树、槐树连根拔起,泡在水里,低一点的石窑也被水漫了进去。

又是一场灾难。

滩地冬麦经此一劫,很难再长起来。

回窑,水汽扑了一脸,木桃半个身子俯在面盆上头,正努劲把面往一起捏,玉蜀黍磨得粗,麸皮金黄,每一颗都在保持独立性,狂傲着散在她的手心。近来她神色总似责备,眼神一递一送,寒风般凛冽,有时将身子钻进面瓮,半天不出来,像和粮米对话,给我吧。不,我也不多了。当她出来,抖动两条光线,长蛇一样缠过来,勒得他心酸。他知道,拉船一年半,脚没沾地,拢共挣了不到三两银,光景越发恓惶,若非龙王庙会那点进项,一家人得喝西北风。风箱呼啦呼啦,宝蛋跟着前后晃动,小身子像长在把手上。鸿业替下宝蛋拉风箱,吃烟想心事,听见有人吼问,宝蛋,你爹呢?门一推,风漏进来,卷起门帘往起掀。"这下大河得迟开半月了。"顺子说,把信递过来。鸿业一看是明道,让替他找两个娃。大河行船一趟十几二十日,郭明道说苦,可长河一趟抵得上壶口十年,能让人长进。鸿业和顺子嘀咕半天,两人合适。柱子过年十四,二狗十七。行不行,得问。

两人先去万有家。冬日天寒,窑门紧闭,一股气息在窑里蔓延,有霉,有酸,有馊,有臭,没有木窗,窑面顶一个圆洞,冬来破布塞严,不漏光,也没有细泥裹墙,麦秸草从窑壁支棱出来,被熏得黑黄。人在窑里,单靠门缝一点光,看见土炕,席垫,被褥,缺边,破洞,残缺不全。脚底坑洼不平,靠墙立几口黑瓮,不知道里面空不空。万有婆姨在灶膛前烧柴,火光映着脸,听见叫,抬头看过来。

柱子说,我去,娘,你让我去。

我……娘说不出话。

鸿业看出她在纠结,大河柔缓、温暖,船行其中如被包裹在棉被中,柱子身披金光,被大河一浪一浪滋养。而在河深处,阴冷、冰凉,肉身在岩石间打转,水草如魔鬼的双手张扬。她不确定它的方向,目光沉沉盯住火光。窑外,无边无际的光束流淌于大河,被尚未融解的冰层吸纳,把白色反光投射到山体上,鸿业不能消解柱子娘眼里的忧虑。爹死于大河行船,大河依旧在行船;二毛、万有死于大河,大河依旧在流淌。这个世界每天都有人死,更多人活着,依旧活。

鸿业开始眩晕,从万有家出来,像风中一截油蜡,十分虚弱。他问顺子怎么想,顺子说一月一两银,比拉船强。鸿业说行船有风险。顺子说活着都会死。鸿业就让顺子带话，问二狗的意思。

鸿业意识到，这世上不止一条大河，还有另外一条时光之河，人一出生就淌在那里，跟着它一起一伏。两条大河一样无情，随时会开一个岔口，把人扔出它的轨道。他不能确定让柱子和二狗行船是否正确，就像他不能确定联合六村是不是最好的选择。大河将开未开，冬的过程被拉长，期待如同小嫩芽，被死死压在冰下。鸿业把六本簿册翻到烂熟，点到一个名字就看到一张脸，和一眼窑——他走进去——"只要能挣钱。"他们说。鸿业挨住跑了六村，只听出这一个意思，穷怕了，填饱肚子比喊口号重要，别给我讲大道理。

鸿业去讨葛先生的主意。

先生，我见过每个人，可没有一个人跟我有呼应，我说的话好像他们听不懂。

先生说，你举起"公"字大旗，他们还在"私"阵营。所谓横看成岭侧成峰，立场不同，语言自会有分歧，这也在情理之中。你不要指望他们跟你有共鸣，立大事者不唯有超世之才，更应有坚忍不拔之志，你的决心要靠自己奠定。

鸿业说先生，我只是悲悯，他们都像苦刑犯，不管年龄大小，都像活了很多年。生活从脚踝开始，一点点侵吞他们的健康，最终给他们打上标记，流放河滩，在二里拉船道上来来回回，反反复复。

他们替肚皮受苦役，更是替习俗受苦役。先生说，大河拉船是机会，也是桎梏，约定俗成了，很难打破。我年轻时有个理想，让族里男娃都苦读圣贤，考取功名。几十年了，还是一句空话。人心里的沟比大河深……

先生咽下的半句话，过两月才被鸿业醒过来。当时姚二领人从身边经过，翘起眉尖挑衅。"排队要排很久才能拉一趟船，人为什么要听你的？"他说："跟谁挣的钱都是钱，钱和钱一样，他们才不管哪种更干净。"最后一个词被姚二拉长，字与字之间滚着一些特殊意味，好似它们故意离得很远，中间牵一块大滩石，朝他砸。鸿业不能回话，舌头僵在嘴里，喉咙壅堵，直到离了好远，才一点点疏通。喉头咕咚一声，接着一声长嗝。

这些人躲闪的眼神，身体如遭秋风萧瑟，把活力一点点送出去，只剩暗褐色的干枯皮肤，和蒿草一样的毛发，连最该清澈的眼珠，都像经过千年苦难的大河，混沌暗黄。鸿业不需要问原因。他理解大河，就能理解这些人。

郭万庚一天不退出壶口滩，他屁股后就永远会有人。

鸿业约里长一起去找郭万庚。

驿站经一个冬，变了模样，石窑两旁新修四间边房，挂着红彤彤的灯笼，传出的人声盖住了大河声响。丰满、热烈的状态超出鸿业想象，他隐约有一种惧怕，怀疑自己努力维护的早在这里被撕裂。郭万庚站在头顶，以一根线提起了六村人，给他设置迷障，让他相信一切尽在掌控中。然后打一个响指，说张鸿业你来，他就来。他注意到郭万庚的笑，稳妥，嘲弄，成竹在胸。

郭万庚问，鸿业来是想带你的人回去？我先请二位开眼，看看他们都在干什么？

鸿业被怪兽咬住脑袋，那些躲在窑里抹纸牌、掷骰子的人如尖刺在他脑中乱捅，他眼底生起死灰，想避开人，扎入河底，像老狗一样号哭。他从未如此屈辱，被他视为亲人，心生悲悯，要拉出深渊的人,变成长剑刺入他的心。他听见一串冷笑,郭万庚说,这就是世道,这就是人心,你为他人利益计,他们却只想自己,你违逆不了人性。

鸿业回到河滩,浑身发抖。号声依旧在河上回荡,汹汹滚滚如同又一条长河,黄河中衍生,黄土里孕育,带着不达目的誓不罢休的豪情,顺势而为,逆势而上,逾千年而不变,经万世而弥坚:

　　哎,呀呼嘿……
　　哎,呀呼嘿……
　　哎,呀呼嘿……

拉船人赤脚前行,躬身屈背,依旧把汗落在滩上。鸿业湿了眼眶,喊勤善过来。

咱们输了。

不算输,船家的联合抵制有用,咱拉得多,十条船里他们只能拉两条。跑那头去的还是少数人,大部分人都按咱的安排来,也挺高兴,说每天能拉好几趟,一天比三天挣得还多。

咱不能苦了这些实诚人,你记下他们,今天只给他们算钱。

勤善问,鸿业没说什么。

夜正在降临大河,早春傍晚寒气逼来,从他膝盖骨侵入,小钢钉一样乱窜。他盯紧滩口。那几个年轻身影悄然逼近,他们对他的知晓一无所知,像大家一样,挤过去,伸手。

鸿业把五个人留在最后。

"这对其他人不公平。"他说。

香味一阵一阵飘散，鸿业闻出是地皮鸡蛋馅，肚子抽紧，响了两声。龙王庙会上玉秀就决定，要在龙王汕开摊，她说壶口滩一天来船十几只，一只船上五六个人，谁能离开吃喝呢。她说得对，人经不起这种诱惑，饥饿消磨意志，再刚硬的大汉也需要食物滋养。

他说："吃了这顿水饺，你们得给我准话。要么像其他人一样好好拉船，要么退出去，再不拉船。"

有个娃说："河滩不是郭万庚的，可也不是你的。"

"没错，河滩是天下人的河滩，跟谁也没关系。可咱们现在六村联合，你占着名额不拉船，就得让别人替你拉，你挣别人该挣的钱，就是偷窃。想想这都是些什么人，你们的爷爷、叔叔、舅舅。"

五人要说话，被鸿业按下了，先吃吧。

胃一点点温热，愤怒慢慢平息，鸿业知道他们在簿册上的位置，也进过他们家，看过一片狼藉，再不忍说一句重话。"知道吗，"他说，"以前我也觉得拉船像蠢驴，被人蒙住眼一圈又一圈，在二里拉船道来来回回反反复复没有边际。可现在，我越来越觉得，这就是轮回，就是天道，好比日升日落，花谢花开，一年过完又一年，咱一河六村人就靠拉船繁衍生息，把生命延续下去。"

风那么轻，那么轻，五个年轻人不再争辩，影子和鸿业叠在一起，在月下让人感动。鸿业又说，我也年轻过，对什么都好奇，可有些东西不能沾，你们在郭万庚那里耍的不是钱，是命。我劝你们一句，快收手。想拉船就好好拉，不想拉船跟我说一声，可以学手艺，学技巧，天下这么大，百行百业，总有你想学的。

　　送走五个年轻人,玉秀非要再煮一碗饺子,说鸿业没吃饱。小土灶,双耳铁锅,河柴塞入灶底,水沸得很快。一轮月在天上遥遥闪,照得四下明亮,玉秀问鸿业,这么操劳卖命,不多挣一文,图什么。鸿业不说,反问,她说一天能卖几十碗,比拉船强。

　　夜越加深入,大河依旧喧嚣,同时空茫、辽阔,鸿业觉得他正和玉秀沉入水底,安详,温顺,没有纷争。被流水一丝一缕编织,人不反抗,不迷茫,只顺从,和水一同沉降。大河仍是一浪一浪响,较白日清澈,闻着它的香,还有股甜夹在其中,细细品,终于嗅出山桃花的味道。他说,桃花开了。玉秀说,嗯。满山遍野山桃花绽放,嫩叶娇绿,像一片慌乱的唇。他不知道说什么不多余,被两座山结结实实拥紧,新修山路散发湿泥香,一些小石块淘气,有时拉远他们,有时拉近。他听见玉秀喘息,细微的抖,一团汗湿的白,似乎一片心事全在那里,他牵,就能扯出来。

　　一个声调若隐若现,嗯——呀——嗯——哪——啊——,像盘古开天前就在那里,和天,和地,和山,和树,和河,和万物,亘亘古古活在一起,如今被水婆拾进嘴里,就由她哼出来,满山遍野跑……

一纸批文

鸿业努力望向大河，希望看进它的核心。水开始划动、解体、分行。重，黑，硬，笨。轻，白，软，灵。死亡，新生。上升，下坠。他看见它们朝两个方向扩大、拓展，那些连自己都认不清的物类在中间恐慌，发出怪异尖锐的叫声。整条河被撼动。接着，一方朝一方涌动，距离越来越近，分界慢慢模糊，直至最终消融，彼此牢牢束缚在一起。

他被扼住喉咙，窒息从脚心往上传，缓慢，沉滞，像带离地面一起提升，树木挣开泥土，附着在毛细根须上的蚜虫、蚯蚓、蚂蚁抖落一地，慌乱逃窜，叫声纤弱，被风卷起，无情甩入大河。

他不得不咽下这口气。

两月前，姚二约梁虎子在壶口滩决战。他清楚大势已去，作为一颗棋子，他被郭万庚一步一步挪进死局，梁虎子拦在前头，轻蔑如同他是一根毛发，只消吹口气，就将他葬入大河。他不能忍受。

雾气从河槽升起，压在低空，仿佛将世界浓缩在两人中间，只听见对方低沉的喘息，如同大河的微末和声。姚二说，你先来。不，梁虎子退后两步，我让你三招。姚二高举拳头砸过来，被轻轻让开。又一拳，第三拳。梁虎子侧肩，低头，极其漫不经心地，把姚二的一只腿捞起来，提着转了三圈。喝彩如同嘲讽，被大群灰鹤扇在空中，挑起仇恨，谁也没想到姚二有刀，腰间软软一圈，抽出来，直刺。惹起梁虎子的气，三两个招式，将他甩到沙滩，众人听到一根骨头在滩石上开裂。

这不是两人第一次决战，像两柄利剑，他们总是超越主人意愿，要逐出高下。在鸿业试图调停时，姚二脱口而出，他眼里有火。梁虎子嚷道，你眼里也有火。认同能消弭距离，也能产生距离，鸿业后悔没能及时引导。

当时姚二就说，没有一个人给我们拉船，你们也不会赢。

果然，十天前，鸿业来到滩口，见有衙役把守，旁贴一张告示，郭万庚请到批文，县府承认，从今往后壶口滩只许他派人拉船，其余人等不能下滩。正待细问，见两名衙役押了梁虎子过来。"欺人太甚！"梁虎子不停叫嚷，要拧断郭万庚的脖子，烈日之下他两眼放火，全身燃烧，每个骨节都在咯嘣作响，奈何被两人紧拧膀子，又有人腰间抽一根绳，直接绑了。

鸿业深觉这是场硬仗，先安抚众人少安毋躁，自己去请里长的主意，说六村联合半年，只成功一半。因郭万庚从中作梗，许多人对联合没有信心，加之制度不成熟，前期出现两大问题。一是排队拉船，很多人抽空替郭万庚拉船。另一个问题是拉船算人头，被人钻了空子，要么不来，要么来了不出力。第一个问题通过联合船商抵制已经解决，第二个问题，是想通过制度改良，从按日计工到按劳计工，相信假以时日，就会有成效。里长说六村联合初见成效，此时郭万庚使绊子，显然是想取而代之，咱不能退让，不能松劲，不能前功尽弃。便议定先去县衙找知州说情，放梁虎子是一桩，撤销郭万庚的批文是另一桩。

等出来，勤善门口候着，说有人挑头要投奔郭万庚，被顺子打了，两伙人争争吵吵，现在还在滩口闹呢。鸿业只觉"嗡"的一声，心底升起一股恐慌，好似回到那天下午，找着爹了，不在了。铁帽子严严实实扣下来，几天里给爹找的几百条出路同时堵实了，爹就在死路上，拽不回来了。他一口气跑到滩口，横在两伙人当中。

谁想去都行。他说，我只问问你们，六村联合有没有好处？

有，有个人说，就像你说的，不争不抢，挣得多。

那我问你们，六村联合为的是什么？

抵抗郭万庚，不让他盘剥克扣。

说得好。现在我们两军阵前，郭万庚把尖刀逼过来，大家共进退，还有一线生机。如果反过身来自相残杀，只能一败涂地。我不敢强求各位，只请大家为六村百姓计，扛住这几天。我已和里长商量好对策，尽快解决。

众人这才吵嚷着散开。

鸿业听见顺子在令人不安地"嘶"，身上沾着污泥、血，有些地方还在往出冒。这种刻意压制掩饰不住的疼痛放大了委屈，他看起来像经受过奇耻大辱。图什么？他说。鸿业扶住他，用体重撑起他受到伤害的身体，两人默默站着，如同正在经受冷雨打击、狂暴、密集的雨林，他们像两株低矮灌木，很快被淹了口鼻。不远处，大块乌云压过来，河面变成暗黄，水的呜咽越发低沉，像老狼发起攻击前嗥叫，声线降低、压沉，蓄积力量，突然起跳，扑住猎物。

鸿业不敢停，叫勤善、顺子陪他去南垣村。他不敢肯定梁虎子没事，面对家人的眼泪，他只能竭力劝慰。

第二天，鸿业从杜知州慷慨又可鄙的话语中觉察出异样，他说兄台为何不早说，覆水难收啊。前些天郭万庚来找我，说要建立拉船队，为拉船秩序计，避免拉船人互相争夺，造成停运、滞运、抢运。难得他如此深明大义，我自然应允。这官府批文是形势所需，已周告众人，难能撤销，还望兄台见谅。里长无奈，又说了梁虎子一事，求杜知州救人。杜知州马上唤衙役将梁虎子放了，这些人啊，他说，拉起大旗作虎皮。

衙役领二人南行一里，到了地方大喊，杜大人让放了梁虎子。有人出来问，你们是谁，跟梁虎子什么关系，知州说了也不行，让家属来领。

这一趟无功而返，鸿业灰心丧气，说这杜知州显得一派正气，可言语之间总偏向郭万庚，可见他们已经订立盟约。他二人做足文章，壶口滩就是铁板一块，断难让咱找出漏洞。里长说，照我的经验，眼下咱们想撤销官批，只得往上再找关系，看能不能找到平阳府，让知府着人和杜知州说情。鸿业说，只怕等不了几日。六村虽然联合，到底根基不稳，抗不过几天，老百姓吃喝要紧。

挫败如影追随，当鸿业试图通过闻嗅沿途作物，体味成熟的清香时，发现只有一股味道，人体经日浸入水下，腐烂的味道。灰白路面浮现出一张脸、一副骨架，爹的白骨和木桃日念三次如同咒语的"命"一块一块垫在脚下，他无法预判下一个时辰，向众人声称"正想办法"时，听见心脏虚弱地跳动。他明白这可能是结束，用不了几天，他就得向大家宣布，壶口滩被郭万庚的铁桶围住，人都得变成他的囊中之物。

万万不可。郭明道说，我且问你，商船想通行壶口天险靠什么？

自然要靠人。

郭万庚比你明白这一点，他一招又一招，跟你争的也是人。试想他联合了六村，掌管了人。他的胃口只会越来越大，盘剥只会越来越狠，船商和民众的日子也只会越来越难过。知州之所以给他下批文，中间一定有巨大的利益勾连。他们不敢承认这一点，就得找其他理由伪饰，这就是咱们的突破点。

鸿业忙问。

明道说，这一纸批文是他们的遮羞布，不论对谁，知州只需声称是为了维护壶口滩拉船秩序，就能搪塞过去。咱现在就逼他揭开这张布，露一露屁股。

遂商议，由郭明道和鸿业连夜串联，让这几日滞留壶口的船商和拉船民众一起去公署衙门告状。

两人坐在山间，成列的风沿山路灌进去，打着旋儿滚出来，带出柱子、二狗相互哄笑的声音。行过几趟船，他们的尾音也软软翘起，像那里停着一群鸟，需要努力撑平，不敢吓跑它们。明道告诉鸿业，前次那五个年轻人，他已送去学徒，分别是钱庄、当铺、染坊、药铺、盐庄。他要趁这几天滞留壶口的当口，谋一小块地，等五人学成，就在壶口滩开铺，这可比行船稳定，能挣大钱。

鸿业看到希望，心慢慢熨平，似乎沾染了明道的气息，幻化无形。可以横刀立马斧刃钩叉，可以退避三尺曲线迂回，也可以只变成一缕空气，任何厚重铁硬穿不透，砸不坏，撞不歪。他在明道的讲述里行船、遇难,知道所有灾祸都是老天安排,它为了锻铸人性,喜欢制造坎坷和麻烦。这不算什么,郭明道说,大河比我们经受了更大磨难。这些话变成一个核心,被鸿业紧紧焊在心里,以后再遇到事情,他都会顺着轨迹摸回去。

"坚持,"郭明道说,"没有什么能打败你。"

找里长前,鸿业请明道吃饺子。摊子大了,二毛娘也来帮忙,娃儿就坐在一边玩。三代人,三个人,三个女人,鸿业隐隐心疼。他刻意不见玉秀。有一次回去,木桃站在山顶,在水婆"嗯——哪——啊——呀——哈——"的哼唱里如同泥塑。宝蛋妈,他叫一声,把魂拉回来。她脸色发青,像涂了一层灶灰,目光去往的地方,鸿业从未到过。她在自己建立的世界里,见证鸿业、玉秀的故事,远不止道听途说那样简单。她说我信你,别人为什么信你?鸿业说我不需要谁信,也不需要谁不信,肚皮都填不饱的人,还有劲管别人的是非。鸿业在木桃轻浅的"哼"里闻出恐惧味道。从那天起,他始终觉察自己被这个字追随,不论干什么,连同和他人的交谈、微笑都逃不开它的笼罩,就算陷入深度睡眠,它依然高悬头顶,冷峻看着。鸿业不忌惮闲话,他怕自己的心。低垂目光,看着玉秀两只手,瘦瘦的,小小的,仿似又被它突然抓紧,肉瞬间僵死,一股血流乱窜。哎呀。玉秀松开,嗔怪石头牵绊,脚尖轻轻一挑,小石子滚了两圈,悄无声息。一根头发还在鬓边飘着,擦脸颊飞过时,一阵酥麻,闻见一股皂角味。树就长在门前,高得窜过天,棍也打不着,得等它自己掉下来。

明道问玉秀收益如何。玉秀说够养活全家。

鸿业啊,明道说,你要向玉秀学习。

鸿业说，嗯哪。

就见勤善、顺子领着梁虎子家人过来，说狱卒要一两银子才放人。鸿业让他们先回，明天再和告状人一起去。

两人去找里长，通报告状是一事，商量占地是另一事。玉秀听了问，明道说他在龙王汕寻摸了一块地方，河槽宽阔，水势平缓，洪再大也难冲上山。山上有平台，虽窄，也够凿几眼石窑，想求里长批准，把这荒废地利用起来。玉秀说那可太好了，我也想要个窑，锅灶不用来回搬，刮风下雨不影响卖饭。

鸿业看到玉秀的眼珠，黑，亮，聚光，像是里头长着一条长河。她和它一样，不动摇，不服输，只有一股朝前闯的劲儿。多年以后，当木桃按照自己的逻辑供奉出生命，鸿业经族中一众相劝迎娶玉秀，发现敬意阻挡着激情，他不能把手抚上去，像渴想了很多次的那样，把她眼皮扶起，看看黑眼珠的尽头。他相信那里有另外的阳光、雨露、甘霖，和他不知道的丰盈。

当晚回家，鸿业看见玉秀在等她，拿银子让救梁虎子，他推不过，收下了，被木桃说了半夜。鸿业赌气不理，听见她烧香，朝四角磕头，要各路神仙替她做主，便觉被缚紧，提到谁堂下，跪也不是，站也不是，只听阴风呼呼，头盖骨被揭开，头发一簇簇抓紧，又像变成水草，在河底，将那叶蔓长长伸出去。他不知道明日会有咋样的阵仗，不安，迷茫，一股冰冷气流从喉咙窜至内脏，像大河流凌，先是浅浅冰花如飘雪，慢慢变大，越积越多，冰层厚积，逼迫大河停止行进，他僵在炕上。看见郭万庚挥剑砍下，所有，一切，被粉碎……

鸿业把船商和民众排了两队，公署衙门前站定，自己击鼓鸣冤，"咚——咚——咚——"。人很快围上来，衙门黑沉沉的大门口，先后钻出几颗脑袋。勤善盘腿坐定，手拉三弦，腿绑快板，激情说唱：

> 从盘古开天地定下乾坤，有山河造万物世代为人。
> 前三皇后五帝谁人不尊，尧舜禹并商汤代代开明。
> 咱不讲天下事权势相争，说一说郭万庚祸害黎民。
> 郭万庚壶口滩开设驿站，谋私利霸河滩心术不端。
> 行船人流血汗历尽苦难，到壶口要卸货旱地行船。
> 郭万庚开天价不容商量，二十文每个人甚是荒唐。
> 给百姓七八文不发善念，尽惹得壶口滩天怒人怨。
> 郭万庚丧人性坑害百姓，聚男丁赌输赢祸国殃民。
> 六村里少吃喝愁眉不展，娃啼饥女号寒实实惨然。
> 今日里县衙前罪状痛数，请官府辨是非为民做主。
> ……

唱词节奏舒缓，尾音略长，且字字抖动，句句打战。勤善手口脚并用，带动全身关节舞蹈。到高潮，身体急剧颤动，嗓子绷起快弦，将观众的心吊离原位，急巴巴等待一句之后的下一句……

衙门里，只有让人不安的沉默。衙役牵驴出入，驴眼麻木，蹄子踩得稳，"笃"一下，"笃"又一下，没有一丝慌乱。日头升起老高，高温下，窄窄一条树荫遮不住太多人，有人跑开去看街景。鸿业听见叫响，觉得自己也是一只猴，郭万庚敲锣，坐下，站起，单腿直立，杜知州捻着胡须，只是看戏。

这当口，鸿业似乎看见姚二微跛着脚在街边闪过，追过去一看，只逮到一边衣角，人已从巷口闪进去。城里有名的窑子在里头，都传它直通衙门，每晚有姑娘从暗门走到杜知州床上。回来和明道说，明道大笑，说姚二在壶口滩开窑子，还逛窑子，怕是得拜师学艺？

眼见天已过晌，衙门无动静，鸿业就和明道议论，这杜知州上任以来，口碑极差，朝廷额定的田税、人丁税，他敢翻两番。县衙门只有八个书吏定额，他收了银子，招了一百来个。这些衙役，白天在衙门当差，晚上蒙面打家劫舍，搞得全城怨声载道，一片混乱。明道说这吉州城地处偏僻，山高皇帝远，他在此为非作歹，消息也传不到州府省台，没人治他的罪。

正说着，有衙役出来请鸿业。进后堂一看，已坐着里长和郭万庚，杜知州请鸿业落座，说今日你聚众在县衙门口闹事，已经犯了朝纲，拘你十日八日不过分。现在里长和郭掌柜都求情，就先放你一马。县府下了批文，拉船一事全交由郭万庚，他和本府订立契约，盖有公署衙门大印。你无视批文，就是和朝廷对抗，是重罪。两罪合一，将你打入大牢，剥皮俱五刑，你也不要叫亏。

郭万庚说，万事好说好量，咱们意思都一样，无非让六村人拧成一股劲，把上游船送下河。你找我说说就行，何至于闹这么大的阵仗。

鸿业问，找你是个什么说法。

郭万庚说，我让你们拉船，但不能白拉，每月给我交十两银子。说实话，我不稀罕你这点银两，我要和你赌人心，赌人性，赌六村那些贪婪的民众，迟早会让你寒心。

里长见鸿业心有不愿，就将他拉至堂外劝说，眼下六村联合方兴未艾，正是凝聚人心之时，如果久拖不办，人心不稳，正中了郭万庚的奸计。不如先退一步，忍人所不能忍，先把船拉动再说。

鸿业无奈只得应承，又说了梁虎子一事。杜知州大吃一惊，说前几日不是已经放了？遂亲去监房，叫人把梁虎子带出来，却是浑身没一处好，十分命丢了九分。

这一天过得极其漫长，鸿业一身疲累，搞不懂该欣喜还是悲伤。一种和缓的情绪如气息流淌，漫过田野和天空，高粱、蜀黍、玉蜀黍在远处粮场扬起，金色夕阳照着，像一束又一束河水飞溅。鸿业暗想，这天下的黄，大抵都一样，也养人，也害人，随它的心情。老百姓想把根基扎稳，得把心扎进它的核心。

当天晚上，梁虎子哀号了三个时辰，最终死亡。这成了鸿业心底一块疮疤。若干年后，当他沿大河顺流而下，途经一个叫克虎的地方，在一组水蚀浮雕看到梁虎子。他以眼抚摸，仿若回到那日壶口滩决战，迷雾低垂，灰鹤翩跹，巨大翅子扇出遥远他乡的陌生味道，那应该是另一个世界的味道。梁虎子被它召唤，脱离肉身，跨黄龙飞到这里，找到自己的位置。鸿业慢慢寻找，看到爹娘，看到二毛、万有，看到木桃，看到水婆，看到一个个老去的人，这是肉身消散魂灵驻守的地方，他知道他迟早也会来。

泊船上岸，在浮雕前奠了三炷香。香烟袅升，恍惚进入另一个世界，鸿业看见那里也有一条大河，河面宽广，无数只船漂在上面，似乎梁虎子站在船首，衣襟敞开，朝着大河深处划行。河外又有河，也浩荡，鸿业能听见它张嘴吞噬河岸的声音，它的身体越来越鼓胀。河水开始上涨，沿河人被带起，一起漂荡……

河外真有河，鸿业想，好比天外有天。人眼看不见，只是人有局限。

叙：寻找不在

你想写这条河？写河就是写人。有些事，你知道的永远不会比别人多一点。历史在被定位为历史时，就被"分别"之意确定了归属，能的留下，不能的永远被抛弃，像人的记忆。科学研究每个人都会自觉忘记曾经做过的坏事情，大脑导向类同于历史。

我通过寻找祖父得到这个结论。他只活了五十三年，以为寻找简单，结果发现工程庞大的令人吃惊，人离开后，唯一可以凭证的只有记忆，它跟个体的生命历程维系在一起，记忆的独有性碰撞到一起就会产生分歧，所以常常看见两个人为此辩驳，他说他不对，他说他才不对。更多人失忆，不记得祖父的姓名、性格、生卒年月，强行将他说成另一个人。

我忘了为什么寻找。

有一天，"张勤善"三个字强势入攻，左右夹击，冲破我耳膜后迅速会师，拧成一股力量直冲脑门，逼我将它与"祖父"画上等号。在此之前，它们都随浩瀚的历史洪波消退至记忆深处，我要一把拉住，拽回来，探寻"他"的真实样子。将这一任务传达给我的人说，请务必认真对待。

带着疑惑回家，爸瞄了我一眼，继续翻杂志。五十岁以后，他认定自己该死。"咱这支人男的都短命，女的都长寿。"爷爷的爷爷、爷爷,都没活够六十岁。他去图书馆翻资料,认定基因天定,就刻在骨殖上,人参鲍鱼也好,米汤稀饭也好,不可更改。为此他蔑视跑步、练气功、打太极,认定他们只是不想死,"秦始皇也不想死,还不是死了?"他一天到晚窝在沙发上,除非必要,不肯多走一步。

我爸对祖父没诚意,态度轻忽,措辞随便,这让我悲哀,我叹了一口气,放弃跟他理论。人说隔辈亲,不单往下,也往上,我不信我祖父"就是个老农民",再说了,往上推三辈,谁不是个农民?农民也分三六九等,说不定祖父是农民中的上等人,不然凭啥有人给我下达命令——务必认真对待!

我决定回乡寻找。一个人的出生和死亡之地,一定留有踪迹,如同无处不在的民间传奇,游荡在辽阔上空,隐匿于乡间丛林,伸手一抓,握在掌心。那被尘世一层一层遮蔽的过往中,一定藏着某种辉煌,让祖父突出于人群,甚至整个壶口滩。我仿似看见一条阳光大道直通地底幽暗,祖父披挂满身功勋,从棺木中脱身而出,金光灿灿。谁知道呢,他可能真是手持诰命的英雄。

脑子不受控制,索性放它飞,如野马跑出村庄,一路绝尘,冲州过府,直入京城。缰绳拉不紧,它又朝边疆去,南之南,北之北,海陆空。噪音让我把自己拉回来,"有座有座"如同尖刀,剐得人耳朵疼。座位早满了,卖票的仍在拉客,让人坐在机盖上、行李架上,最后变出马扎,坐在走廊,直等到再也塞不上半个人,才关上车门。山路弯多,一摇,朝左倒,一晃,朝右倒,五脏六腑摇散了,有人连声吼"给个袋袋,快给个袋袋",等不及,"哇",吐在脚底。酸腐腥臭,靠玻璃的都摇开,脑袋探出去,"哇""呕",不靠的都憋气,捂嘴。

　　车行三十公里,人下去一半,车里方松动。空气流通开,不时窜入车窗的植物顶着嫩芽,淡淡青草味时轻时重,让人疑心村庄变成一棵大树,正在泛青。它底下,泥土拔节、长高,一拱一拱把它抬离了地面,悬在半空。有个村子正在办丧礼,响器走在前头,先是长唢呐吹几只单音,接着一个抖转,两只小唢呐呜咽,悲悲切切,音声低沉婉转,长短音间杂,恰似人转换气息,轻一声重一声,长一声短一声,一声一声又一声。身边老汉反复吟诵一个曲调:百般乐器,唢呐为王。不是升天,就是拜堂。千年琵琶万年筝,一把二胡拉一生,唢呐一响全剧终。曲一响,布一盖,全村老少等上菜,走的走,抬的抬,后面跟着一群白。棺一抬,土一埋,亲朋好友哭起来,鞭炮响、唢呐吹,前面抬,后面吹,初闻不知唢呐意,再闻已是棺中人,两耳不闻棺内名,一心只蹦黄泉迪,一路嗨到阎王殿,从此不恋人世间!老汉说唢呐吹人的一辈子,可人一辈子也活不全唢呐那几个音。

　　车绕一个弯又一个弯,哀音始终攀缘在车顶,一晃,就有个音节落下来,砸在人心上。之前喧嚣不止的车内,静悄悄的,我想着祖父,他躺在炕上,祖母把他的袖子撸到手肘以上,啪啪啪拍出两胳膊黑血。一把银针成天长在祖父身上,祖母捻着它深入浅出,扎出许多血窟窿。祖父背上、额上,留着黑红印痕,那是祖母用一只陶罐不停拔罐的结果。祖父临死前,身上一股草药味,村里人说祖父百毒不侵,埋到地里蝼蚁蚊虫都不靠近。假使有谁对我说曾见到祖父站在地上,我一定不信,"呸呸呸,谎话精"。我强迫自己将这一印象遗忘,他去世时我两岁，没理由记得。这一联想可能产生于荧幕，有人指着电视告诉我，你爷爷就这样。或者语言，他们反复强化，把祖父形象固定成唯一。他可能这样，但不可能一直这样，我要把他找回来，还原他的一生。

旧院位于壶口瀑布东岸，龙王庙脚下，犹记两眼窑洞箍柏木墙围，金描梅兰竹菊、人物风景，一组一组，一共三十六组，人走进去，能闻到陈年柏木与金粉的香，好似它长着嘴，不断吞吐、吸纳、代谢，时时更新。三百年了，味道香醇。祖母去世后，我们举家迁往县城，老窑空置，土坯墙毁坏，豁口上有新鲜爪印，一只黑白花猫蹲在墙根朝我叫，"喵"。

老院面目全非，清朝匾额、柏木炕围、手织地毯、橱柜、板案、炕桌、铜杯、瓷盘、锡壶，被人拆了贱卖；地砖一块一块被撬起，怀疑地下有暗道，藏十口大瓮，装满银元宝、袁大头、金砖金条。据说祖上是大户，清朝翻修龙王庙、牛马王庙、河神庙，捐款碑文上位排第一的都姓张。砖撬起来后再未铺平，在脚下颠簸，偶有亮晶晶的东西一闪一闪，人都疑心是珠玉宝石，俯下身扒。地面愈加不平整。

我找到几张旧照片，只有一张有线索。四个人，压一头猪。一人系围裙，左手拿脸盆，右手拿刀。靠墙搭一口头号大铁锅，灶膛里有火，有人背对着往里添柴。十几个人站在一边。矮墙上露出三颗脑袋。树上爬个孩子，戴着牛耳朵帽，半拉身子探出来。右上角，一行小楷：拍摄于中市村——1980年腊月。跟其他照片的呈现方式不同，这一张被有意隐藏——它与祖父站在祖院槐树前的一张照片以"背靠背"的方式重叠，如果不是我拆下镜框，谁也无法从正面看到它。我将它与其他照片对比，发现拿刀男人是祖父——中山服领口没扣，棉袄领口也没扣，他喉结滚动，咕噜，咕噜。祖父脸棱角分明，小学老师用四条线连接两个鬓角和下巴，可以直观讲述直角四边形的特征，眼睛和嘴唇则可以区分上弦月和下弦月——祖父的眼睛很高兴，嘴巴很伤心。

所以祖父是屠夫，跟庖丁一样，"一招鲜吃遍天"，刀子抡到哪儿，哪儿就流溢酒香肉香钱香，他抡动尖刀，像收拾山河一样，收拾白猪黑猪，公猪母猪。这样说来，曾经闻名壶口滩的麻子爷只能是后起之秀，承接祖父衣钵，靠祖父余威混饭吃。我好似看见一把杀猪刀在空地突现，刀身巨大，噬一口血，就增一分厚，添一度亮。光点是显示仪，祖辈传奇密密麻麻，厚积着一个家族图腾。我正在接近秘密通道，经由它探察另一个世界，另一个王国，寻找祖辈曾掌握的方法，通接未知的每一个细微，或宏大。

杀猪刀由虚而实，渐次变成麻子爷惯使的那一把。

祖母咳咳咳清嗓，挪小脚打开猪圈门，一根棍子捅进去，逼黑猪出圈。二月初来时，黑猪还小，精瘦，一步窜一尺，院里院外跑，遇着什么都稀奇，哼哼哼瞧热闹。祖母说不劁不行了，叫麻子，逮了它按在地上。手起刀落，两颗肉蛋放在掌心。麻子爷问祖母要不要，祖母说赏你下酒。他说我一个杀猪光棍汉，要这玩意干啥？于是，扔上猪圈。溜溜弹输给二狗那天，我爬上猪圈顶，扒拉开柴草烂泥，拾出来——晒得干瘪，捏着跟一疙瘩黄土似的，没弹性。随手一扔，掉进猪食盆。黑猪哼哼哼在墙角蹭痒痒，啰啰啰，它跑过来，嘴巴浸进猪食，呼噜噜，盆里一干二净。劁过的黑猪见风长，天长天短，它不停嘴，凉的热的，全是一个味。到腊月，身长五尺，腹鼓如斗，走路慢悠悠，总在踱步。祖母说它最少四百斤，杀了过大年——四个人撵着黑猪跑，把它逼到墙角，一齐挤过去，按住了，扳过来，一人抬一脚，将它按在条凳上。黑猪嚎叫，獠牙呲开，身子和头左摇右摆，凶光如刀，削下几片枯叶，在地上回旋。

麻子爷嘴叼柳叶长刀，一步一步朝黑猪走去，一手拽住猪耳朵朝上提，让黑猪脖颈朝天，两根血管奔突，另一只手从嘴里抽下柳叶刀，顺势一捅，半条胳膊不见，身子抵上猪身。黑猪"噢噢"渐弱，终至悄无声息。寒风在腊月又凛冽又懦弱，忽悠悠来，还未停留，被更大一股力量掀跑。血腥味随风窜突，传遍乡村，猪呀狗呀鸡呀羊呀牛呀驴呀，张大嘴，不住声叫。孩子们闻着味，都涌过来，连声吼，杀猪喽！吹猪尿泡喽！麻子爷将手往出抽，带出一股血水，落入洗脸盆，一下子接满大半盆。黑猪气息全无，身子还在抽搐。血水不停流，滴答滴答。四人松开手，黑猪瘫软在条凳上，比放血前瘦，毛发零乱。死了。麻子爷用柳叶尖刀在一个猪蹄上割开一个三角口口，一根大拇指粗的铁棍捅进去，横一下竖一下，前一下后一下，捅通了，提起猪蹄朝里吹气。黑猪重新鼓胀，四脚朝天，不像猪了。头号铁锅的水早烧开了，麻子爷招呼人把黑猪撂进去，立时浮起一层黑毛，黑猪很快变成白猪。

猪尿泡被我吹起来老大，像皮球，在村院土路拍，弹性很好。

柳叶刀锈了一寸厚，颜色黑棕，吊一根粗布绳，挂在后窑掌。我在破窑到处翻，往日时光悬挂在蜘蛛网上、旧被褥下、陈年灰尘和干涩空气中，被我一一翻出，我记起麻子爷精瘦，常年挑一副担子，刀悬在前头锃亮，一摇一晃，太阳光在刃上闪亮，偶有反射，凛冽得很。村里人不多跟他打交道，说他眼睛比刀子更让人害怕。

这刀应该和他埋一起。六爷说，麻子胆大，啥活物也敢抓，又剐又杀，一把刀使得精亮。后来他死得蹊跷，听说杀猪时突然掉转刀，像被谁控制了，朝自己捅，一刀捅入十公分，正中心脏。村院人传现世报，杀生太多，等不到来世。

电线头呲呲啦啦，"唰"一声灭了。屋里一片漆黑，窑后掌有老鼠咬噬，尖牙小小，嵌进木头，一点点往外刨，小洞变成大洞，大洞变得更大，一窑家具被它祸害了。六爷爬起点了一根蜡烛，火光小小，耀得瓷砖炕沿红亮亮，一圈金光闪了又闪。我动了动身子，说现在啥年代了，还有老鼠，不会买老鼠药吗？六爷说鼠蚁虫虱和蓝天白云、清风明月一样，大自然生养，占食物链一环，有权利活。我说活和活不一样嘛，它应该到野地去，不干扰人，还自在。六爷说这世上哪有什么应该不应该，应该发生的不应该地沉默了，不应该发生的却大张旗鼓进行着。好比咱们村修族史，几个人关起门来编，编成什么样就是什么样。我说族史怎么能随便编。六爷说啥史也靠编，编史的人决定怎么编。古人说横看成岭侧成峰，同样一件事，站的角度不一样，看法就不同。我说谁心里没杆秤呢？六爷说你保证你心里的秤就公正吗？

电灯"哗啦"一下亮了，白墙反射出的光，有点硬，冷冰冰，不像刚才温和。我探手拉灭。窑里暗了一会儿，显出亮来，暗里的亮。我又想到祖父，没见相片之前，只是一个虚空符号，现在变成屠夫，拿一把尖刀不停前捅，一刀，又一刀。

六爷说你爷不敢，鸡飞狗叫他都哆嗦，出了名的胆小。杀猪不是一般营生，一不怕苦二不怕累三不怕脏，还得胆大，再怎么也是活物，白刀子进，红刀子出。猪牛羊马鸡狗鸭，跟人一样，都有眼睛，开两扇门，你知道通往哪儿？老辈人讲六道轮回，谁是它的前世？它是谁的来生？猪有三种不能杀，一是五爪猪，猪本来只长四个指头，可它长了五个，就跟人一样了，不能随便杀；二是不好制服的猪，十个八个人把一头猪制服不了，或是你去撵它了，把自己的腿崴了，就不要随便杀；三是会说人话的猪，你把它摁住了，它眼珠子滴溜圆，呜里哇啦像念经，像求情，像咒骂，都不能杀。这是猪还有尘缘未了。你以为只有人有感情？猪也有七姑八婆，也有剪不断理还乱呢。杀猪规矩多。正南正北，正屋内，神龛前。为啥？万物有灵，你无缘无故杀生，师出无名，要烧香、放炮、敬神，借祭祠的名，才有安慰。许多癌症患者不治自愈，越治越死得快，这是自我暗示的作用，心理作用比药物强。现在没人杀猪了。生猪屠宰场有流水线，都是机器操作，人只盯着电脑屏幕，用指头控制。不知道这笔账会记到谁身上。

我把照片从枕下摸出来，借着暗光看，正面看完看反面——被压扁了的过去，该有一个隙缝，让我缩身进去，探寻到唯一真实。祖父不是屠夫，怎么会留下杀猪照片？

六爷说，夜这么长，咱慢慢说。

1980年腊月，我两岁，被母亲抱在怀里。

公猪硕大身体被四条大汉压服，慢慢疲软，吼声却越发尖利,黑皮下喉咙颤动,獠牙呲开。

祖父浑身战栗,"我不行。"

"你必须行。"祖母刀柄朝外,递到他跟前,眸子如两团火。

"不。"祖父后退两步,被朝前搡了一把,趔趔趄趄,喝醉酒一样。

"你是男人!"祖母说,"干男人该干的事。"

他不敢!

他胆子比老鼠还小!

他就不是个男人!

黑猪和祖父一起,滚下四行老泪,沾了泥,被腊月的冷风结成了冰。

祖父持刀逼近。对准。扑呲。

相纸轻薄,被我攥紧,祖父在我手心复活,颤巍巍抬头望我,眼神与眼神对接,两股气力抗衡,我想往进冲,他步步朝后缩,距离不断拉长,被一张照片遮蔽的过往,隐匿着真实。我想知道,被逼拿起尖刀的祖父,经历了什么样的心路历程,是什么让他难以支撑,第二天就卧病,直至去世再没下炕?黑猪眼神如绳索,将他拘禁,失了魂。他来至地狱之门,小鬼再三盘查,不放他通行。他跪地恳请,求你开恩。半年后,他咽下最后一口气,把生命终止在五十三岁。

几簇艾草摇在崖畔,我凑上去,希望它告诉我祖父更多的生命真相,如果他不是庖丁,又是谁?山道令我沉迷,我长久盘旋,企图闻嗅一段历史,关于祖父,关于他的一生。时有村人瞥来不解眼神,如同更其深刻的一句"有啥用"。我无法阻隔他们辨识，通过形体外貌将我与祖父对等，就像我无法收敛与祖父几乎一致的眉梢眼角，无法按照世俗要求雕刻自己的形象——我留长发，贴面膜，涂口红，唱歌跳舞。每当有人质疑，我都会犹疑要不要改正，让我看起来就是男人。

二祖母身轻如燕，脚尖踮起，等长绳荡下来，起跳。摇绳的叔父叔母年过七旬，腰背前倾，弯如逗点，随时会倒地。九十七岁，实在太老了。我把礼物放在躺柜，看到梨木被时光反复浸染的痕迹。二祖母从炕头捧起一个木盒，两手绞在一起，要给我卷烟。我忙阻止她，将一盒纸烟放在她手上，她看了看，抽出一根闻，说香，划着火柴。磷光小小闪了一下，一股味道扑起，极快散开。

一个人活一回，留不下啥。二祖母眯眼，一口烟气袅袅升起，盘旋在空里。她说你爷没干过啥，身高一米五多，体重一百零几斤，比不上村里一个半大后生。生产队不给他计全工，你奶去吵，队长说你不服，让他把这扇石磨搬起。你爷搬不起，搬不起就是搬不起。人活一辈子，就活个命。命里三尺，莫求一丈。命让人怎么活，人就怎么活，他天生就不是干苦力的命。村里人说他活剥老祖一张皮，人家在京城当官，吃皇家的饭，旗杆院就这么来的。拆了，说拆就拆，谁都来拆，洪水一样，挡不住。拆就拆吧，都拆了，就当没有过。你爷没生在好世道，都让劳动，当官的让劳动，教学的让劳动，他们都来劳动了，你爷还能不劳动？他劳不了动，就是废柴一根。他会干啥？会的都是女人干的活，描花、剪纸、裱窑楦、纳鞋底、纺线、织布、吹唢呐、闹秧歌、唱小曲，你婆心强，强不过命，他就会干这，你不让他干，他就死。拿命跟人斗，谁斗得过。可惜了，你爷要活到现在,能上电视。

打麦场没有麦,也没有人,空寂中流动一股气息,挟带半个世纪的想象,场景渐次展开:

"婶,你让叔吹一个。"

"他不会,几十年不吹,早忘了。"

"我会!吹唢呐和说话一样,学会了就不会忘。"

"你会吹,可你不能吹。王八戏子吹鼓手,下贱营生。"

"你让我吹一次。"

"让你吹一次,以后我让你干啥,你就干啥?"

"行!"

"让你吹一次,以后你再也不干没用的事?"

"行!"

"让你吹一次,以后你再也不干女人干的事?"

"行!"

"那你就吹一次。"

一柄唢呐冲天、俯地,如一场生命绝唱,山野和鸣,日月行走,四季轮回,生命繁衍,爱恨离愁,一起和在声音里,随时间一起一落,一浮一沉。流传几千年,吸纳万物之魂的唢呐声,在祖父嘴里流出来,往时间深处走去。村院人听呆了,看着祖父脱离地面,在尘寰表演,全世界为之沸腾。

祖父收起最后一个音节,把唢呐挪离嘴巴,向着村人躬身、致敬,默默转身,离去。

在二祖母记忆里,那是祖父最后一天"活着",此后他状若失魂,习惯性迷蒙,直到去世未清醒。

返城后，我把照片收进相册，像它本来那样，一张和一张背靠背，祖父被搁置在看不见自己的地方，无法和自己呼应。我习惯性思念祖父，隐约想起小时候，他抱着我哼唱一首曲子，简单几个调门重复，像有千年万年长。现在它附着于记忆之门，打开一扇又一扇，祖父在门后郁郁寡欢，眼角的泪变成一潭深水，令我泥足深陷，难以呼吸。我不敢深究他经受的心理折磨，不敢触摸故事背后的故事，我和他共通，体认着种种质疑、否定、嘲讽，冷墙四面，我们被关进密闭空间，无以为抗，只好把命舍出去。这让我疼痛，仿似坐在刀刃上，骨血被剐得生硬。

我告诉派任务的人，祖父就是个老农民，干点农活，尽庄户人本分。他点点头，又摇摇头，把烟灰掸在地上，右脚尖拧开。风一过，黑灰被吹跑，什么也看不见。

黄河唢呐被评为省级非物质文化遗产以后，顺子申报第五代传人，让我帮他整理资料。那天他站在黄河边，一口气吹了十三首曲子，我用摄像机全程拍下。没想到他提起祖父，他的讲述从一个绝活——一边吹唢呐，一边扎马步，头朝天仰，一手叉腰，一手转动喇叭——开始。

"我吹唢呐是跟爹学的。爹不愿意让我学。王八戏子吹鼓手，祖上传下来的，是下贱营生。可我喜欢，非要练。爹说龙生龙凤生凤，老鼠生子会打洞，这可能是命。你要练，就得往死里练，不敢练下个半壶子。我一听他同意了，狠劲点头。

"吹唢呐先要练气息，吸一口气，看能吹多久。先是我一口气吹一分钟、两分钟，练了几个月才学会腹式呼吸。你看我吹时一口气没停，其实我是用鼻孔吸气，用嘴巴通过吹吐气。这个很难练成，不练几年就练不会，现在我一口气可以吹一个小时。吹唢呐还难在出颤音，不会吹的人拿起唢呐，也能让它响，声音是直的，干的，像唱歌干吼，不含水，不含情，不传神。好的唢呐手用四种方法颤音，小腹丹田控制收缩，下半部分牙齿稍稍颤抖哨子，手指快速变化发出不同的声音，手臂颤动影响手指的颤动，这样才能发出美妙的颤音效果。

"隔行如隔山，可隔行不隔理。你不要看会吹唢呐的人不少，真能达到一定境界，可就难了。好比你们写文章，会写的人多，可想写好也难，对吧？唢呐名曲《百鸟朝凤》你听过吧，运用特殊循环换气法、快速双吐技巧和长音技艺，呈现百鸟齐鸣的意境，可它再华丽也有个接替过程。我爹说他见过一个高人，一下发五个音，好像五个人一起吹，和声，你懂吧？那人牛到什么地步？小唢呐放嘴里，不换气吹半小时，吹完了换鼻孔，换眼皮，夹在胳肢窝，好像他这人浑身上下全是嘴，全能吹唢呐。后来他问我爹把三把唢呐全要来了，一个放嘴里，两个放鼻孔，还有两个单哨，放在眼皮上。我爹说那一下他是彻底服了，《百鸟朝凤》算个啥，这是全世界沸腾，花草树木、日月星辰一起急了，火烧火燎的，都在唱歌跳舞。

"你看刚才这个绝活，一定以为是我父亲传给我的，其实不是，是他偷来的。他自从见过那个高人以后，细心琢磨，也只学会了这一招。人家是天赋异禀，一般人学不会。

"他是谁？我爹也不知道，只说他是路过，唢呐都没有，问我爹借的。对了，他跟你一样，也姓张，我爹听见别人叫他老张，又叫勤善，他应该叫个张勤善。"

一股焦烟味穿透时空阻隔，让我站在祖父面前。这一次，他换了装束，穿金黄镶红边表演服，稳扎马步，大唢呐、中唢呐、小唢呐、微唢呐，一口气接一口气，不停吹曲子。祖父说，吉州吹打乐器中的"夹调""本调""凡调""六字调""梅花调"是我发明，我能同时用耳朵、鼻子、嘴巴吹响唢呐，我能两小时不换气。

一只硕大唢呐自大河升腾，那和着河水奔流，伴随乡亲从生至死的唢呐声在耳畔升起，祖父作为"基因"，深植于每个文化人身体里，他们欢歌，就是祖父欢歌，他们热舞，就是祖父热舞，他们每一次创新，都是祖父的一次次"重生"。在壶口滩上，祖父作为一个文化符号，将世世代代光芒永存。

祖父没有机会。顺子后来常上电视表演，说这一绝活是祖传，小唢呐百年有余，人走近，能闻见蒲公英张脚飞离地面时挟带的乡野味道。他已经死掉的祖父和父亲被屡屡请出来，粘在屏幕上，以证其"家学"。

时间疗愈疼痛，一年后我想起祖父不再揪心，也许他只是死于生理疾病，没有经受我想象中的心理创伤。我时常和他凝视，听他撮嘴吹口哨，仍是那首古老曲子，悠扬如同背景音乐。我们心气平和，被时间勾连，剔除两个时代的表层浮沫，听本质在空间不断复沓。

我从未想过替祖父伪造身份。

县报发表《祖父张勤善》，作者是我，配着一张旧照片的正反面。正面："祖父"很年轻，一脸木讷，理着小平头，穿着棉服，脖子下第一颗黑扣扣得紧。背面写几行字：姓名张*善，男，192*年11月出生于吉州县壶口乡中市村，任中国人民解放军二十*军三*师**团一营四连副班长，一九*七年八月一日。

照片时代久远，破损严重，钢笔字模糊，辨识不清。

"我"说，我从小就知道祖父当过兵，上过战场，立过战功，小时候拿军功章当玩具，玩着玩着就找不到了，现在很后悔，如果留着它们，就会知道祖父参加过哪些战役。"我"写道：

祖父死后在镇政府领过一笔钱，二十一块，比当教员的父亲工资多。像掀开一罐陈年佳酿，香味飘过全村，激起一窑院的醋意。说他打过日本鬼子，游击战打了几年，快胜利呀他跑回家了。说他打过解放战争，真枪实弹捡出来一条命。还说，参加过抗美援朝，战争结束就回来了，你不回家国家能养你一辈子？真可惜，要不他就能当将军，最次也能当师长，你们一家子就不用喝壶口的西北风了。祖母说不管他打过啥仗，回来时骑的高头大马，挎的洋枪，那是真的。五黄六月，少吃没喝，他包袱里取出两个干馍，刀切不动，锤子砸了，一人一块，老大咕噜一口咽了，卡在喉咙里，一碗生水才冲下去；老二精细，唾沫一点一点濡湿，牙齿啃，吃了一下午。祖父眼睫毛长，眨呀眨呀就湿了，说老子在外头拼命呢，一家老小少吃没喝，老子不干了。后来有人来，连枪带马都收走了。

我问爸为啥。

他说不为啥，你爷就是退伍军人，活到现在，国家会给他授奖。

照片是麻子爷张成善，不是我爷张勤善。

张成善也好，张勤善也好，都一样。你爷可以叫张成善，也可以叫张勤善。张成善和张勤善根本就是同一个人。你为啥纠结这个事情？没有人会纠结这种事情。

因为我知道我爷是什么人。他活着不能做这种人，死了也不能做这种人。

你四十几岁了，知道人一生下来，就在一条轨道上，轨道有强制力，你来不及东张西望，就被它推着往前走。换句话说，你爷是什么人不重要，他应该是什么人才重要，不是吗？

我没有再说话，骨子里有个东西"哗"一声合严了。我开始明白我为什么执着于祖父的人生真相，寻找他就是寻找我自己。当我面对质疑，不敢轻下决心，被框在框架之中，其实和祖父面对杀猪刀，是同一种境地。祖父没能明白，我们做不做自己，都不是自己。我们是什么样子，跟我们无关。我们的样态，由别人决定。

三天后，我辞去工作来到壶口滩，给游客唱歌。总有人说我的声音粗笨如沙砾，字词从嗓子里钻进来灌满水泥，非得溅在石块上、生铁上、所有粗重笨拙上，这东西不适合室内，不适合现代，甚至不适合人类，源自黄河沿岸的原始部落，一群未经进化的物种只受到模糊启蒙，单音节重复，哎——嗨——哟——呀——哇——，非得经行壶口滩，由那些生长了几万年的大水破译，经它们湿润虬曲的曲线重新编织，才能获得认知。

我只会唱这种曲调，祖父抱着我唱过的这种曲调。他移进了我的肉身，和我合二为一。我们站在壶口滩上，就同时站在了南之南、北之北，站在遥远太空。这些古老曲调含混又确定，迷蒙又清晰，像一波一波的空气，荡漾在大河水面上，你知道，它们总是互相吸引，难舍难分……

肆

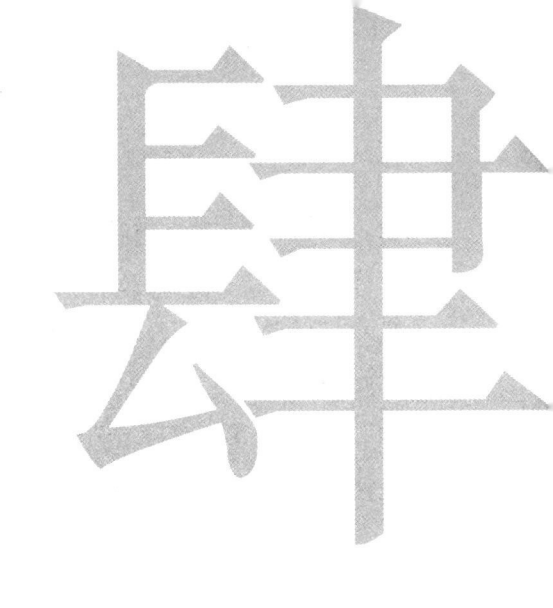

无人机河上飞行，黑影掠过河面如山压沉河心，这给河中生物造成视觉幻象，乃至生存困境，它们六觉敏于人类，被重力与浮力相互作用，习惯藏身水里，在一波一波哗声中消隐。我已经放废五部无人机，残骸有遗落河底，有碎在山间，也有被生物当作安乐窝，这成为我排遣压力的方式，如果不让它带着飞，灵魂太压抑，会得失心疯。这属于另一种灵魂挣脱肉身，当我坐在河边养心，因秒流量三千立方米的河水眩晕，会有种灵魂脱窍感，附着在河流之上，听世世代代祖先传唱，"嗯哪啊呀哈"。我和歌声糅在一起，被河面回弹，跳起来老高又落下去，起伏跌宕间另一种节奏产生，形成新音乐。

我在河边排遣总是遇到新瓶颈，和祖先张鸿业一样，站在这壶大水面前，听隆隆水声才能理清思路，找到河中隐藏答案。过程伴随公司发展，一步一挪行，慢吞吞前进，总有绊脚石垫住脚心，拽着人疼。

"乐之然"实行"订单农业"，年初定单价，签合同，付定金，深秋采摘销售，遇到冰雹寒冻、病虫害、极度干旱，苹果挂在树上减产一半，风险公司担。等天年好苹果卖价高，果农又觉吃亏，成群结队来公司讨说法，恨不能将我骨骼敲碎蘸蒜吃。"你又不是黄世仁，"他们说，"我们在果园受了一年，没你挣得多。"他们双手长满硬茧，纹路如同人生路，巴掌上转圈圈，我把账本摊出来交底，档口租金、广告运营、货物损耗、运费杂税，让他们明白公司只是媒介，一头连接市场，一头对接果农，都有大风险。他们看完又心疼，小伙子啊，你别跟我们见怪，老农民眼珠子浅。如是三年，他们笃信公司比天年靠谱，供奉佛菩萨不如将信心交给"乐之然"。

这为公司发展奠定了坚实基础，我喜欢随便走进一家，盘腿上炕，和他们闲话家常，时间长了，他们也把"乐之然"当家，齐聚公司演奏《六股头宝卷》，六爷唱，众人伴和，唢呐、二胡、钹、笛子、梆子、马锣、板凳、农具一齐上，引得外地游客哇哇喝彩。遗憾每次只能演一段，演出停止以后的空白如同一种提醒，不断折磨灵魂，我意识到应该填平。

文化活动成为凝聚力之一，后来公司加入世界有机农业运动联盟，推行有机苹果标准化生产，禁止使用农药、化肥、除草剂、合成色素、激素等人工合成物质，又是这些可爱老农积极响应，果园里建起沼气池，把"畜—沼—果"生态农业模式运用到极致。现在他们的名字和苹果绑在一起，我常拿这事调侃，苹果坐飞机就是你们坐飞机，苹果坐游轮就是你们坐游轮，二维码一扫，你们就被外国友人识别。

"哎呀，"六爷调皮，摸着鼻子说，"被狠狠咬了一口。"

我夸这话生动，六爷被笑意一激，脑洞大开，下一次见，哼出新曲：

> 吉县苹果大又圆，质量价格紧相连。火车运到俄罗斯，轮船载过渤海湾。老外一吃竖拇指，直夸苹果香又甜。大小果园都增产，果农个个笑开颜。

郭臻编辑发布，果农群滚动播出，六爷一高兴，又编出十几个，还邀请壶口滩拉驴老汉配合，白手巾裹头，老烟袋朝天举，一连说三句，Welcome to Hukou！身后老驴识相，张嘴"呃"，露出粉白牙龈。驴语兴奋，似乎另一重召唤，能让远在墨西哥、巴基斯坦、伊朗、埃及的外国驴听见，仰天齐"呃"，扳开另一重密码，让大河翻滚。河在地底有交织，长江是水，东海是水，太平洋是水，它们有核心语言，如同水婆"嗯哪咿呀哈"，不同水系填充不同歌词，深藏不同含义。

总在大河边，沉溺过久，双耳轰鸣似有失聪，要缓半小时才能重新听见声音。我老婆说八十分贝就损人健康，她提不出数据证明水流分贝超过这一数值，又担心我迟早被河带走。总有人被河拘了魂，一头扎进河中心。我告诉她不会，"乐之然"有很多事要干，我向果农承诺过，响应国家号召，脱贫致富奔小康，一起走进新时代。

堂弟说我把核心捏在手上，果农是更重视肥沃的土地，扎进他们心里比扎进黄土重要。他讲述苹果四十年的发展经历，栽一轮拔一轮火烧一轮。"为啥毁苗？观念陈旧嘛。人不吃粮会死，不吃苹果不会死，栽树不种粮心里没底。后来县里下血本，果苗免费给，减免农业税，这才有松动。不承想农民又糊弄，家家购置洛阳铲，地里戳个小洞洞，树苗插进去，踩几脚交任务。当然活不了，三级干部查，一级一级推动，好不容易才活下。"堂弟的诉说伴着哽咽，好像果树是他头顶的毛发，一根一根拔掉牵疼毛囊。后来他承包一座果园精心示范，挖深坑、挖大坑、挖一米见方的坑，三年后挂果，亩产值五千元，这才激励果农栽种。三十年一步一徘徊，他没有一天松懈，剪枝整形、疏花疏果、病虫害防治、减密间伐，就蹲在示范园里，话越说越少，事越干越多，那些如同密钥的操作流程被他整理成册，又培训几百名苹果土专家成为产业发展排头兵。

堂弟对苹果魔怔相当于祖先张鸿业为拉船，如果时间交叠空间重合，他们会说同样的话，语音语调都相同。郭臻有一天突发奇想，网购清朝服饰给堂弟扮上，让他替祖先张鸿业代言，他长袖一甩，说"为乡亲们谋幸福"，接着戏唱《喇叭调》：一个喇叭一尺三，出门遇见果商家，果商见我笑哈哈，今年苹果挺好啊。我说词不对，他捋着胡子问，那又如何？

他促成我和郭臻新一轮的研究方向，借口口相传的民歌小调、传说故事触碰大河真相。曾祖父是最老话本，公元1929年出生，还记得战争在大河上空激起余波，我赶在他去世前一遍遍追问，发现他讲述喜欢引经据典，内容多为史书所载，这种互为佐证极其真实，不由得我不信。我让郭臻全程跟拍，未来将给它搭配音乐和画面，形成另一种史实。更多人讲述喜欢背景扩大，人物置身其中，飘然总无定形，东一句西一句拼凑，有很多是他们自身经历，掐头去尾，填充置换，变成史书留名之人。我对这些讲述不无警惕，因是河畔人更多接受，如水声般讲的故事，一波未平一波又起，牵紧人心。

有一天听见声调悠扬飘荡,是传统民歌《哏哏啷》,据《吉县民歌》记载,歌词原为:正月里来正月正,咱家的女儿上里墙,小小脚儿拧一拧,等上杨诚好心肠,哏哏啷。入耳是新编:正月里来正月正,我在果园加倍忙,基肥施完疏果上,修枝打药又装箱,哏哏啷。唱曲人果树杈上蹲坐,颈挂一只布袋,右手伸进去一掏,纸袋撑开,两手一缚套在幼果上,他嘴上卡着节点,下手动作快,噌——噌——噌——我在树下听许久,站累了顺势躺倒,唱曲人浑然不知,突然转换风格:井里清水浇白菜,解开妹妹红裤带,又是扯来又是拽,一块被子咱俩盖,哏哏啷。

我平躺泥地听入迷,郭臻巧用角度,拍到树长在我肚子上、脑袋上、鼻尖上。照片放大,廊下挂了好久,风吹日晒雨淋,最后变成模糊影像,白板上几点黑,看不清本来模样。我带郭臻重拍一波,换了果农形象挂上去,他们笑意在镜头里放大很多倍,后来印在书上,和他们填的词一起流传。

书名《旧调新声大河魂》,辑录"散花""迎亲""哭皇天""九九曲""关里道情"等民歌曲谱,每一曲谱下配歌词若干,有旧词,有新填,时间链条平滑演进,能让人看到上下五千年壶口滩上的风物人情。以后我们又编了很多书,记录壶口地域环境、自然条件、季节气候、民俗礼仪、风土人情,把很多乡亲印在书上,我期望若干年后有人翻开,能看见祖先容貌,也许不期然遇到自己,顺踪迹回溯,找到骨血来源。

我和郭臻仍喜欢河边逗留,那总是夕阳给河面镀上玫瑰金光亮的时候,我坐在祖先张鸿业坐过的河石上,泡进他泡过的大河里。一股气味蔓延,淹没于大河的泥土和树根腐朽、霉变,味道复杂,却生机勃勃。水声凶猛,大河蛇一般蜿蜒曲行,经过九十九道弯,在"几"字末尾遭遇壶口,它不顾一切跃入,身体迸裂破碎。但没有关系,我们都知道,河水不管历经再多磨难,都会重新聚拢,开启下一轮旅程,正像祖先肉身消弭,精神长存,一代一代亘古稳定,延续壶口滩的光荣与梦想……

洞　穴

鸿业拿着铁锤，听阴阳指令"封棺"，叮咚，铁钉吃进棺材，棺身轻微颤动，能看见纹理活水一样微漾，他想象梁虎子在里头也被震动，最后一丝天光正在合严，他和人世的距离越变越长，最终被七根铁钉永远隔绝。阴阳挥刀舞尺，口念咒语"灵柩起程，往即幽宅，今日远遣，永诀终天"，敕令砸灰碗，洒五谷，抓鸡上棺盖，鸿业抬起棺材，一步一步，将虎子送上山。墓堆堆起，阴阳手摇铜铃安镇，纸扎纸钱都烧成灰，梁虎子在人世了无踪迹。

守夜三天，鸿业像一个得了失心疯被禁闭的人，只剩语言一项功能，他不停说话，和虎子说，和勤善、顺子说，也和自己说。煤油灯闪烁不停，香头一寸寸变短，黄表纸被火舌噬舔，变成纸灰，它们独自燃烧，完成自己的命运，像人的一生。鸿业想，在那不被人知晓的地方，许是有另一重生天，一双眼睛盯着，看每个人燃烧。

现在，人都走完了，他不肯动，要勤善、顺子也坐一阵，和虎子说说话。勤善就说，拉船起公用的事，南垣人知道了，掸掇虎子婆姨提说，要五两银子。鸿业说，给。

天渐昏暗，万物变成黛青，河两岸群山相连如同水波，一浪一浪涌在天边交合，河在夹出来的峡谷间缓慢流淌，能听到它亘古的声响，最是无情，也最是隽永。鸿业站在山顶凝望，距离最近的禹帽孤峰，真的像一顶帽子正在飘下来，它孤零零一座，在山与山之间摇晃，如同他此刻的心情。虎子婆姨说，是姚二买通狱卒，让虎子戴上枷锁和他打。这场景如此哀伤，以致鸿业一闭眼，就看见拳头在肉身回弹，"嗵嗵嗵"，单节奏反复。他告诉虎子，我一定替你报仇。墓身幽暗，风像幽灵从缝里钻进来，卷起纸灰乱跑，鸿业视同虎子感应，心和眼同时一热，又一冷。

勤善连日劳累，嗓子嘶哑，偏不听劝，要给虎子再唱几声，没拿三弦，拾了块小石头，朝大石头嗑上去，砰——虎子吾兄，同气情深——砰——创家立业，俭朴忠信——砰——处世有道，克己恭人——砰——今日弃我，一别吾分——砰——晴天霹雳，诀别于今——砰——往事已矣，雁群散分——砰——浮土一堆，野冢藏身——砰——黄沙白草，寥落英魂——砰——悲风哀号，蓬绕孤坟——砰——阴阳相隔，情何以伸——砰——爱奠椒浆，洒酒言陈——砰——吾兄有觉，鉴此香熏——砰——呜呼哀哉！唱完石头山间一扔，往墓前一立，兄弟，一路走好！

第二天，鸿业去找明道，三天里第三次向他开口借钱。

那晚回来，鸿业随明道一起回客店，已是仲秋，河岸生起凉意，树叶盘旋着滚在脚底，被踩得簌簌响，鸿业提起百姓生活不易，说县衙赋税翻番，带动着物价都涨起来，原先一石麦只要八九钱，时下要一两三四钱，民众拉船不易，难养生计，断不能再从他们手里抠钱。明道说你这么一说倒提醒我，我早就想跟你说，既是有了拉船组织，就该有分工，你们几个为了六村联合四处奔波，操心劳力，和其他人一样只挣拉船钱，这不妥，你当趁此机会提高拉船费，留出公用，以备不时之需。便计议，每人每船加四文，两文付给拉船人，两文留作公用，用以支付杂费，贴补众人。

站在客店外头看，滞留的船只挨挨挤挤漂满河面，有人在船上吃烟，火光一明一灭，像星子在遥远的地方闪；有人哼唱，声音从船上飘到河面，被水带着一波一波荡漾。鸿业望向瀑布，又望回来，河水涌进他脑袋，湿漉漉的浓烈气息把他带到十二年之前，父亲倒毙之地，来自幽暗河床底部的细泥从他口鼻渗出，不为他熟知的绿色植物微丝一样裹紧他的身体。他看进河床深处，在被热泪滋养的肥沃黄土上，生长起一轮又一轮恶意，心有不宁。他说，我每次见着这些人，都像见着我爹，不忍心让他们受伤害。明道劝他不必担忧，船商多付的银子，自然会从货物里挣回来。眼下当务之急是尽快拉船，船注定要水里行，不能水里停。

远处，有个声音吼问，不知明日能走得了哇？

另一个回说，快走吧，沤到这里十天了。

鸿业只说已达成协议，安排第二天就拉船。人去了，衙役仍守着滩口，说知州有令，十两银子你们给了郭万庚，原先他应承给公署衙门的十两赋银却没了着落，还得你们掏。鸿业好说歹说，路只是不通，既是买权，自然和买粮买米一样，先付钱。鸿业没办法，又找明道借钱，将原先议定的拉船费加到每人每船十五文，这才将船拉动。

当时鸿业没想到还会有这一出。

沿沟底上行，山间风带着一股植物腐熟的味道，酸枣干熟，沙棘褚红，它们很快就会从植株上落掉，一点点干朽，被吹进时光的隙缝。向阳石头间，雏菊一蓬黄一蓬紫，干瘦着伶仃，种子筛进风里，被风卷到母体够不着的地方。往深处走，在更寂寂无人处，霉斑一点点干掉，小虫子从石下爬出来，风干尸体薄成纸，等待即将到来的萧杀。鸿业知道这是个正在死去的季节，感慨一年一瞬，一眨眼，大河又该流凌了。

上到半山，明道果然在，正给里长说他的设想。石平台宽阔，他勘验步量，正好凿五眼石窑，你让我占了，我请石匠我掏钱，到时给你留一眼。

很多年以后，当玉秀知道自己命不久矣，让鸿业带她回来，石窑依旧坚固，脑门一点红被夏天最后一片雨吸尽，泛起空洞的白，她坐在炕上，揭开炕席，被烟火熏黑的炕面上划满"鸿"。你看，玉秀说，我早就把你收到我炕上了。行船号子一浪一浪，鸿业一脸迷醉，知道自己再也走不出这眼石窑，早在"合龙口"之日，这眼石窑就把他和玉秀的魂紧紧铸在一起。

那天玉秀把旗子插在石窑缝里，知道上面是"饺子"，把字从纸上拓下来，她费了些劲，白布蒙上，太阳下撑起，石粉一点点描。好似闻着墨香，鸿业说，做招牌好啊，吉州城里每个店铺都有招牌，花红花红，好看。玉秀要做一个好看的招牌。她在灯下绣，听见婆婆"呃"。娘，你烧心了？婆婆把头别过一头，桃木簪子是陪嫁物，戴了几十年，黑油黑油，反着一点星光，玉秀说娘，我知道你想什么。我是女人家，不能抛头露面，不能在滩上卖饭，可是娘，我不卖饭，咱就没饭吃。婆婆说秀，我不怨你。我是想，要是你早有这本事，二毛就不用去拉船，二毛不拉船，他就不会死。娘……婆婆轻轻的，将手放过来，压在她手上,别说。

曾经隔着很远,无法触摸彼此的鸿沟在慢慢变浅,玉秀沉湎于这种温柔,发觉不知何时起,她们被一股力量绞在一起,同心同德,同向同力。婆婆变得宽容、大度,总是轻易被说服。婆,我真的只有这么多了,婆,我能不能用盐跟你换,她笑眯眯的,总说行。当玉秀试图给她算账,她说,少挣点钱怕什么,下一次他们还会吃,让你挣回来。她比玉秀更早开始笼络人心,如同施行蛊术,让那些从各地途经壶口的人心甘情愿把她当作中转站。她变成中市村最见多识广的人,当那些婆姨睁大眼睛惊叹时,她的瞳孔会特别亮。

玉秀说,娘,今日合龙口,有很多女人。

婆婆笑说,她们和你一样,早就变成了男人。

两人看着石匠把红布包角的石头嵌进石窟脑门,像给巨龙点睛,它瞬间有了灵魂,腾起身子朝大河飞去。

鸿业对龙王辿集镇的自觉远远迟于玉秀,当明道让他也认领一眼石窟时,他甚至表现出冥顽,百般推辞,最后说,我不会做买卖。

他们隔一张木桌看着彼此,水蒸气在眼前穿梭,提早暴露出白菜、大葱、咸肉混合的气味,鸿业仿佛看见玉秀从粗盐罐里拉出一条肉,颜色铁红,像河边一块石头,拿刀一片,露出里头红嫩,好像刚被屠宰,血还湿着的肉,她的饺子馅就总调得香些。让鸿业更为震惊的,是玉秀当着里长面,站在平台正中间,我要这一眼,她说。天幕低垂,河与路之间升起迷雾,鸿业渐渐失聪失明,看不见河道和路面,听不见水声雷鸣和壶口号子一浪一浪的汹涌。

明道说，你得像向玉秀学习。

什么？

知道自己要什么，然后像大河一样一鼓作气，奔流不息。明道说，六村联合要成功，还得再往前走一步。大家将拉船看得重，是因除拉船外没有其他收益，想打破这一格局，就得想办法把人分散，增加利润点，让老百姓在方方面面都能挣钱。这一点，你要走在前头，给老百姓树立标榜。

鸿业这才坦言，并非不动心，实是没钱，又将梁虎子如何被姚二迫害，如何哀号了三个时辰闭眼，婆姨如何托人要五两银子的事全盘讲述了一遍。明道说，想不到小小壶口一隅，竟有如此民风，这郭万庚和姚二若无杜知州撑腰，断不敢如此强横，就提出让鸿业拟写状书，请托熟人往上送。要是能扳倒这贪官污吏，也算为百姓干了件好事。鸿业却踌躇不定，说自古冤死不告状，何况民告官。这壶口滩屁大点地方，我一介草民，怕是谁也惹不起。明道便不多言，只说明日启程，年前不会再来了。

玉秀听见，过来问。

明道说我已和里长商量，开春就请石匠，凿石窑，又劝鸿业。鸿业就由他铺排，等石窑凿好，租一眼开粮米铺，挂"张"字招牌。

当晚，鸿业无比疲累，觉得身体被炕烤着，熟热成油，从被褥上渗下去，透过炕席，与炕土炼在一起。他做了个冗长的梦，从梁虎子的墓穴钻进去，走过一条长得看不到边的甬道，一直走到河的最深处，走过黑暗、阴冷、潮湿，眼前豁然开朗，在神明之地，十颗太阳普照的地方，梁虎子朝他招手，来呀，快来呀。这里没有欺骗、没有伤害、没有陷阱，这里黑白分明、是非分明、赏惩分明,这里是光的世界、亮的世界、世界的世界。这里有你想要的一切……

一月后的一天早上,鸿业被悠长一声"啊"惊悚,撤离梦境,适才和明道坐在暖阳下,看大河上空群龙狂放,为首一条粗壮,身子金黄,粗有七尺,长有百丈,在空中一颔首,其后首尾相接,剩余群龙绕于其中,似一个大金盘。光一缕一缕筛下。这时晓得了,群龙围成是太阳,身下是木桃烧出来的热炕,她先于他听见声音,走出窑去。

"啊"声之后,嘶哭响起,伴着双手击拍,钝器沉闷敲打,像百岁老人不得已附和。鸿业晓得是隔壁春香,两口子从春打到冬,号嗨伴着鸡鸣狗吠,日常得毫无惊奇。他铺展平身体,让毛孔撮起小嘴,汲取来自炕的暖意,再没有什么比冬日躺热炕更惬意的了。

木桃走回院子,踢到什么东西"砰"一下,她弯腰拾起,腰布边角垂下去耷在地面,她用手拍打,窸窸窣窣。他听见她慢吞吞走近,脚像两只锥子,挪一步,深深扎进地里,要拔出来,再挪下一步。她踩过的地方,被来自西北的冷空气迅速占满,风横冲直撞,从每个隙缝钻进来。在揭开门帘的瞬间,她的影子覆盖在鸿业嘴上,如同一个亲吻,他本能接住,觉到嘴巴一凉,立即传导到身体各部,暖意立即退场。他不确定是因为这个吻,还是木桃带回来的消息。

木桃说,丑娃五天没见人,刚回来把春香的镯子抢跑了。

鸿业一个起跳下炕,动作过猛墩到筋,脚麻了一阵,他顾不上歇缓,套上棉袄子朝村口跑去。寒冬腊月,大河停止怒号,河面只有白皑皑一片冰凌,被光从各个角度照射,光斑青、白、黄各异，在两岸山体流动。视线如同照妖镜，照见丑娃被一束青光追逐，慌不择路逃上连接河与山的黄土小路。他知道他的去处，冬日凛冽万物清冷，只有那里才是丑娃们的安乐窝。

他带人追过去。隔着好远听声，驿站被"开开开""三三三""六六六""四四四"的声浪包围，汹汹涌涌如同大河又一重合唱。这只怪兽长大了，短短两个月，在异于村庄、被村庄排斥吸收的过程中，一点点茁壮，带着侵略者的野心，雄踞于大河之上。鸿业觉到它对自己的端详，像郭万庚一样，也有不致六村于死地誓不罢休的决心。心一冷，身子不停颤抖，愈想控制，身子抖得愈发强烈。

上次给郭万庚送银子时，天擦黑，驿站已是灯火通明，大门外两只红灯笼内，点两根三寸粗的明蜡，红光如纱巾，蒙住驿站迷幻似梦境。鸿业听见一些声响，间隔于普通山庄，像被人从很远的地方托运来，尾音软软上翘的外地船商抖动钱袋，让银子簌簌响，郭万庚就在银两合成的曲调中接过银子。你以为我在乎这十两银子吗？他问，眉心紧蹙了一下，马上松开。鸿业捕捉到这个信号，伴随某种恐惧，但紧接着这感觉就消失了，郭万庚问他，船滞留在滩上，你知道我每天能挣多少银子吗？他举手摇了一下，鸿业不想知道。

现在他又看见那种恐惧，贴在他后背，像一块大滩石，沉重、痛苦、深切。他大吼"丑娃。丑娃。"石窑纹丝不动，声浪源源不断从窑门挤出来，汇集一起，将驿站抬离地面。怪兽从那里站起来，腹部黝黑，阴冷，朝他晃过来一拳。他没躲开，听见一声声叹息悠远沉长，往他骨子里沁。他又喊"郭掌柜"。

谁呀？郭万庚从石窑走出来，鸿业啊，进，快进。

鸿业往窑里一站，闻到一股异香，高粱酒、炖肉、脂粉味混合，另外一种模糊的味道来自猜测，明道告诉过他，驿站后山，那极度妖冶的花是断肠草，也叫大烟花，从它青苞上割出的汁液，是世上最迷魂的药，能救人，也能害人。

鸿业说，你把丑娃叫出来。

我不管你找谁。郭万庚说，大路朝天各走一边，我这里就是地狱狼窝，也是他自己走进来，不是我捆了绑了骗了来。你不要总想叫他回去，他晌午回去，晚上还会来。他不是小娃，进门前就知道自己要干什么，就该对自己的行为负责。

你不能这么害他。他今天能抢婆姨手镯，明天就会抢别人的银子。

那是他自己的事情，我不是神仙，不需要教化一方，只要我不偷不抢，神仙也怪罪不到我。朝廷没有规定哪种银子才干净，所以我不管他是谁，钱从哪儿来，进门是客，我一概笑脸相迎。

任你说得天花乱坠，浑身都是理，可有一样，你勾结官府强占壶口滩，私设赌坊，开妓院，抽大烟，哪一项都违反朝廷禁令。

哈哈哈，郭万庚笑道，你既知道我违反的是朝廷禁令，就该等朝廷处分，轮不到你在这里撒野。之前你口口声声唱高调，说什么一心为公，绝不谋拉船人一厘一分，可现在也提高了拉船费，留了公用。我们都靠这些人吃饭，有什么善恶区分？我早就告诉过你，是人就有人心，就有人性。人心人性之根本就是贪婪自私，我超越不了，你也超越不了。

鸿业还要说话，只觉句词单薄、虚弱、溃不成军，仿似挣脱开他身体，去了极其遥远的地方，他无法从虚渺中拉它们回来。

头皮一阵发麻，刚刚消散的恐惧又一次聚拢。被郭万庚喂大的恶狼踞守在他身后，对着他虎视眈眈，只消一个动作，就把他吞入肚子，把六村连带大河一起吞进去。愤怒如山火，他想抓紧它，揪住恶蹄，塞进炉火焚毁，只是无力。他掉转身子走出石窑。

丑娃不出来，勤善站在院里，伶仃如一株枯草。他们沿河岸南行，瀑布已上冻，冰挂形态各异，如龙须匝地，象饮长河，似利剑凌空，鹰隼展翅，日日夜夜狂长粘连，层层叠叠倒挂在岩石陡壁上。一道巨大彩虹突然飘临，竟是直插云霄，往天外去了。鸿业停下脚步，听见冰层下河水狂暴嘶吼，和他正在承受的痛苦合二为一，似乎河水涌进他的身体和血液一起沸腾。他后悔没有听从明道劝解，郭万庚这种恶人，得有人拿命拼。

鸿业和勤善一说，勤善主张先找里长商量，一河六村的事，说起来还是他的事。两人到了里长家一看，吵声一片，各村都有几个丑娃，驿站里输光银子，村里小偷小摸，还有的当了明火贼大摇大摆抢。里长见鸿业来，正好推托各人，说要和鸿业商议此事，将众人打发走了。鸿业将明道的建议婉转一说，里长也拿不定主意，这是一把双刃剑，扳不倒郭万庚，就会伤到自己。三个人就一起上留村坡找葛先生讨主意。

葛先生却不同意，风险暂且不提，自古人之好赌，缘于没有自制力，赌场上红了眼，无父无母无妻无子，倾家荡产在所不惜。这个赌的根源在人，不在外界环境。设想人人都好赌，则不止郭万庚的驿站是赌场，你家我家俱是赌场。若没人去赌，天下又哪里有赌场。

鸿业一听，不无道理，只担心丑娃们赌场输红眼祸害各村。

葛先生说当下大河冰封，村民不拉船，才会无事生非。既然龙王汕集镇的事情已经初定，不如就动员六村村民去山里背石头、伐木料，一是让他们有钱挣，二也分散他们去驿站的心。

鸿业听从先生意见，决定再去六村走一趟。此后许多年，当鸿业面对不能抉择，就会有这样一趟旅行，爬上一座山，再翻下来爬另一座山，在以河床为底的木盆沿反复攀爬，让他洞悉了许多秘密。他越来越慢，总在山顶盘桓，破解大河美景之水底冒烟，霓虹戏水，晴空洒雨，旱天鸣雷，冰封倒挂，山飞海立，石窝宝镜，也习惯了春赏桃花涨水，夏听旱天鸣雷，秋触晴空洒雨，冬游十里冰河。他比更多人理解了大河，更沉迷于大河风物，当上空飞过一群大雁，黑翅长脚鹬在水面戏水，黑鹳扇动翅膀掠过去，他会痴迷，设想自己正往大河走去，触碰着花蕊般的河心，被它轻柔爱抚，享尽安乐……

晚上鸿业回来，木桃告他春香去叫回了丑娃。怎么叫的，没人说。又隔了几天，村里传出一个小调，唱的是：小奴家今年一十八，鲜花在丑娃牛粪上插，你不过日子莫好法，咱就在驿站里死一搭。同时传出一个故事，说郭万庚听见小曲，如被尖刀抵在喉间，他走出来问你是谁。春香说我现在还是春香，见不着丑娃就变女鬼，舌头垂出来三尺长，天天挂在你跟前。郭万庚听后紧跑慢跑，打开石窑门，从人堆里提出丑娃，将他扔出驿站外。

鸿业心知这是玉秀的主意，也是个好主意，就去找勤善，将《戒赌歌》抄了十来份，六村传唱：

可恨赌博令人恼，坏人心术犯律条
贪赌之人失家教，耍钱常将是非招

想赢人钱把孽造，受尽苦愁与煎熬
入了赌场迷了窍，得下钱病心发烧
士农工商全不靠，招娼穷赌混终朝
上至士民下至盗，赌博伤中莫低高
只问拿钱多与少，不分贵贱与厚交
……

很快明道回信，鸿业大概估摸，定了石价、木价，让人去背，先堆在石台，等开春石匠来就动工。他知道仍有人去驿站，当夜晚降临，能透过夜的幕布听见声响，肉体陷在极度欢娱中，眼球突出，筋脉亢起，持续高昂的兴奋让他们失去实形，变成一缕游魂，把不安传播在六村。他憎恨这种想象，很多天里，都被一个红色梦境包围，一圈，又一圈，如同水波纹。

"这不是梦境，"很多年后，玉秀说，"你是被它挟制。"

驿站早不是当日模样，木门窗和石头被人偷走大半，只剩几个半大的洞穴，草深一层浅一层掩盖，像是山体自然生成，小娃们钻进去，找出鼠屎，蛇痕，蚂蚁尸体，他们不知道这里曾经发生的故事，曾经的慌乱永远被吸进河里。

它依旧汹涌，亘亘古古，朝着目标前进。

滚 动

柴火噼啪燃烧，烟雾从槐树枝杈穿出去，散入空中冲上云层，把一股股香味投射到工地。那儿正在沸腾，牛哞驴呃，和人声一起欢畅。玉秀看到石窑又长起两层，石匠蹲在高处，正往起铺另一层，他脚下，沙子、黄泥、麦秸咬合，把石头聚拢成形。沿山路下行，婆姨们围着大铁锅，面盆里挖一块玉蜀黍面，捏一捏，揉揉圆，拳头伸进去摇出小窝窝，等蒸熟，还能看见留下的骨节印，小小圆圆，一个个辨认，能对比出揉它的人。

起初工地没女人，石匠吃住客店，这个山腰下，那个山腰上，来回一个时辰。背石头的人揣着硬馍，越走越远，落石拣完，又向更深处进发，利用铁楔子、撬棍、铁錾，从山的身体剥离。玉秀有时听见深谷传出的声响，老狼般粗壮，有一种感觉，大山大河一起被唤醒，挺着巨大身躯欢舞，一河六村人被带动，陷入持久激昂，她看到、感受到、触碰到的一切，都从未见过。她想更深切地融入，感受阳光、岩石、山峰，听闻石块从山体剥离滚落地面时轰隆隆的巨响，她披了一条垫肩要进入山腹，被明道拦住了。

明道说眼下我不发愁没人背石头，却发愁起不了灶，你要是想干,能不能解我这个危难。

玉秀一口应承下,才知道要做二三十人的饭,回去求婆婆。娘,我又要抛头露面了。光我不行,加上娘也不够。婆婆眼睛一亮,似乎被灯芯钻了进去,她说不怕,世上有多少男人,就有多少女人。第二天一早,玉秀在山脚泥炉灶,听见水婆"嗯——呀——嗯——哪——啊——",六条土路同时回响,声音在河床上空汇合,经由水汽氤氲,湿漉漉地朝山峁沟涧流动,所经之处,弥漫出一种雨后清凉,为干透的石体、路面、男人带来想象,玉秀看着六村女人潮水般靠近,如同看到大河汹涌。

娘,做饭用不了这么多人。

做饭用不了,就让她们担水、和泥、背石头、扛木料。

娘,女人不能做这些。

那就让她们剃了头发变男人。

农历二月,冰面已有消融,能听见冰下河水不安分的嘶鸣,穿梭于河道的风越来越温和,最终变成抚摸。她没有办法挑选,不能决定谁留下来谁回去,知道那意味着封闭,窑门紧锁,沉入暗黑,再没有什么能扫走她们的冰冷寒意。她不能让这些人只是爬上来看一眼,就重新沉入井底。

水婆告诉她,把六村女人聚集起来的魔法是一句话:

玉秀挣下了一眼窑。

水婆把一根柴添进土炉灶,火苗探出来,在她脸上跳跃,上面空无一物,却藏有几百年的秘密,让玉秀看到一股力量,纤细、柔弱、坚韧、顽强,仿似一根嫩苗穿越层层阻碍从石头里长出来。玉秀看到,水婆坐在哪里,就生长在哪里,歌声不像从她嘴里唱出来,而像从她皮肤流出来,她能看进她的身体。血液如山洪奔流，携带着过去岁月生长起来的痛苦、哀伤、愁郁，像霉斑被剥落、风干，永远葬进大河。她看着每一双眼睛，努力寻找共鸣，确定她们和她一样。

让她们试试，干不了就回去。她说。

鸿业同意了。玉秀身上有股劲，不是征询，是决定，让女人自己找活，能干什么就干什么，他在她眼里看到当初在壶口滩上看到的光，她能为自己剃发，就能为这些女人再剃一次，就能让这些女人们集体剃一次。她们很快散开，像流水渗透进工地。这以后，六村女人开始在壶口滩拉船、凿渠、做生意、当掌柜，像男人一样生存。

石匠在龙王迪钉下第一根铁楔时，鸿业看到一股浪潮如大河澎湃，冲破一层又一层屏障，朝六村涌来，他惊异于大家迸发的能量，和拉船一样，把重量全部压在自己身上，躬身朝向地面，以汗水祭奠。众多力量汇向一个点，就像天下万物都朝向这个点。他没看见木桃，晚上回去问，木桃说你没让我去。

鸿业说，你想去就去。

木桃说，你让我去我就去。

织布机没停，线梭如同跳动的鱼，被她一甩，这头游到那头，滋啦一下，紧到布里。鸿业说你该去看看，明道在龙王迪凿石窟，六村人都去干活了。

哦。木桃说，女人都去干男人的事，谁来干女人的事。看娃，纺线织布，缝衣制鞋，喂鸡喂猪，洗衣裳做饭，都不干了？

鸿业说这都是小事，壶口滩要改头换面了。

壶口滩改换了门面，人还是人。

鸿业知道说服不容易，寄希望于春风浩荡，能最终将她化解。夜静如永恒，从遥远河心传出鸣动，大河要开了，总在这样的暗流涌动之后，它听到指令，哗啦一声，最后一块冰坠入瀑布，宣布开河。木桃的影子在后窑掌摇，一前一后，如微波荡漾，鸿业慢慢生起幻想，似乎和她一起坐在船上，河平缓如丝带，他跟着木桃轻轻摇……

拂晓，天色灰暗柔软，日出前的一缕红光像窄丝带，浅浅扩散在东边，鸿业沿山路下行，大地正在苏醒，能闻到早春泥土的湿腥，一些虫子低叫，似乎春天不是依从季节规律降临，而是听从它们的召唤，用那如细丝般却坚韧的叫声。山里树多弯曲，树形向山底延伸，鸿业替它们哀伤，生长在这里，不是山洪便是干旱，一年长不起一点。远处袅袅升有水汽，瀑布正在等待更热烈的呼唤，要等它吐出最后一块巨冰，上下游才会真正疏通，大河才算真正开河。鸿业心想，该和勤善、顺子核计了，拿银子给郭万庚和县衙。

心情多日舒畅，突然添堵，再努力想把这个人扫出脑子，却做不到了。鸿业知道龙王汕像一根尖针，不断刺扎郭万庚，它聚拢的人越多，驿站就越冷清，他对于未来就越难把握，他所谓"赌人心，赌人性"的败局就更明显，他对众人的手腕就更加毒辣。已有人家被姚二带人抄干，听说进村押了人领路，有鸡捉鸡，有狗逮狗，破棉絮也不留一片。

隔着些路，听见顺子喊，鸿业哥，你快些，你跑快些。鸿业感觉出了事，紧跑几步。

石头滚落一地，昨日垒起的两层又塌下去。鸿业对上明道的眼神，也迅速看穿事情的真相。一股恐慌从他们眼底流出，被六村人以超出想象的速度接收。远处,在看起来比工地明亮的河床上,突然发出一声巨响,河开了,三月大河开,船从上游来,他得安排拉船了。听见旁边有人说,你们得小心郭万庚。

他隐约觉得不安。前天碰到南村、古贤村族长,两人鼻子里"哼"了一声,蔑了一眼,径直去了。鸿业当时想,看两人这神气,是见我和明道建集镇有误会,还想着随后与他们见一面,把话说开,不要拧起疙瘩。现在听人这样说,知道必有隐情,一问,才知道郭万庚串联了很多人,联名向公署衙门告状。"说你贪污拉船款,问船商要钱多,给拉船人少,让我们每人摁一个手印,摁个手印给两文钱。"那人说。

鸿业看见玉秀在点火,浑然不顾此地一片狼藉,火苗羸弱,摇摇晃晃,一股黑烟却越长越高,像怪兽吐出的一条长舌头。他没办法思考,像被谁从脑门劈开一刀,恐惧和隐藏在身体角落中的悲伤绞在一起,疼。

明道宣布歇息,问鸿业,郭万庚丧心病狂至此,你还不下决心吗?

鸿业说,我们都知道郭万庚和杜知州相勾结,他告我一告一个准,我告他,却是投告无门。明道说咱往上告,不告郭万庚,直接告杜知州,牵出萝卜带出泥,知州一倒,他郭万庚有七条命,也得一起亡。两人当即归纳了杜知州五大罪状(一是搜刮民财,赋税翻番;二是贪财招吏,养虎为患;三是私通他人,鱼肉百姓;四是放纵部下,逼民性命;五是以公谋私,中饱私囊)。张鸿业和明道写了七封状纸。

次日明道起程下行,千叮咛万嘱咐,此事万万不可声张,官场盘根错节,不知杜知州是谁的门生,平阳府敢不敢动,我的想法是绕过平阳，请托熟人直接往抚院和朝廷送。要是能扳倒这贪官污吏，也算为百姓干了件好事。

鸿业连声称是。

拉船不能停，鸿业强压下怒火去给郭万庚送钱。大河一浪一浪，巨大的漩涡如同诱惑，他站住看了十秒，终是把鞋留在路堤，光脚下去，似乎受到一种诱惑，慢慢走向河心。"鸿业。"郭万庚在路旁叫，他愣了一下，觉到沉重。差一点，只差一点。腰到腹，腹到胸，胸到颈，河水清凉漫过嘴唇，先还尝到泥腥，接着被强大堵塞。呼吸，使劲呼吸，这是另一个世界的空气。他盘腿坐在岩石上。世界正在苏醒。蝉隐在乱草丛中喢嘴叫，一惊，扑着翅子飞起。

我正找你，郭万庚说，适才衙门来人，说起这个月的赋银，我就给了，知道你没钱，我的可以到月底再给。

鸿业有千言万语想问他，临了却一个字没说，独将银子给他，扭头便走。慢行至瀑布边，只觉一股英雄气概胸前萦绕。想这一壶大河怒号，是上天神赐，更拜人力整治。昔鲁班为填石槽，镇狂流，通船舟，从华山拉来巨石掷于孟门。禹王守公门之职而不念一室之利，观神州之遥而兼济万世之生，三过家门而不入，从壶口始发治理三江五湖。春秋晋大夫士蒍、东晋羌族首领姚襄、北周大冢宰宇文护、唐高祖李渊、蒙古将领木华黎，在壶口修城筑寨，屯兵架桥，留下千古美谈。鸿业越想，赴汤蹈火的决心越坚定，知道郭万庚既然把他盯紧，就断不肯让他轻易过关，这一仗不是他死就是我亡。

正待上路，见有人走过来。滩上空阔寂寥，河风从东南旋过来，夹带起沙子细碎地飞，大河初开音线低沉，有一些冰相互磕碰，偶尔冒出圆头，与岩石擦身，很快被水流带入龙槽。鸿业盯着看了一阵，那黑身影像稻草人，撑竿子不动，一任风乱掀下摆。走得近些才看出是玉秀，摇摇晃晃。

你若让我去求郭万庚，我保你没事。玉秀说，有件事一直没告诉你，腊月郭万庚托起我亲哥，要纳我做小。我哥眼红他许的愿，逼过我几回。

那我不如去死。

那好。玉秀说，你不死，我等你。你要死了，你等我。

她扭头离开，像来时一样，一步一摇，脚下石滩不平，有些凸起有些凹陷，让她像河浪一样忽高忽低。他后悔说了不该说的话。大河突然变成金黄，两岸山峦被镶上金边，鸿业一看，日落西山，狭窄河床的上空，已有暗黑拥过来，从此处看，山体底部阔大，头顶尖小，像一艘船起伏沉落，在夜空中遨游。世上万物莫非如此，被载在巨舟中，由不得拒绝，也由不得反抗，径自朝向未知。一群鱼游过来，鱼身在暗河里反而通体金黄，它们排成一列纵队，为首一只跃出水面，划了道弧线，扑通，落入河里。另一只跟定，以相同姿势划入夜空，不断激起小水花，像是和鸿业的共鸣，后来它们像一条线游出鸿业视野。鸿业不知道明天怎么样。要怎么样就怎么样。

第二日，上游来船，人都涌在河滩，见多识广的石匠拉住鸿业演示"滚木法"，在沙上排了几根硬柴棒，驮起一块石头前行，他说这样，就这样。鸿业觉得可行，让人上山拣粗细均匀的圆木砍了十几根，垫在船下试。

大家掩饰不住激动，船身如同坐在船上，舒缓着朝前滚动，鸿业看到几百年扣紧肩膀、把人血勒出来的麻绳松了劲。圆木垫在船底，铺成一条坦途，一拨人在前头把住方向，一拨人扶着船身让它在圆木上滚，一拨人把船吐出来的圆木抬起垫在它前头，"嗨哟"一下，船身朝前移一尺，这让人舒畅。鸿业听出来，今日"嗨哟"特别轻盈，不似往日那般总有隐忍的疼痛。

晚上收工前，鸿业把众人集中一起，他说我知道有人听信流言，说我贪污拉船钱，账目在勤善那里清清楚楚，谁都可以查。今天我要跟你们说，不管谁说什么做什么，不管我被告倒，还是被人打死填进这条河，拉船秩序不能乱。月亮高悬，庞大而隐秘，似乎将人的心思全部吸收，却无言以对。鸿业听到人音渐消，眼光齐聚投射在他身上。一股气流激荡，有人小声说话，细碎如同冬日第一片流凌，只要时间足够，可以将大河封堵。

河水汹涌，拍打着岸畔，两岸空谷回响，哗哗声无限放大。鸿业想起木桃让他放手，不要为别人和郭万庚斗。不行吗？她说，过好咱自己的日子，不行吗？她不知道有些事，一旦拿起就放不下，坠紧人的心，只有完成，或者死亡。鸿业看着众人，知道一旦出事，他的付出就会归零，他们将再次回到过去，像被握在掌心，前进，后退，横竖不过两寸宽的距离。他向大家深鞠一躬，说自从六村联合，壶口滩上再没有发生过争斗、抢夺，大家一起拉船，一起挣钱，不论以后发生什么，不论是生是死，我问心无愧。只求大家拧成一股劲，不要让别人钻了空。

有人问，郭万庚要把你怎么样？

不管怎么样，他是想动摇人心，只要大家拧成一根绳，咱就是壶口滩的魂。

那咱还拉不拉船？

拉，来一条船咱拉一条，来十条咱拉十条，来一万条咱就拉一万条。

那咱还建不建集镇？

建。用滚木法节省出来的劳力，都去建集镇，他拆一层，咱就往起建两层；他拆两层，咱往起建三层。

鸿业就手安排人轮班值夜，延长石匠施工时间，又让各村男女都到工地，大家一气呵成，只用了一个月，就将五眼石窑凿起来。等明道回来，甚是欣慰，告诉鸿业，已将状纸递送抚台大人手中，抚台大人早就听闻杜知州劣迹斑斑，要处置，却得等时机。

鸿业一听是个活消息，放也不是，提也不是，一颗心仍旧高高低低。悬了几天干脆稳下来，横竖就往最坏处想，给木桃留足银两，和勤善、顺子交接好一应事务，托付明道照应身后事，样样照着丢命掉脑袋安排。

合龙口

石匠师傅登梯上至窑顶,将一条丈二红绫挂上去,敬罢鲁班,红头绳吊了五升斗上去,口中念念有词:吊金斗、吊银斗,鲁班名下合龙口。一撒东方甲乙木,青龙欢喜来送福;二撒南方丙丁火,红嘴朱雀快退躲;三撒西方庚辛金,白虎抽身早离门;四撒北方壬癸水,黑煞玄武远千里;五撒中方戊己土,勾陈喜神居正中。抓起五升斗内杂粮、钱币、花生、干枣、花馍扔下窑。接着爆竹连天,锣鼓齐鸣,几柄唢呐嘤嗡,吼出震天的节奏,石匠师傅将"合龙石"高举过头顶,大吼一声百无禁忌,大吉大利,嵌入龙口。

一条青龙冲天。

鸿业看得盈泪,知道是时候了,站在平台口深鞠一躬,向众人辞行。早上衙役在半道截住他,二话不说就捆人,他认出为首的是娘舅村金彪,避过人问,才说奉杜知州之令,就等这吉日良辰。任由里长、葛先生及一众乡绅富户求情,只是黑着脸,还是明道手下一动,一块银锭滑进袖筒,他才松了口风,让鸿业留到礼毕。大河怒吼,好似对鸿业承载的痛苦感同身受,压抑、隐忍,终至觉醒,低沉狂啸,要制止这人间冤情。

众人围上来,衙役将长刀一抽。

鸿业笑着摆手，转身从山路下行。石路面刚凿成时，只有空寂千年的灰，沉滞，阴暗，经由人畜日夜踩磨，发光发亮，走快了会打滑。

鸿业情知此去危险，像梁虎子一样会送命，奈何情势所趋，怨也不得怨，怒也不得怒，大河裹着他到现在，也没办法回到从前，只好继续被它裹紧，由着它浮浮沉沉。多年以后，当鸿业向玉秀讲述这段经历，会隐去一个细节：灰驴站在花树下，仰脖，一瓣粉红落上它肉白色舌面，他看到尘世美丽，想跪地哀求，让他回到从前，回到不拉船的过去，这个念头跟了他一阵，直到看见郭万庚，尘世色彩斑斓顿时化为灰烬，像一层厚重冷霜，让他彻底死心。

郭万庚在半路拦下。为了那帮人，你真愿意？他说，再往前走五里路，可就不容你低头了。

鸿业有种感觉，郭万庚把六村利益放上秤盘，需要他供奉出背叛、道义和良知，借此达到平衡。他想象他一转身，唇间就挂上讥讽，身后万丈红尘同时传播一个声音"人性本私"，没有什么比剥夺肉身更能摧毁灵魂。一切回到原点，郭万庚占据壶口滩，六村人交出银两、自尊和恭顺，那滚滚浪浪的长河，不过一声哀鸣，继续旅程。而他张鸿业，苟活人世的每一天，都会无颜面对这人世的山山水水，死去的魂灵无法安息，在人眼看不见的地方，匍匐在地，永远无法将脊背挺立。

鸿业心一硬，冷笑一声，径自前行。田野正在苏醒，低矮灌木丛已发芽，一点点绿下去。高大的槐树榆树扎下根须，树冠宽阔，朝八方长开。他心想，在这条路上走过的人，不论皇亲国戚达官显贵，抑或平民众生村夫俗隶，无非一生，待肉身消弭，留不下一丝物质遗存，而精神万古长青。想起当日壶口滩，与明道兄论及尧舜禹"公天下"精神，自己对着一壶大水发愿，要六村联合抵制他郭万庚，今日遭此横祸，无非因联合成功、抗赌成功、建集镇成功，壶口滩要有大翻身。既是如此，牺牲我一人，当是何等功德。

一时脚下生风，天黑来到衙门，杜知州连夜升堂：大胆刁民，当日你在衙门聚众滋事，本官已饶你一命，不料你不思悔改，变本加厉触犯朝廷律例，今六村拉船人联名告你私吞拉船款，你可认罪？鸿业不认，说小的没有贪污，拉船账目一清二楚，俱有出处，还望大人明察。杜知州"哼"一声，我料想你会狡辩，随手抽出堂签扔下，给我打，打五十大板。施刑人拖住，径往木凳上按。鸿业先还听见板子打在肉身，似乎正月擂鼓，嗵嗵响，一村人闹元宵，跑旱船、扭秧歌、舞龙耍狮子，接着往下坠，身子被几块大石头夹紧，越夹越紧，一根通红火柱摁在肉上。

梦中一直跑，这端开始，跑着跑着回到起点，折腾半天，浑身酸痛，脖子吊在梁上，一勒，醒了，下意识要起，浑身疼得不能动，"嗥嗥"吼叫两声。金彪听见跑进来，说你总算醒了，要不是我给施刑的递了银子，你老早就见阎王爷了。鸿业挣扎着坐起，见是七尺见方一个单间，靠墙搭张单人床板，脚底放着一盆一桶。见鸿业疑惑，金彪就告他，已按明道托付打点好上下，这里原是单设的优待房，一向无人，你只管安心住着，那帮施刑的手下有准，让人伤哪就伤哪。只要给他们递银子，杜知州狗日的一天升十次堂令下十次刑罚，也伤不了你一根骨头。鸿业素闻监房水深门道多，头一次来，难免惴惴，听金彪这么一说，也就稳下心来，放心睡去。又躺了十来天，实在觉得麻烦难耐，这夜听见外头人吵吵的，就想出去转转，手往木把手一搭，才醒悟到自己的身份。定是挂把大锁，纯铁铸造，钥匙挂在狱官腰里，要开得有提审批文。没想到一把拉开。院里空荡荡，吼声从上房传出，鸿业听了一阵，像喝酒骂人。一棵皂角树斜着半边身长起来，树身粗糙，边梢垂在地上。鸿业想起梁虎子，当日该是在这里，戴着脚镣手铐和姚二打斗。转身、后退、躲避。勾拳，踢脚，连环腿。无路可逃。步步逼紧。

姚二眼里闪了个光，梁虎子识别到他的胆怯，一次一次冲过来时，他浑身冒着浓烟。这团火同样在虎子体内燃烧，将它们从肉身剔除出来，形状颜色大小恐怕一模一样，无形之物可怕之处正如水，将它导引到善，便是善，一旦恶起来，神仙老爷都没办法。拳，腿，掌。单，双，连。角度刁钻，气势威猛，一招一式自成体统。虎子戴着枷锁，双手束缚，从小就拥有的四肢平衡被打破，躲不开攻击，防守有局限。

树身哗啦，鸿业摘下一叶，指尖生起潮意，闻到一股草腥味，想不出别的方式悼念，又去摘了一叶，捏两片叶子转圈，顺时针三圈，逆时针三圈，从下往上看，叫了声虎子兄弟。

第二天鸿业听见外头乱纷纷，金彪偷空告他，说葛先生召集人到公署衙门理论。说众人击鼓鸣冤，累了就换一人，直敲了一个时辰，全城人惊动。鸿业担心先生身体，托他再探，回说都是乡绅名流，廪生、贡生、附生、大东家、大名士，一问杜知州为何私自加征赋税，二问杜知州为何滥用刑罚，三问杜知州为何不司教化。

等着吧，金彪说，杜知州老狗脸皮厚，说是过几天放你，我看还得一程。

鸿业等得烦闷，见活就干，没几天就接下扫院、做饭、送饭几项，才知监房里现关一百零二人，竟有八十三人没受过审，这些人呈现同一情态，如落木浮于水面，无意生死，不问前程，一任飘游。鸿业没几天就受感染，无法确定活着死着，眼睛睁着闭着，嘴巴张着合着，像被一只大水泡远远托起，立足不稳，四处一片空茫。这日勤善探监，见他双目无神，面皮浮肿，不禁大喊：老天爷，你可不敢得病啊。

鸿业领勤善至监房、院里、皂角树看了一圈，悔恨不已，说早知能如此操作，何至于当日梁虎子送命。两人唏嘘良久，勤善忽顿足，说险些忘了大事，今日受明道兄所托，给你传话，原话七个字，已有确信，请安心。问是何意，鸿业说，前些时听说葛先生召集诸乡绅名流为我喊冤，大概说的是这个事。勤善说葛先生回去也说了，还写了万民书，要送到平阳府去，让咱们都签名。

这事超出鸿业想象，明道所言有确信，当是从巡抚传回，抚台大人等到时机要收网。如今葛先生去平阳府投万民状，那正是上下夹力，异曲同工，不管杜知州最终落入哪张网，终究是除却奸贼一桩。这么一想，眉头舒展开，心里一下开阔了。再说起滩上人事，慢慢理出头绪。

勤善说咱们几人没有功劳也有苦劳，这么多年为着六村联合，上下奔劳操心费力，却是出力不讨好。就拿当下来说，葛先生让签万民书，还有七八人不签，说风凉话。说天下乌鸦一般黑，他张鸿业和郭万庚都一样，利用咱们挣钱，搞得大家人心惶惶。这还不算，你前脚走，他们后脚就来，要代表六村查咱的账。

鸿业苦笑两声,说这些人受了郭万庚蛊惑,心中有鬼处处鬼,他自己是这样人,就以为天下人都这样。他们要查账,便让他们查,咱们心地坦荡,谁来也敢把账本往出拿。

勤善说我看他们查账是虚,夺权是实,只怕郭万庚把你抓起来,图的也是这一点。

鸿业此行本来抱着必死心,想着一早被判斩立决,五花大绑到西门外杀头,现如今看来,一时死不了,又把这事思谋起来。他说当日商议六村联合,本就是权宜之计,先行试验,现在看来法子挺好,也到了咱放手之时。只是怎么放,交给谁接管,还得从长计议。

勤善说不管怎么放,也不能给这几人,他们跟郭万庚穿一条裤子,被他们抢了权,是六村人遭殃。

鸿业被这事牵了心,日里夜里思谋,没个好主意。这夜躺在木板床上,被雨落在陈年瓦片上的滴答声包围,在清醒和幻想间摇晃,似乎看见水披着绿霉斑站起来,愈长愈大,最后变成一只巨手,把一条长河变成雨帘,升高,降低,横扫,舞动,他被困在里头,动弹不了,也无法喊叫,只觉无数雨滴落在脸上。当他最终清醒,床上到处湿答答,像生了一层鱼鳞,其他地方雨积得更多,闪着白光。

屋里没一处干地,走出门,是更大一片汪洋,躲没地方躲,藏没地方藏,只得仍旧回去,木盆顶头上,熬过了夜。到第二天,监房乱作一团,九个监室没一个不漏水,一百多号犯人吵吵嚷嚷,狱官去请知州令,要把人迁到马王庙和文庙,挨了一顿骂,说雨三两天就停,你把人弄出去,逃跑谁担责任。于是,众人只好待在原监房不动。

雨一直下,到第四天头上,鸿业听见"咯吱"一声,房顶遥远如夜空,像炸开一个小炮仗然后恢复平静,鸿业努力望过去,慢慢看到一幅幻相:暴雨如注,漫长河岸线开始上涨,漂着白色泡沫的河浪突然咆哮,站立起来,朝两岸狂奔,它脚步所经之处,只留下动物哀号和植物根须,它没办法洗劫一空,越是暴虐,越有一些东西被留存。鸿业知道,六村联合已经扎了根,不是谁能轻易拨动得了的,他要等合适时间和更好的契机。

"轰隆……"

"啊……"

"房塌了……"

除了一片灰尘,看不见任何东西。这一幕被鸿业记忆了整整四十年,当他行将结束生命,盯住石窟顶,又清醒看到:夜黑如墨,倒塌的房屋披一层淡淡的黄灰,他看见那些人从死亡隧道爬出来,一个接一个,像经过殊死战争,他们盯着废墟,没有一个人站起来。雨一直下,细小如游丝,水流汇聚一起空洞回旋,最终朝向皂角树,朝向那些沉默的人。

整整两个时辰,他们一动不动,慢慢被水淹没,变成鸿业记忆里沉入水底的岩石,并最终被他雕刻。

一种理想

　　一路山行，鸿业走得急，汗渍积在腋下像两溜冰挂，等钻出山腹，风一吹，凉湿一片。路旁蒲草、芦苇俱已发黄，一簇一簇摇曳，被风吹向一边，又倒向另一边。高耸入云的松柏青绿，枝干铁硬，树冠盖住天日，经过时有森森寒意。鸿业站在山巅，视野开阔。群山连绵，雾绕在山间，是绵长一片，如同云河生起波浪。与它平行，是鸿业心心念念的大河，仍是浊黄一条，山间流淌，隔得远，能听见遥遥吼声，像是列队欢迎。

　　他痴看一阵，想到四个月前离开，一路辛酸，只当去送命，万难料到还会回来。监房倒塌，死了一十七人，伤残五十一人，朝廷派钦差彻查，抚院、知府两级趁机递送状书，添枝加叶，一力将杜知州革职为民，家产充公。新知州曹大人上任，鸿业又等了一阵，才受审。

　　曹知州问清缘由，即令退堂，请鸿业至后室，说我上任吉州知州之前，曾来过壶口天堑。实不相瞒，当时我就想到联合之计，以绝抢运、滞运及贿运。所以此事我一定大力支持，严惩郭万庚，帮你扫清障碍。鸿业忙致谢，却不料曹知州摆手谢绝，你且慢，我还有要事相求。

曹知州说，昔大禹决壅塞，凿龙门，降通谬水以导河，壶口瀑布因此生。当时他岂能料到千年之后水运畅通，独瀑布成窒碍？正所谓此一时也，彼一时也，不可同哉。既是情势变迁，我们就该顺势而为，凿石渠，引水流船。说着绘出草图，从上游分叉引出一条支流来，与原河道并列，绕过瀑布，再行合并。曹知州说，我明日就随你一起到壶口滩，勘探地形，动工凿渠。

鸿业被曹知州的设想激荡，乃至站在山巅，恍惚看到支流已开通，船行其间如驶入世外桃源，草漫出水面，轻柔拂扫船帮，鸟泊在草叶间吱吱叫，风卷着河声、鸟鸣，往空中旋去，又带着风声、水草飘摇声送回人耳。他似乎看见船家心情闲适，再无滞行之苦，慢悠悠划船，沿河六村人亦脱离拉船之困，男耕女织，尽享田园之乐。

他走得昂扬，倒比曹大人、县丞、典史、巡检等一众官员的轿子快些，金彪见曹知州时不时喊鸿业，摸不清双方交情深浅，悄悄求情，万不可将明道贿银一事说于曹知州。鸿业由此及彼，想着梁虎子被害，乃至"合龙口"当日撵着拘他，这帮衙役一定吃足了郭万庚的贿银，心下发恨，也没说话，只等一会儿到驿站，看这帮人站谁的队。

红灯笼依然风中妖冶，声音窑里钻出来，如醉酒汉子空中游荡，鸿业又闻到那股味，奇异魅人，蚀骨销魂。要过很久之后他才会回忆起一个细节，曹知州刻意闻，鼻翼两条纹路清晰，鼻尖高圆往起翘，他深长吸一口，屏住呼吸，像被提离地面进入仙境，满脸陶醉。当时他无暇顾及，期待盖过了所有情绪，正冲破屏障，他抻长手指，朝暗里抓去，又紧紧合拢成拳，害怕被谁逃出去。直到郭万庚被人押过来，他才松下一口气。

曹知州说，朝廷律例，凡赌博财物者，皆杖八十，摊场财物入官。其开张赌坊之人，虽不与赌列亦同罪，坊亦入官。今日天色已晚，暂将尔等关押驿站内，明日押回去统一受刑。令众衙役押了赌徒回石窑，嘱鸿业明早来驿站，和他一起勘测河床。

夜风清凉，温柔沁上脸面，鸿业闻到熟悉的大河味，像一个捻子被点着，浑身激昂。夜如幕布罩在头顶，涌起一块云又散开，亮起一颗星又灭掉，不稳定的黑在流动。他沿河床走了两趟，算计从哪里开凿，怎么引流。岸石坚硬，白天的热度余留，一点点温暖着他。他慢慢明白，世上一切都和这条大河一样，有静时的安稳，也有动时的凶猛，活着就得应对一切，不管逆境顺境。后来他躺下来贴住河，闻嗅它的味道，聆听它一浪一浪汹涌，想象一艘船正从头顶驶过，无数眼睛隐在玉簪花丛中，闪耀如同星星，他一颗一颗数。

窑里漏出灯光，像呼唤，鸿业走近，闻到一股中药味，心一紧。推门进去，木桃脸色暗黄，双目无光，像没了骨头支撑，软软靠在玉秀身上。砂锅里正在熬制一种汤药，水汽弥散开，窑如同沉在水底，鸿业听到水的流动，哗，哗。问道这是怎么啦？宝蛋抢说娘得病了，娘说她不只得了心病，还得了神病。木桃让他住嘴，小娃家懂什么？宝蛋说我懂。我还会替娘叫魂，水婆让我披娘一件褂子，站在村口吼，娘哎，你回来。娘哎，你回来。娘哎，你回来。我喊了三声，水婆说不对，你叫娘，天下女人都是娘，谁知道你叫哪个娘，你应该喊木桃。我就喊木桃哎，你回来。木桃哎，你回来。木桃哎，你回来。娘就回来了。木桃说，看把你能的。

鸿业被一股涩意击中，欣慰，辛酸，宝蛋只有八岁，一手端砂锅，一手用筷子堵住药渣，药汁从锅里流出，叮咚倒入碗中，褐色汁液看起来很苦，抿一口会灌至全身吧，沿血脉散开，从每个毛孔里溢出，她整个人被苦汤汁浸过。宝蛋说，娘，晾一晾哦。一种坚定的情感，把鸿业牢牢系在宝蛋身上，他头一次感觉到现世安稳，现世幸福，之前充盈心里，关于行船支流的远大理想变得虚渺遥远，在玉簪花丛中盯视他的眼睛全变成了宝蛋，清澈又透亮。鸿业听见玉秀说，回来就好了，我刚还跟木桃姐说，让她搬到石窑去照管生意，明道哥给你们泥了窑，装了门窗，挂了招牌，张家粮米店，就等你们开张。木桃说我哪会做什么生意，我没你那么大出息。玉秀说你快别说了，你不是没出息，你是没逼到那份上。隐在话语背后的深意，几个人都听出来了，没有人再说话，油灯发出的昏黄灯光摇在窑顶，割开几块人影，凌乱安放。沙沙风声从门帘下钻进来，刮着脚底跑了一圈，悄无声息地钻出去。

　　玉秀要走，鸿业送出去，见她仰脸看空中，一棵老榆树簌簌响，鸟轻快地叫了几声，摇动着树梢。她嘴唇一直动，似乎许多话涌在嘴边，没有谁能挤出来。后来她终于说，没受罪吧，听说监牢里人打人。

　　没有，没人打。

　　你不知道，我……这句话像一星火光，鸿业感觉它即将燃烧，本能退后一步，看见玉秀同时退步，他们离开两尺远，对望一眼，然后玉秀极其缓慢，极其平静地说，我走了。两颗星子在天上闪了闪，像她的心思，无声胜有声，不能说出，比说出好。他猜度她想说的话，试过几句，都不恰当，钻不到她心里，就解不了她的心思，也许欲言又止是他的错觉。夜凉了，她翕动嘴巴只是将它更好闭合，不把凉气灌进去。

鸿业回窑，见木桃下了地，油灯下神色分外憔悴，给他一种幻觉，他不在家的四个月里，木桃没有生活在人世，而在另一个世界受刑，皮肤分割开一寸一寸，被人朝着八个方向撕拉，她一定肝肠寸断。鸿业说，我知道你这病是担惊受怕才得的，我在牢里也想清楚了，拉船是六村人的事，不是哪一个人的事，等时机成熟了，我要把这事交出去，让拉船人真正为自己拉船，为自己负责。

木桃说，早跟你说你不听，人都有自己的命，你说你为一河六村跟郭万庚结仇，有什么好处？你被抓了，谁可怜咱，你要有个三长两短，我跟宝蛋怎么办？

鸿业说你净说这没用的话，我这不是好好回来了吗？

木桃说你哪能好好就回来……

鸿业见她含了半句话不说，正要问，听见外头来人了。明道、勤善、顺子，他们围坐炕上，因急于说话而互相打断，在出现短暂停顿后，声音又同时响起，如此三次后，他们相视而笑，不得不强行排出顺序——先说拉船。

勤善说，现在又乱了，那八个人说他们也跟郭万庚买了拉船权，也成立了拉船队，拉船人东倒西歪的，一会儿跟着这头，一会儿跟着那头，乱跑。

顺子说这些人分不清好赖，心里知道怎么回事，就是两头跳。

鸿业说，两头跳，是因为两头有机会，两头能挣钱。不怨拉船人有意见，我也一直考虑这个问题，六村联合的初衷是抵抗郭万庚，可是怎么就变成了咱们替郭万庚挣钱？咱们像郭万庚一样从中挣钱？咱尽心竭力想把事办好，却总办不好，这中间出了问题。

一阵静默后，明道问，你说的是六村人不服？

鸿业说正是。回想一下，每次出事矛盾都集中到几个人身上，咱们阵前拼命，后面一个人不跟，这说明他们不在乎，六村联不联合跟他们没有关系。咱们从一开始就错了，以为六村联合就能代表六村，现在看来，六村联合不是六村人的真正意愿，咱们干的事不是六村人想让咱们干的事，咱们只能代表自己，没有办法代表六村。葛先生说做好事得有好方法，咱们的办法不是好办法。

勤善说，那咱们就不管了？

管，鸿业说，不能急，要想出好办法。

四人接着闲聊，鸿业便将曹大人设想要凿渠引流的事说了一遍，明道说听你这么一说，这曹大人是干事的人，凿渠引流真干成了，可是名载千古的大功德。鸿业胸中一团火又烧起来，邀约三人明早一起去见曹知州，郭万庚被端了老窝，驿站充公，他和杜知州勾结签的批文也当作废，一切从零开始，壶口滩逢到好官，真要改天换地了。说完才想起，刚跟木桃许过愿，从今往后，只过自己的小日子。

木桃又去烧香，灰暗夜空下，火光如蝴蝶振翅，变为灰烬后飞离。他感觉木桃越来越远，充溢他生命的理想和她秉持的理想水火难容，她在看不见的地方建立王城，领兵杀进他的灵魂，他希望被理解，而她只想征服。他无法将她从虚妄中拉出来，一如他知道，他的理想对她而言不过是另一种虚妄，他们没有办法说服对方，只能暗地较劲。

半梦半醒中，鸿业看见一面光亮的铜镜流经大河，劈开一条宽缝，水从缝中涌出来，缓慢聚起大浪，木桃变得柔软光滑，和水融在一起，陷入泥沙堆积的湿土深处，把现在拽入过去，又把未来拽回来，再没有什么东西能让它们分离……

叙：所有死去

你要写这条河？写河就是写人，人和河一样，后浪推前浪，死去的人迅速被活人接替，不知道死与死之间有什么。可能只是幻境，上帝约释迦牟尼对弈，捻花暗笑，万物自有来路，虚处来，虚处去，阔大无涯，一片空茫。东西南北，前后左右，不过历程，前走一步，后走一步，总是虚妄。

我是在姥姥走后认识到这一点的，她活了一百零六岁。

这是她的故事，这也是无数壶口儿女的故事。

那一年三月，山桃花漫山遍野，黄河冰岸消融，水量很大，我骑自行车回娘家，被大河水声激昂，蹬得很欢。等回家，姥姥坐在老槐树下向我招手，说你回来啦？我说回来了，你做啥呢？她说我能做啥，等死呢。她张开没牙的嘴，口腔和眼窝黑洞洞，有点吓人。打我记事起姥姥就这个样子，长年四季穿黑蓝粗布偏襟袄，宽腰裤，腿被布带裹得细细的，露一双小脚。她并不做饭，却总系着腰布，走路时眼睛瞄地下，看到有用的就兜回家。有一次我们趁家里没大人，把罐头瓶里的东西倒在炕上，扣子、玻璃弹珠、硬币、滚珠、钢笔尖，就这些破东西，有啥珍贵的呢。二姐一口咬定她把钱和好吃的藏起来了，说她见过城里的姨，人家的房子有两层，你在上面放个屁，下面都能闻到臭。姨和姨夫亲口说的，每个月都给姥姥寄钱寄东西，乡里的邮递员骑个绿车子，可不只是送信。我们又掀开被面褥枕巾，细细摸，除了棉花瘪谷，啥也没摸见。宽三尺五，长五尺六，炕尾这床被褥就是她的地盘，她还能把钱藏到哪儿去。后来我们都嫁了，姥姥颤巍巍给我们添喜，手上握着一块钱，跟她一样黑。

我问姥姥回呀不，她不说话，脸朝着壶口瀑布。故事我们从小就听腻了，说大禹一斧头劈开孟门山，看见后头有个大瀑布，大河水本来五百米宽，到这里非挤到五十米宽的口，像茶壶口，就叫壶口瀑布。这些我长过十岁就不信了，大禹那么厉害，为啥不多劈一斧头把口子开大点。我爷说，要是大禹多劈两斧头，沿河六村人就不用受那么多罪，五百年哪，肩膀拉着大木船在石头上磨，来来回回，一年又一年，累死人。我又大声问了一遍，姥姥还是没动，我就不理她了。门洞边有棵老柳，浑身都绿了，枝条垂下来，被一个娃子拽着，另一个用小刀割，见着我，喊姑姑我们要拧柳哨。我把车子锁起来，踮起脚尖扯了几根扔过去。他们呼一下跑远了，不一会儿变成些小点点，消失在灰土路上。

那天死亡第一次降临我的生命。老大蹦进院里，吼爹，吼老二，说快走，快点。一家人跑出来，问做啥呀？老大黑着脸，说老五在沟里放炸药被炸着了。三个人急急火火，坐上柱子的手扶拖拉机，嘟嘟嘟跑远了。

我们家把女的叫大女、二女、三女，把男的从老大排到老六。老五小我六岁，打小就捣蛋，上学不爱，种地不爱，成天跑步、踢腿、练武功，等到初中毕业，跟着老大去广州贩电子表，跟着老二开班车，跟着老三教学，跟着老四开小卖部。混来混去，把心劲儿磨平了，前年娶下媳妇，去年生了个小子，还没起大名，都叫宝蛋。

我抱起宝蛋摇到院里，见玉秀跨在洋车子上，风一样刮到坡下，身子前倾，使劲儿朝前蹬。离得老远，我看见沟里有群人乱动，老五被埋进土里了吗？人们拉他，如同深秋刨山药，一锄下去，他还全乎吗？黄脸黄手黄脚，倒下去就和黄土相融，像我第一次见的死人。那人被吉普车的前脸一碰，软绵绵倒下去，血从后脑勺一直往外流，并不红，被土染成黄色，迅速渗干。我此生不会忘记那个午后，围观的人一层又一层，说人命真贱，只是这么一碰。说一茬一茬的人都死了，不管早迟。说一粒土就是一条命。我从此怕见这黄土，踩着它，就是踩着无数人的命，一旦风起，它扑在我身上，就是一个个死人，张开牙爪撕扯：来吧，你来吧，你们都来吧。

涌向黄土路的人越来越多，更多人站在窑垴张望。我有点慌乱，看着姥姥从门洞往出走，她的脚实在太小了，像两只锥子，挪一步，就深深扎进地面，要老半天才拔出来，再挪下一步。她终于走过来，坐在老柳下的石头上，我把宝蛋往紧抱抱，挨着她坐下，大声说，姥姥，老五被炸药炸了。她没说话。娘说怪得很，有时很小声她也听得见，有时很大声她也听不见，她的耳聋是装的。远处黑点越聚越大，手扶拖拉机停在一边一动不动，我听见玉秀哭，你死了我和宝蛋怎么办啊！被老大一把揪开：号啥号！人还没出来呢。我头皮发麻，被一个推测抓搔：埋到乱石堆里半小时，不被炸死，也被捂死了。风裹着柳梢摇来摆去，宝蛋探手抓，够不着，吱哇乱叫。我拉下一枝，递到他手里，他用小拳紧紧攥着，风一摇，脱开了，他踮起身子，又朝空里抓。如果老五真没了，宝蛋就太可怜了。这时，我听见姥姥发出一声长叹：老天爷不开眼，他不该收老五，该收我。我八十六岁了，活够数了。

老五死了？

炸药又不是洋火头头，你姥爷就是被炸死的。那一年大队要在壶口滩开渠，嘭一声，我以为当兵的又在黄河对岸放炮，没想到炸药提前炸开。你姥爷鼻子不是鼻子，眼不是眼，烂成一疙瘩血糊糊。

娘说那时你才二十六？

是啊，六十年了。经见过多少死人啊，比我大的也死了，比我小的也死了，前晌还活蹦乱跳，后晌就死了。老天爷不开眼，他该收我，我活在世上占位子，白吃白喝遭人嫌。

手扶拖拉机轰隆隆发动开，从沟底往上爬，一群人撵在身后追，追了几步停下来，拍着土朝上看。它不朝城里开，不朝卫生院开，直接往家开来。娘提起大扫帚扫圪垯，土扑起一层又落下一层，怎么也扫不净。一句话在我心里闪了一下：人老了就该死，不死克后人。这话是我婆说的，她才六十七岁，就催着万庚割木头，做棺材，说人迟早要死的，活着看见自己的窝才能死得安稳。我怕自己想得多，抱紧宝蛋，把脸挨在他头上，他不安稳，扭着身子站起，探出手去抓姥姥。姥姥把他抱过去。我心乱死了，想起老五那双大花眼，眼睫毛比女人还长，眨巴时水灵灵的，恨不得变出两眼活泉。从城里回来后，他就离不了水，一天三次四次五次地洗，去沟里担一趟水一小时，他一天跑几趟。要不是这个，他不会主动去铺水管。从古至今，壶口人吃水就靠肩膀，吃了几辈子，没听说用根管子能抽上来的。娘说你既然生在壶口，就得信壶口人的命。他非不信，说用城里人的水泵，一定行。

我听见娘低泣，闭嘴憋着声音。院里坷塆一下暗了，老大跳下拖拉机，柱子把后马槽打开，和老二抬着老五下来。他全身都是土，右胳膊没了，袖子烂开一半，往下垂。人们乱哄哄吼叫，有让卸门板的，有让擦身换洗的，有让烧香烧纸的。玉秀放开嗓子大哭，宝蛋听见了，"妈""妈"叫，扭着身子要她抱，姥姥不松手，紧紧搂住他。

宝蛋全身素白，被摁在灵堂前跪，跪完了就跟着姥姥。一老一小很容易被人忘记，人们关注丧葬的礼仪，讨论出几祭，奠几轮，需要哪些流程。

我不知道怎么排解伤痛，走出来，满目挽联、香烛、花圈。老五在相片里笑，好像还在以前，他说壶口怎么啦！我们也要像城里人一样生活，他们有的，我们也该有。如今他宏愿未了，却被命运捉弄，躺进厚实的棺木，近在咫尺，又有天涯之遥，看不见，摸不着，连想象都想象不到，他以怎样的姿势仰卧？以怎样的神态安详？以怎样的灵魂感受？他可知这身后之事，一出又一出？

老柳随风，颜色深了些许，姥姥坐在树下，同往时一样缄默，怀中的宝蛋不吵不闹，才两日，就随了姥姥的气质。我坐过去，听见姥姥自言自语，人死了就是死了，再热闹也是死了。我问她为啥这么说？她说一辈子经见得太多，死人都由活人摆置，而活人图的是自己安心。我侧脸看姥姥，脸很黑，皮很松，缺了牙的嘴瘪下去，法令纹极重，老年斑在光里显得更深，她朝远处看看，又俯头看宝蛋。宝蛋不知什么时候睡着了，两只小拳攥紧，朝上举着。

埋老五那天，落了层薄雨，扑墓鸡淋湿，被老大往穴里一扔，扇着翅子朝起飞，几个人用棍子围堵，把它撵进去绕了一圈。纸扎稀软，不待点着，就变成糨糊在地上。人们被泥裹了腿，拉不动脚，一个劲儿咒骂天气。礼生端着罗盘指挥，把棺木粗鲁地扔进坑穴，黄土草草一填，连坟头都拍不圆。玉秀扯开嗓子干号，声音硬邦邦的，被雨冲得七零八落。宝蛋不哭，也不跪，朝前爬，两只泥手扑腾，拍打着坟头。我默默跪地，焚香烧纸，祭一祭少一祭，拜一拜少一拜，守一时少一时，看一眼少一眼。最后我们都离开了，喜好热闹的老五被孤零零留在老坟地，只有几只残败的花圈寄托哀思。

一连许多天，我都提不起心劲儿。万庚说我的魂被老五带走了，我说你懂个屁，老五是我从小抱大的，他刚出生就长在我背上，睡觉都跟我一个被窝，我喂他吃喂他喝，把他屎把他尿，跟娘一样看着他长大，他娶媳妇都是我去接的。可是他死了，万庚说，他死了，你也跟着去死吗？我拉过笤帚把朝他扔，他一闪，砸中暖水瓶，碎在地上，流出一滩水，才只一两秒，就被黄土吸尽了。我心酸死了，人生一世，说死就死，黄土吞没他，白蚁噬啃他，万物消融他，连万庚都在剥夺我对他的怀念。我觉得心脏裂开一道大大的缝，一股凉气不停朝里灌输，浑身发冷。

老五"百日"那天，我早早回壶口，一进村就看见姥姥。跟以往一样，她坐在老槐树下，面朝壶口滩，不同的是，身边爬着宝蛋。这一老一小中间隔着的八十五年，一代接着一代，一环扣着一环，老五作为必需的媒介和传导，断开了时间的连接，空出的黑洞被迅速抹平，他留给世界的只剩一个名姓。

"七尽"那天，玉秀娘家哥吆着牛车等在坡底，玉秀翻出箱底一床新铺盖。老大要拦，被爹吼停了。爹说她也是个苦命人，她要啥就让她拿啥。玉秀听说这话，又搬了三趟，把一瓮黑豆也背走了，最后一把永固锁锁了门。她说自己心疼死了，临走前抱起宝蛋，大脸挨小脸，泪蛋蛋滚了一地。宝蛋不哭，像一出生就长在姥姥怀里，他捡起啥往嘴里填，被姥姥夺下来，扬手扔了老远。我一阵心酸，想起老五把宝蛋顶在头上绕圈圈，把他端到手心练站立，说要让宝蛋考大学，一定得离开壶口。老五走得太早太仓促，宝蛋还是个吃屎娃，世界在他眼里都是食物。

老五坟上，插一层柏枝，几根纤细的青草冒出头，柔嫩得不忍目视。一定是爹偷着来过，手心手背，哪儿割一刀都疼。我心疼老五，磕完头坐在地上，不停哭。老大说起来吧，人一辈子，就这么回事。我被他拉起，放眼祖坟，同普通山坡并无不同，坟头从山顶依势往山腰，越来越旧，越来越模糊，越来越混同于黄土本身。

我问老大，咱家祖坟埋着几代人？他指给我看，老五以上，是爹这一代，已经埋了老大和老二，往上是爷爷一代，埋了五个，再往上老爷爷一代，就只认得他一个。人说四世同堂，四世以上，就模糊了，坟头在哪都看不清，只凭饭菜祭奠，更久远的，连饭菜都没了。我说那我们脚下，一定埋着谁，我们这片祖坟，一定埋着不止这些人。他说肯定，人一茬茬生，一茬茬死，都在这黄土里，再多也是它，再远也是它，再厚也是它。一阵风过，远处山花烂漫，飘来一阵阵香气，这坟场却只有几棵苍老的松柏长得旺。大自然知道怎么配合活人的心情，随情随境。

我和万庚说要住一段，这次他没二话，同意了，还包了几件衣裳给我送来。背着爹娘，他问我还去不去城里，说家里出了这么多事，你该歇心了吧？我说老五一死，爹受了刺激，一炕三个老人，还有宝蛋，我得先照顾他们。万庚说你这么想就对了，人在哪活着都一样，都是等死。

爹直喊疼，这里疼那里也疼，让娘给他拔火罐。棉花蘸煤油一点，罐头瓶子里一转，嘣，往背上一扣，黑血拔出来一层，额头面积小，娘用只小陶罐，一拔三个印，好多天不散。可爹得的是心病，拔完他说不疼了，到不了天黑他又嚷。有几回，娘搂柴做饭时，爹从枕头下拿出照片来回看，那张黑白照片是姨夫拍的，爹站在最右头，老大老二依次排下去，齐刷刷七条大汉，爹摸着老五直掉泪。我说爹，老五不在了，还有我们八个呢。他怔怔盯着，长出一口气，又长出一口气，我想他心里那个疙瘩，解不开了。

好一阵坏一阵的，爹牵着我们全家人的心到了八月十五。老大张罗一起过，说聚聚人气，兴许爹能好。为这事，他和柱子去壶口滩跑了三天，打回来两只野鸡，开膛净了，让娘腌在罐里，又专门去城里置办了一回。爹果然有兴头，把各家的礼物挨个看，说老大给他的打火机是进口的，侄女不信，拿过来念，爷，人家是张家口，不是进口。爹说反正有口，管他是谁的口。爹喝酒也行，"哥俩好""快喝酒"，赢了就笑，脸上亮堂堂的。喝到临了，爹还是哭了，说老五死了，玉秀不回来，这一门就断了。老大说哪能断了，还有宝蛋呢。"宝蛋""宝蛋"叫，才发现他和姥姥都不在。我出去找，他们在老柳下坐着，姥姥袄襟襟上兜一块馍，掰一块放到自己嘴里濡，湿了软了喂给宝蛋。宝蛋跟只小燕一样，咽下去又张嘴，巴巴等着。我问姥姥，全家人都在吃饭，你为啥不进去？她说人够多了，少一两个，谁操心？我不信，坐下一起等，爹看不到宝蛋一定不行，老大也不行，会派人三次五次叫。等了好久没等到，连月亮也等不及，显出个白影子，在黑叶子的柳树间来回摇。我说：姥姥，如果姥爷没死那么早，你也会生很多孩子吧？

生再多又顶啥，跟牛牛狗狗似的，活一回，又哭又笑，都死了。

可是有儿子不一样，你要是住在儿子家，不会这么理亏。

我不理亏，你娘是我生的，没有她，哪有你们这一大家子。我还有你姨，到月就给我寄钱，我的吃喝穿戴，都是她供。

我难受死了，心想你啥都不知道，姨死了好几年了。老大代表全家去奔丧，回来说姨病重时四个子女就为家产吵成一锅粥，姨夫心脏病发了几回，估计也快了。大家不敢跟姥姥说，都说人各有命，可命是个啥？命由谁掌管？我抬头看天，天黑沉沉的，月亮也照不白它。

后来老大还是叫来赤脚医生，说爹气滞郁结，运行不畅，开了个方方让喝七服。窑里蹲出中药味儿，爹先还下地走动，越喝越没劲儿，成天靠在柏木炕围上，上面一口一口喝，下面一滴一滴漏，尿臊味儿比啥味儿都重。赤脚医生又说打针快，锅里一天三回咕嘟咕嘟，给针管针头消毒，一直打了好些时日，爹还是咽了气。

说来邪乎，那天风刮得很大，我一手提着尿盆，一手把门抵实。新闻联播刚结束，姥姥盯着电视等天气预报。托她的福，一九八四年我们家就有了电视机，姨淘汰下来的，十四英寸，黑白，熊猫牌，手动调台，就一个中央电视台，全村人挤在一起，颠来倒去看。从那时起，姥姥每天必看天气预报，说姨在城里，那里要是下雨，准能落在姨的头上。我把宝蛋往娘那边推推，躺下，听见吱呀一声，门开了个缝，一股风旋进来，把墙上的日历纸吹掀一页。娘问姥姥，天气预报说要刮风吗？姥姥没言语，播报员"局部有风""局部有雨"，不知道说哪儿呢。我跳下炕重新抵好门，没等走到炕沿，又刮开了。娘就在这时发现，爹不知道啥时候不动了，一揣，已经硬了。

这以后家里人越来越少，盖平房的、凿石窑的，都离开大院单过。媳妇们嘴碎，聚到一起就议论，说该死的不死，把不该死的都克死了。许是因为这个原因，她们能离姥姥多远就离多远，逢年过节躲不过，也不搭话，单怕被姥姥看见，把"死"传给自己。家里冷冷清清，娘每天做饭，只添个锅底也剩，就让老六换锅。那天我正好在，老六用铁铲铲开泥皮，把头号锅拔出来，又往小砌炉灶，要换四号锅。娘边看边说，全家人要是凑全，这锅可太小了。老六头也没抬，大声说，老不死的不死，谁来呀。娘的脸咯噔一下子沉下去，一鸡毛掸子刷在他背上，叫他以后少说这种混账话。老六没敢顶嘴。

宝蛋咯咯笑，几天工夫，他长得风快，跐起脚前头跑，姥姥在后头追。八十五年变成一个焊点，把一老一小焊接在一起，也把黑白、新旧、刚柔、生死焊接在一起。他们同时笑，银铃般清脆寿木般沉闷，混在一起，在院里一浪一浪地滚。我满含悲悯，不知该同情还是痛恨，命运无常，带走啥留下啥没有绝对的衡量。

我去找老大，说我的日子就是种地收秋、收秋种地，真是过够了、过腻了，跟壶口滩一样，一年又一年，长了几千年了还是老样子。老大盯着我看了一会儿，说壶口滩不变，日子变了，老五没了，爹没了，人很容易就会死，你把心踏下来，好好跟万庚过。我一阵凉过一阵，从老大家直接到了壶口滩。滩上很多石窝窝，总是蓄着清水，姑娘们悄悄传说，这是王母娘娘梳妆潭，越照越漂亮。我在潭前照到天黑，眼看着自己一年比一年老，像大姐一样，娘一样，姥姥一样，哪也去不了，就待在壶口干滩上，等死。

我问过姥姥，城里住得好好的，为啥要回来？姥姥说城里人死了不往土里埋，要火化，化成一把灰，风一刮啥也没了。娘说埋在土里又有啥，地里刨出死人骨头，跟狗骨头猪骨头一样，啥也不是个啥。我心灰得很，活得不是味儿，死也不是味儿。万庚为了给我解闷，把黑白电视换成彩色平面直角的，可我越看越烦心，要不是心疼钱，早一斧子把它砸了。万庚问我为啥？我说生在壶口滩，长在壶口滩，一辈子连个城里也看不见，真受屈。他给我宽心，说城里人也是人，一个鼻子一张脸两个眼睛两条腿，也得吃饭喝水拉屎拉尿，有啥不一样哩，说姥姥倒去过城里，又怎么样？他一说我更绝望了，让他滚一头去，有多远滚多远，别让我看见。活得没劲，我就不吃饭，想饿死，谁知道才一顿不吃就肚子疼，原来活成个人，就为混个肚圆。

风卷着日子一阵一阵过，不觉又到了播种季，种完山药和谷子，万庚说蓖麻去年没收成，换成芝麻，剩下点边角地，点几棵葵花。天没亮我们就到了地里，万庚在前面挖坑，我在后面点籽，点了没几颗，一阵尖厉的长喇叭响起，顺着土路西看，壶口滩那边亮起一道光，班车慢腾腾爬行，屁股后跟着一串嚣张的尘灰。我说老二天天跑班车，肯定没种地，咱得帮他种上，别撂荒了。万庚说人家挣了钱，啥买不下，还稀罕你献殷勤？我瞥了他一眼，没说话。划拉指头一算，嫁给万庚十一年了，地还是这块地，庄稼还是那几样，来回换腾。春一耕，秋一收，四季汗白流；盼一年，干一年，年年不剩钱。收了麦子种棒子，年年都是老样子。可祖祖辈辈都这么过来了，农民不种地，再干个啥。我婆也劝，说不管到了啥朝代，脚下这疙瘩黄土最实在，你种啥，它还你啥，不会日哄人。好庄户人不会把地撂荒，造孽哩。

家里没人。我和万庚把洋车子支在圪垯，去地里找。娘和姥姥都在。一个前头，一个后头，都弯着腰，伛着背，宝蛋跟在一边来回跑。我撵过去让她们停，说你们多大年纪了，还种地？娘说再大年纪也得吃饭，要吃就得种。我说家里几十口子，轮得上你们七老八十到地里来吗？娘说各家有各家的事，都忙。我又气又恨，一阵心酸。自从老大在城里买了房，老二也买了，老三没钱，就租了一眼窑，连老四都把小卖部搬到了城里，老六退婚以后，一赌气下了煤窑。想起一家人一大院一口锅，真跟上辈子似的。

娘把镢头高高举起，猛砸到地上，只是个小小的坑，再一下，又一下，连刨三下，才能把坑刨大。姥姥点完籽也要踩四五脚才能踩平。我婆说黄土虽然实在，它也欺负老人，欺负没力气的人，欺负穷人。我的心又晃动了一下。

好在地不多，娘跟姥姥也不肯歇。我们四个大人早起背上宝蛋和种子，两个人挖两个人点，慢慢种，也看到头了。有时我故意落在后面，看着姥姥、娘、万庚和宝蛋，排布在八十五年的时间矩阵上，彼此联系，又彼此独立，表演人生的圆满和残缺。生命跟生命之间的同异在哪里？电视上说人生的意义就是无意义，死亡的本质是获得新生。这些理论太过宏大，但我愿意相信，生就是死，死就是生。

想这些让人头疼,不怪万庚说我魔怔。我时刻提醒自己收心,多干一点,让姥姥少干一点。万庚却说姥姥比你心劲儿足,你回来就挺尸,她还洗脸洗手洗头。我说姥姥是从城里回来的,城里没有土,她才容不下土。我算哪根葱?生在壶口,长在壶口,除了一股子黄水一股子黄土,还有啥!

宝蛋"姑姑""姑姑"叫,扑腾着手脚不听话,我过去把他提起,说他不想洗就不给洗,他是在壶口,又不是在城里。姥姥说壶口也得讲卫生。这小脚老太太的脸果然洗得很白,我说城里人拧开水管子就流,用得不费劲儿,咱壶口的水可得到半山腰担,得精细着用。她跐着小脚进了窑,装着没听见我的话。

地种完的第二天,下了一场透雨。娘直说下得好,种子扎下根,就能憋足了劲儿朝上长。院里明晃晃的,雨水积起一洼一洼,顺着雨道朝旱井流,窑檐下叮咚叮咚,娘早把铁桶和铁盆放在那里。我坐在炕上喂宝蛋,他长起六颗牙,跟大人一样吃喝,但娘一得闲,就给他炖个鸡蛋,说宝蛋命苦,缺爹少娘没人疼。宝蛋跟老五一样,长了一对大眼睛,吃一口就扑闪一下,眼睫毛很长。我问宝蛋跟谁亲,他说跟老姥姥亲。娘说这小子懂事,知道谁对他好。姥姥盘腿坐着,双腿交叉得很深,小脚一上一下,乐呵呵的。我让宝蛋跟姥姥比脚,一比,差不多大小,姥姥就比宝蛋长那么个锥角。

这双小脚我看过,脚后跟正常,脚掌畸形,除了大脚趾朝前,其余四趾都朝后翻,弯向脚底板,看着就疼。姥姥说习惯了,走了一辈子,早就习惯了。雨轻一声浅一声落在地面,把一汪汪雨水变成明镜,一只蜻蜓点水,掠过水面沾湿翅子,扑棱着重新起飞,消失在矮墙后面。蜻蜓和人一样吗?飞累飞倦了,就要回家吧，可有老少等它？那如植物叶子一茬茬新生一茬茬死落的轮回，不只在人身上，也在万物身上吗？窑里黑洞洞的，我们四世同堂，在时间轴线上游行。我不禁想到，曾经有一天，窑里也坐过四世吗？未来有一天，会有另一个我坐在这里吗？

姥姥坐着打盹儿，脑袋低垂，发出一声轻鼾，娘让我扶她躺下，可我一动，她就醒了。雨还下着吗？她问。明天早起我去拾地皮菜。我们无论如何也没想到，三十五里外的一场意外正在发生……

班车在密布如帘的雨中前行，二嫂一个劲儿地嘟囔，你就是叫财迷了心，钱重要还是命重要，万一出点事儿，看你怎么办？老二摇着方向盘，大吼一声：一车人回不了家，你让他们吃啥喝啥住哪儿？雨把天、地、沟的界限模糊，山路在一团浑浊的黄里延展，一弯又一弯，只有几棵黑黝黝的树干孤独地摇。行到窑头村崾崄，早起塌下去的土窟窿大了几圈，老二把车停在路边，后箱提出几把锨，让人填土。几个男的下去，把土塄劈开，一锨锨填平窟窿。老二把一车人撵下去，说你们在后头等着，等车开过去你们再上来。人们站在路边，看着老二发动班车，班车像一头得了病的老牛，气喘吁吁地咯噔了两下，朝着崾崄开去。为啥叫崾崄，腰一样细两头没依靠，容易塌陷呗。七八年了，这里总塌总填，每一次都这么过，老二习惯了，人们也习惯了。车头车身已经过去，只等车屁股一挺就到了好路，突然一声惊呼，班车朝右侧翻，一连翻了十几个跟头，跌落到了沟底。

老二全身没好肉，血糊拉拉的。娘给他擦身上，一遍一遍擦，血水一盆一盆地倒。姥姥本想要帮忙，却又离开了。她的背弯得很深，一步一步朝外走时，小脚立地不稳，身体左右摇晃，她在窑门口站住,朝后看一眼,一窑人都在忙。迈过门槛时,她用手扶住,那副跟她一样衰老的门框支撑她离开。院里挂着各种白,鼓手憋足劲儿吹,一杆唢呐时而哀怨时而欢快。她幽灵一样穿过众人,经过灵棚、挽联、花圈,哭声、笑声、骂声,乱哄哄的丧礼百相,站在了老柳之下。风从她额面吹过,几缕脱离发髻束缚的白头发乱哄哄地起舞,她慢慢坐下,朝着壶口滩痴痴地看。

从那以后,我再没听姥姥说过一句话,她比被埋葬的爹和老二、老五更像死人。有一次我早饭不见她,午饭不见她,晚饭还不见她,问娘,娘说自从埋了老二,她就落下这毛病,跟长了飞毛腿一样,黑间睡一下,白天跑得不见人影。我问姥姥吃啥喝啥?娘给我指姥姥枕边一只洋瓷碗,说碗里每天放的干粮,也不知道她啥时候拿啥时候吃。娘说,有多少回等不到她,我就怕她死在外头。我说人的命天注定,姥姥是长寿命。

我跑出去找姥姥,院外柳树下没有,村口槐树下没有,最后找到壶口滩,她坐在岩石上看瀑布。水声一浪一浪似乎在说话,她的嘴一动一动像是有回应,我陪着她坐啊坐,看啊看。

那年农历十一月,二嫂怀孕七个月早产,老四媳妇也生了个小子,为方便照顾,她们都搬了回来。我和娘忙坏了,做饭、洗衣裳、把屎把尿,直到玉秀带着宝蛋回来,才意识到已经进了腊月。玉秀把宝蛋带走时我问过娘,她这是啥意思,就不往回送了,还是过几天就送回来了?娘说咱这里有乡俗,嫁出去的女子泼出去的水,她找了一个又一个,也没合适的,过年还得回来。娘说只要她回来,就还是咱家一口人。

玉秀把窑打开,如打开通往上世纪的门,光瞬间跳进去,一窑飞尘乱舞，老鼠拖着尾巴朝角落跑，忘记季节的飞蛾栖在窗棂上，慌乱窜了几下，死掉了。我们都愣在门口，朝墙看，老五的相片蒙了灰，僵起一脸笑。姥姥抱着柴火走近，瘦小的身体跟寒风一样，瑟瑟发抖，她弯腰朝灶膛垒软柴、硬柴，扯了一片枯叶引火，她一直抖，一直抖，用洋火点不着。我从她手里拿过来，划着了，小小火光一闪，窑一下亮了，暖了。

没事的时候，我喜欢在大院来来回回，想起小时候爹带着我们设牌位、放香炉、摆贡献，家里敬的天地爷、土地爷、灶王爷、家神爷、财神爷、观音菩萨，我们烧表点香，磕头迎神，一个一个拜。爹说敬神仙是表心意，日子还要自己过。埋老二时，七眼窑全打开，众人像散飞的倦鸟回巢，等埋完，窑又锁起，院跟姥姥的裹腿布一样，长起荒草。此时七眼窑打开四眼，新生儿的啼哭此起彼伏，宝蛋像只欢狗各种扑腾。我老想告诉爹，咱们的院又活了，正从根子上生起嫩芽。爹一定啥都知道，院兴盛了，衰败了，死的，活着，生了。

家里人一多，娘又换了大锅，忙着蒸馍馍、捏花花、炒黑豆、煮葵花，姥姥就拉风箱，一拉一天。谁也没想到从来没生过病的人，突然在腊月二十一倒下了，脸潮红，不断冒汗，躺在炕尾她那个地盘，不吃也不喝。娘跟老大说，怕是不行了，活了一辈子，等不到过年吃几天好的，没福气。

那天晚上停电，我陪娘坐在炕上，娘问姥姥，你吃一口哇，喝一口哇？姥姥不回声。烛光闪啊闪，小小弱弱的，一直流泪。娘说，你一辈子受了多少罪哇，跟上我，一天福也没享过。娘说：不止我一个穷，都穷，大家能过，我就能过。你为啥给我寄钱，你要不给我寄钱，不就能长住城里？老二说你两句，你提了个小包袱就回来了。你回来哪有好日子过呀，我生一个又一个，家里地里你忙不停，没偏吃过一口，偏喝过一口。现在你病了，你倒是张开嘴呀，你吃一口喝一口，你让我尽点儿孝啊。

姥姥静静躺着，一张素白脸上，黑色老年斑更重了。蜡烛越烧越短，火苗越来越弱，到最后烛头子流在炕桌上，闪了一闪，终于灭了。娘在暗黑里放声大哭，娘啊，娘啊，娘啊！

作为全县最后一个小脚老太太，姥姥的去世被定义为一个时代的终结，她的大幅照片挂在壶口滩，看过的人都说姥姥有福相。照片是一个摄影家到壶口滩采风时抓拍的。姥姥坐在瀑布边，一河长水从她身边流过，天上升起一溜红云，给她罩了层柔和光影。姥姥盯着镜头，眼睛里的故事跟壶口滩一样，让人产生想象。

不知道为什么，姥姥走后，娘迅速老去，她现在是壶口滩最老的人，跟姥姥一样，娘也喜欢坐在岩石上，看壶口瀑布，浑浊的目光上上下下，然后自言自语，这是个谁呀？

伍

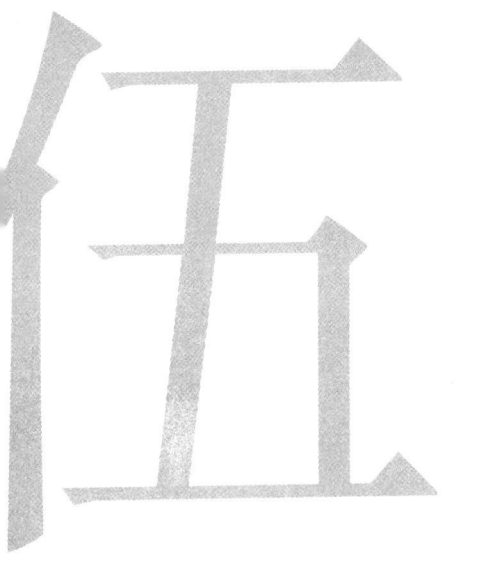

　　舞台剧《大河之魂·六股头》在"乐之然"首演，我邀请市县领导、各界名流和文化名人来。他们习惯我隔几天就整一个文旅融合新花样，把一壶大河水搬上舞台，也让两岸百姓活起来。电视台记者把摄影机架在舞台前，外景主持人说，"乐之然"每次活动都充分展现壶口岸畔新时代新农村新农民的精神风采。我对这一定义很满意。

　　黑幕，无光，静寂。射灯突然亮起，十二柄唢呐齐鸣，大木船从舞台右侧往左移，演员染黑面庞，裸露身体，油彩营造的汗珠从毛孔渗出，油亮。关于艺术写实，我认为演员真假肌肉会说话，祖先张鸿业带六村人拉船，不该如此轻松，拉船道是痛苦道、悲哀道、绝望道，拉船者赤着胳膊，卷起裤腿，肩拉纤索，身体前倾，脚步应该坚实、深沉。郭臻坚持艺术和生活有边界，物质劳动不具有美感，须经非物质生产、特质劳动才能显现其灵动、生物、劳动之美，显示其冲击力、号召力、共情力。我早学会顺势而为，酒杯一举，郭臻碰过来，"呃"，形式内容一齐敲定。

演员台上舞蹈，每只眼看见的各有不同，见仁智，见山水，见道义，我看回数百年前，祖先张鸿业喊"河口"：准备好了吗？众人齐答，好咧。他高唱一声："伙计们好好拉哟！"众人齐应："嗨……哟……""拉到忒口就发钱哟！""嗨……哟……"船慢慢移动，颁卷唱词以背景形式出现，六叔声音厚重，低沉，如同小石子四处迸溅，舞台左右随之喷气，场景被笼罩，如同时间雾障，又白又空。郭臻造足氛围，是对《大河之魂·六股头》故事有质疑，他和我一样，相信艺术无法再现真实，我们跨上时间旅行机器，在四百年间游弋，始终飘离于时间之外，无法进入。

质疑是思想者的常态，更是病态。我2005年回壶口，一晃十五年，"若白驹之过隙，忽然而已。"讲这句话的庄子距今两千三百余年。对此我心怀疑虑。"公元纪年"由全国政协一届会议决定，时年1949，在此之前，国人习惯某朝某代某年，这一计时办法容易遗漏，金末帝完颜承麟在位一个时辰，北魏女婴皇帝元氏在位半天，人世变化快，时间来不及反应。有幸被记忆，需要天时地利人和，比如庖丁非得结识庄子，才名传千古。祖先张鸿业和甘世瑛如何相识，是何关系，因何被写入县志？为何《吉州志（乾隆本）》之外，再无一版县志提及张鸿业？颁卷唱词写于1936年，距离事件发生两百六十三年，它所讲述是不是唯一真实？为解疑虑，我翻印《六股头宝卷》若干册，交县里文化名人论证，他们条分缕析，摘出某条某点和六版县志哪一句吻合，从原因推导结果，再用结果反证原因，完成逻辑闭合，对我所提疑问一句话没说。我窥见巨大漏洞，苦不堪言，还得陪起笑，带他们参观"乐之然"休闲园，鱼食递上手，一颗一颗投进鱼池。他们如同池内游鱼，认定史书是唯一真实，未被记载之事就是从未发生之事。我说史书由史官编写，是人就有局限，哪能囊括万千？他们反问我何为史官？客观真实是也，士阶级不畏权贵，不求蝇利，做事只凭仁义，你凭什么不信？

如是交锋几回，我们决定破解，允许疑虑存在，建立另一种叙事逻辑。郭臻把祖先张鸿业、堂弟和我合三为一，把"六股头""乐之然""苹果专家"合并一起，特质排列，归纳总结，简单多数，统计让我们接近本源。之后问题简单许多，关键词调整顺序，坐标轴上标注，文本套改，这是郭臻老本行，三下五除二，总结出以"质朴性纯、守矩包容、坚韧创新"为立意精神，以大河沿岸的爱恨离仇、生死轮回、希望守候、寻找失落为讲述内容，以唢呐、颁卷为表现形式，以声光电强化情绪，相当于数学公式。

我和郭臻随机抽取，让唢呐艺人、拉驴老汉、剪纸妇女、果农上台，照日常生活做几个动作，说几句关联语，都成立。这一公式很快被破译，将它拍成短视频的唢呐王子收获几千万粉丝，天天被催更，和大河一起风靡网络。果农在苹果树下直播，四面八方订单纷至沓来。还有人直接把壶口瀑布和吉县红富士苹果当主角，讲述它们的前世今生，把"壶口瀑布涛惊世界，吉县苹果香甜中国"唱遍全球。这是大河人的文化基因，如同水婆"嗯——呀——嗯——哪——啊——"，没有词句才能填进去词句，没有词意才能表达词意，"没有"就是"有"，大河人依据自己的想象去填充，能创造无数版本。

郭臻将我和驴绑定为角色之一，让我们在舞台上走三圈。第一圈，我在驴前头，身子端直，拉驴走；第二圈，我和驴并行；第三圈，我佝了背，被驴牵着走。演过几场，他说我不如驴，理解不了角色身份,让我好好学习。它听见被夸奖,大牙呲开"呃",露出粉红牙龈,傲骄得很。我俩同时候场,从这里能看见大河蜿蜒,我轻轻抚摸它的脊背,发觉它和我一样在颤抖,生为大河驴,大概和生为大河人一样,会不安,会紧张,需要接受,忍耐。它被选中上舞台,和我被郭臻逼上舞台,有同样苦衷。有时我点一支烟,吸一口,递过去让它吸,它很快适应,嘴巴张大,长舌头伸出来,惬意打哈欠,喷鼻息,有时伸出前蹄,猫狗一样,放在我腿上。更多时候,我们静静等待,我看驴眼,驴眼看我,四目慈悲。我猜它愿意和我合作,在舞台上重演一幕又一幕。

拉它那天我自制一条鞭,甩了甩。柳条柔软,叶茎与风相吻,沙沙轻响,似在歌吟。我将它从山上赶下来,沿壶口滩前进,要再爬一座山将它赶到"乐之然"。如今经济大发展,村路连国道,公路通高速,这些小路仍然如旧,像鸡爪通往壶口滩。偶有雨水冲刷,村里人很快补好,好像日子从未改变过,仍旧在三百年前。相较于拉船,驴儿对祖先并不友善,它总是很娇贵,容易染上疾病,然后在一夜间翘起四蹄死去。谁知道呢,郭臻为它盖了圈,科学配比了饲料,但它不爱吃,仍旧喜欢啃青草,我们带它去苹果园,或者用镰刀割回来。它后蹄踢得很高,一口咬住。

我怀疑它活了几百年,或者像我一样读过五十七遍《大河之魂·六股头》剧本,后来配乐一响起,麻子爷持尖刀一逼近,它就哀号,泪不停滚,毛一根根竖起,"呃呃"叫个不停,然后眼珠子瞪得贼圆。郭臻说它该获驴界奥斯卡影后,帮它做了一只鲜花花冠,戴起来拍照,挂在演员名单上头。驴生如人生,成名后它尾巴翘上天，被公驴钻了空，等发现，肚子坠到地上，只得先让它生养。

一块光斑在手腕摇，血管如暗河——奔涌、顶破、冲突、流泄。我把柳枝换到左手，右手张开，遥遥探，够不着，抓不住，手指变成透明，阳光在指尖稀薄、浓郁，清淡、黏稠，一点一点筛下来，不甚热烈。驴在果园里不出来，凉荫处青草葳蕤，有蓄了一冬的鲜和嫩，它吃一口，抬头，朝远处看一眼，尾巴甩来甩去，一副不想离开的样子。郭臻说这可不行，你不能将驴儿生在野外。它听话，甩甩尾巴，"呃"。

太阳被扎了个口子，热和光一起渗透，消散，虚虚往下坠，驴"呃"了一声，头翘起，白脸子染了金，像铜塑像。它疲惫躺倒，小驴头露出来，接着蹄子、身子，它被膜覆着，轻轻蠕动，越缩越紧，它困在里头，蜷成一团，就要闷死了。驴回头，舌头细软而坚韧，一点一点舔，小驴眼珠子动，一只蹄乱抖，一伸一蹬，站起来了。膜挣破，脱落。

郭臻说驴把香火续上了。这句话像自证，更适合站在产床前说，谁都以为他那个娇小的妻不大会生养，谁知一胎怀了龙凤。世间事大抵如此，意料之外更是意料之内，当初我打广州回来繁荣苹果产业，谁知路走着走着拐了巷，朝向文化传承。这是和祖先张鸿业呼应，夜深人静时，总有一股气息身边萦绕，细细听，似有轻语呢喃，是惯听的语重心长，像小时被父亲提了耳，一字一句训。祖先张鸿业集资修建的世济书院已毁损，县志曰无考，旧址上盖了老爷庙，此地新中国成立后请出神像，放孩童进去，一二三四念，人听见，恍如隔世，像几百年前，听另一世人窗前吟诵。

《六股头宝卷》遗失部分依然是我心中的斑痕,大河浪浪沧沧,岩石稳稳盘踞,风卷游云浅淡飘浮,都是一副了然于心的姿态,我很想拽住它们问清楚。郭臻见状,只是轻笑,不太说话。我们总是一起疯,倒在滩石上,被升到高空的烈日炙烤,敛着性子,听话,乖巧。偶有闲暇,去龙洞观瀑,听水声湍急,喷薄热烈,似群狮怒吼,蛟龙凌空,狂飚席卷,雷霆万钧。

　　驴生了小驴儿后,精气神全不对,上台只是恍惚,"呃呃"抗议,有时尥蹶子,冲进拉船队干扰演出,我们哀叹此驴已废,壶口滩上寻觅半天,又换一只漂亮小驴代替。驴生如人生,生生不息。

　　演出结束,黑幕长时间未拉开。黑是浓郁之灰,是沾染灰尘后的白,黑与白互相浸染,从未剥离开。回来壶口后我学会不断拨开生活浮沫,顿悟世界。顿悟是名词也是动词,是方法也是目的,过程离奇,量变到质变,一道电光豁然开朗。有时去牛马王庙和师傅对坐,偶尔诵经,木鱼棒生疏,鱼身微颤,像被梵音震慑。师傅本患了重疾,临死前想看一眼中华魂、母亲河,从遥远海南一路飞机火车客车颠簸来,再没走。活过五年,还在活。他说拜后山清泉所赐,隔一日提两大桶,也学会做当地饭。吉州白丸子、蒸块垒、大馒头、臊子面,古法炮制,能吃出农家妇女手底下的巧劲儿、力道儿。餐桌上常有应季的白蒿、蒲公英、苦菜、连翘等野菜,酱醋调味,是另一种风味。师傅不吃荤腥,却喜野钓,大河边挖窝、甩竿,一天两天三天地等。鲤鱼、鲶鱼、刀把子,常被他钓起来,手一甩,又扔回河里。其余时间都在诵经,我送他一套十卷本经典佛经,他藏起不用,常诵的还是《金刚经》。也许这是他的公式,和我们的公式异曲同工。

一道光从黑幕绽出,像撕开一道缝,这是郭臻的另一重想象,它就是一道缝,至于从历史厚重中撕开,还是生活重负下撕开,抑或是未来之光,大河之望,要靠每颗心解读。演员谢幕时,观众掌声形成声波,黑幕上生起涟漪,如同水纹。我想,大概它能抵达河心。关于大河的一切,我们有看懂,有看不懂,有听懂,有听不懂,有想清,有想不清,世界翻天覆地,每一天都是新的,每一天也都是旧的。大河故事,一代人有一代人的讲述重点,一个人有一个人的讲述方法。也许未来有一天,会有人将我彻底推翻,那将是另一种讲述的开始,我希望看到不同版本,让大河每一面都鲜活……

龙王汕

一整个漫长冬季，峡谷上空回荡着叮咚叮咚的击打声，男女老少都投入凿渠战争，壮丁用钢钎撬、用大锤打，产生大量石头石块，其他人运进山里。渠宽初定十五丈，河岸划出的两条石灰线深入人心，连三岁娃娃都知道避让。"必须按线凿渠。"当日曹知州要在全县调人，里长请求让六村人干，河围着六村流过，福是六村，祸也六村，开凿引流也该由六村。曹知州一听，立即令人步量，划下两条线。平行于河面，起始于瀑布上游龙王汕，终于小船窝，约三里。

就沿这两条线往下挖六尺，曹知州说，免你们三年丁税。

人心激荡，鸿业被一股气充溢，进入奇妙空间。大山大河姿态各异，横着、竖着、躺着、站着，被分割，被折叠，被挤压，被伸展，变幻万千。他想，河岸如一座山，站直或躺平，都不会变得更坚固。曹知州健步疾走，长袍下摆屡被踢飞，露出黑色裤脚，溅了许多泥。一行人跟着如正月跑旱船，没一会儿冒了汗，脑门汗津津。

滩上正在拉船，已至秋季，人穿着夹袄单裤，裤腿仍挽在膝盖上。拉船人都弯腰，低头，没人在意身边经过谁，一声声

"哎，呀呼嘿……哎，呀呼嘿……哎，呀呼嘿……"像沉重喘息。曹知州见船下滚木，知是鸿业改良，深有感触，说人最怕被习惯征服，你的滚木法前进一小步，凿渠引流成功，是前进一大步。到那时，人不用辛苦拉船，船不用滞留瀑布上游，真是造福千秋万代。鸿业连声称是，说六村人别的没有，只有一把子力气，只要大人支持，一定能把渠凿通，把河水引过来。

大河静默，任由时光一点点沉入水底。鸿业听见曹知州浅笑一声，说，知州不是神仙，我们在任想做点事，靠的还是百姓。

他们走出十数步，忽闻身后喧嚣。姚二带着七人被衙役拦下，嚷着要见大人。曹知州摆手放行，八人冲过来，跪倒在地，姚二说，请大人明察，小的也有拉船权，现在却被人阻挡，不准拉船。

曹知州问何人阻挡。

姚二回说中市村人张鸿业、张勤善、张顺子一伙。大人您有所不知，这一河六村人自古都靠拉船为生，谁也不曾从中渔利。张鸿业一伙打着六村联合的旗号，利用拉船人挣钱，一艘船挣一两银子，一天行船数十艘，一年就挣几千两。小的眼红他们挣钱，知道他们是问郭万庚买的拉船权，就花同样价钱找郭万庚买了个拉船权。可张鸿业一伙却不准小的拉船，说他们那个是真，我这个是假。

曹知州问，你可有凭证？

姚二说有郭万庚签署的收款凭证和盖有县衙大印的拉船权凭证，请大人明察。

鸿业顿觉窒住脖子。早上去驿站，金彪拽紧绳押着郭万庚离开。当时鸿业想，你口口声声讲人心讲人性，定不会想到被你收服的人心人性会反过来收服你。此刻再想，郭万庚那一眼全是挑衅，他留下一手，将重要凭证交给姚二，给他挖足陷阱。曹知州蹙眉不展，闷闷不乐，鸿业欲上前解释，被拒绝了。

你先回去，曹知州对姚二说，明日来驿站听信。

一阵冷风刮过，鸿业脚步沉重，不觉落于人后，他意识到几千两是大数字，不管讲出多少道理，都无法改变这一事实。他不能将自己与这一数字剥离，就无法证实自己合理，而抵抗不合理，恰恰是他本意。现在因为这一数字存在，他变成不合理，与姚二捆在一起抵抗他的不只那七个人，而是大多数人，六村族长，六村村民，少数之外的所有人。他们的抵抗反而合理。

乱麻越缚越紧。

石窑飘着"饺子"——一面红底金边的三角旗子，绣白字，每个笔画都有增加，变成一只只小鸟，头朝着不同方位，爪下攀枝，似乎玉秀允许它们飞出去，玩累了再回来。鸿业瞧着别致，想到当日玉秀求他写字，没料到她能绣成这样。推门进去，窑内明亮，脚底放三张高腿木桌，炕上一张矮腿桌，都是新割的，能闻见木料新剖开的香味。二毛娘和水婆盘腿坐在炕尾，像两块大岩石，一个不跟一个说话，都在打盹儿。突然，鸿业听见那个软绵绵的似乎穿越千年万年的"嗯——哪——啊——呀"，水婆盯紧他，眸光明亮，像有一把火点起。

业娃，水婆问，还记得我对你说过的话吗？

鸿业说记得，水婆说没有六族六村，只有一族一村，喝一条河的水，享一条河的福，受一条河的苦。

水婆说，我听说有人要在官老爷跟前告你的状，不要怕，你是真心为了六村人，谁也冤枉不了你。

硬柴在锅底噼啪轻响，火苗从灶膛吐出来，照在水婆脸上。他想说话，见她重又低下头打盹儿，头顶碗口那么圆没有一根头发，像一张脸从毛发丛里探出来，看着他窘迫。鸿业鼻子一酸，木桃的凄凉眼神闪在眼前，似乎今日一切她早就料到，病一定会加重，身子朝绝望里去得更多。水婆又开始哼唱，字词不受管束，兀自跑出来，咿呀嗨哟着，在窑里低声回旋。

他走出来，见曹知州站在石平台上俯瞰，你们看，这里依地势上窄下宽，你们在最上层凿了五眼窑，依次往下，七，九，十一，十三，总共四十五眼，就是四十五个铺面。这地方占尽天时地利人和，注定要繁华。五眼石窑装了木门窗，从东往西分别是钱庄、当铺一眼，粮米、油盐一眼，饺子馆一眼，空一眼，最西一眼开了染坊，靠山撑起的木架子晾有三匹布，一匹黑，一匹蓝，一匹红。曹知州连说好，好，随即挥墨，题写"龙王辿集镇"，嘱随行书吏里长知晓，凡在龙王辿集市凿窑开铺，县府免收一年"坐税"。

众人被点着了火捻，熊熊燃烧。

多年以后，河岸两条深痕依在，当水流上涨，白色泡沫先于河水漫溢，顺沟渠流出去老远，但始终无法抵达曹知州当日设想的终点。这成了鸿业一生的遗憾，夜半醒来，或漫行河滩，他会陷入奇怪冥想，被一种感觉召唤，撕扯成两半，一半站在河滩，一半站在集镇。他期望两幅美景同时实现，可惜，最终为此抱憾余生。

我辜负了曹知州的厚望。鸿业在此后很多年总重复这句话，目光在大山大河间穿梭，试图找到失败的答案。宝蛋成年后劝慰他，说壶口滩地形复杂，滩石坚硬，远高于河床，这是失败的主要原因。两幅美景互为抵牾，凿渠引流成功，壶口天堑留不住人，龙王屾集镇就会是空城，这是命中注定。宝蛋希望用这两点安慰父亲，并最终说服所有人。鸿业不相信，年纪越大越偏执狂热，他曾睡到半夜去河滩，拿铁钎凿，让六座山同时回响冰冷岩石发出的单调咚咚声，吵醒所有人。也曾学习古人开山碎石之法在岩石上烧柴堆后泼水，试图让岸石破裂，都失败了。临去世前整整一个冬季他坐在河滩，头发胡子雪白，像大河中漂出的一棵奇异水草，一动不动，只是喃喃低语，凿通就好了。

要过很久鸿业才会知道发生了什么。玉秀破译了婆婆的魔法，用"我挣下一眼窑"邀约，叫了十几个婆姨，坐在驿站门口石台阶等。天色渐暗，黑灰幕布一点点吞噬两岸山体，水声轰隆隆覆盖尘世一切，似乎万物都在它肚腹里运行，玉秀看见两点灯火越靠越近，终于凑到面前。她说，大人，我有话说。同一时刻，葛先生连夜赶到驿站，与曹知州促膝长谈，替鸿业担保。

第二天，衙役请鸿业过堂。曹知州官帽补服，不怒自威，拍案问道，张鸿业，你可知罪？

鸿业说小人知罪。当日六村联合未立机制，只和里长及各村族长相议，就草率行事，这是罪状之一，所谓根基不稳；拉船中遇有诸多阻力，未与六村人商议就决定对策，这是罪状之二，所谓师出无名；拉船公用有交赋税，有购材料，有来往人情，俱有账目账本，却未向六村人及时公开，这是罪状之三，所谓授人以柄；时至今日，杜知州革职为民，郭万庚官府收押，姚二领头诉状，我却在动摇，怕落下贪钱口舌毁损名声，怕官府治罪再入牢门，欲为一己私利置六村利益于不顾，这是罪状之四，所谓蒙昧不明。四大罪状俱为实情。

曹知州说，你既已知罪，本官令你不再首领六村拉船，你可情愿？

鸿业回说，若大人昨日问我，我会说情愿。此刻相问，小人誓死不愿！

这是为何？

昨日小人一心只想脱罪以示清白，夜来思前虑后，小人虽犯有四大罪状，本意却是为六村利益计。小人挨打、坐牢，南垣村梁虎子为此送命，才使联合初见成效。如小人害怕担责撂挑子不干，只会让六村拉船重新陷入无序，争夺、打架、出人命，所有努力白费。

曹知州先不理鸿业，令衙役叫姚二，问，你既是有凭证，本官让你去拉船，你可情愿？

小人情愿。

你状告张鸿业、张勤善、张顺子一伙利用拉船人挣钱，实属不该，本官已令人刻下拉船价格公碑，从今往后，不管谁都不能私吞一文银两，你可情愿？

姚二支吾两声，才要说话，曹知州拍案而起，大胆刁民，你本是存心村人氏，与六村无一丝瓜葛，素日你与郭万庚勾结，上下盘剥克扣，劣迹斑斑，如今又诬告陷害忠良，来人，给我当众杖责二十，撵出壶口滩。后又传与姚二捆在一起抵抗张鸿业的七人。这七人跪了一地筛糠，都说受姚二蒙蔽，曹知州也不追究，一挥手让他们滚蛋了。

曹知州让衙役传里长及六村族长，商议：六村免交三年丁税，是为凿渠计，即日起，按牌甲户口论，不论贫富，不论男女，十二岁以上一律服徭役。店铺免一年坐税，是为繁荣集镇计，四十眼石窑尽快认领，预交工费，由明道主抓凿窑修建。拉船由勤善、顺子统领，价格不变，公用由里长统一管理。众人无不称是，没有异议。曹知州又说，拉船、凿窑、凿渠同时进行，又有侧重，人员由鸿业统一调派，凿渠也由他负责。

鸿业情知曹知州抬举，此后每一天都会早早到滩上。光从东边溢出，柔软绵长地伸展开，给尘世洒上淡淡光晕，山体一半黑黢一半浅黄，像被人从蒙昧中拽出来，一点点发亮。河在冰下流速缓慢，偶尔钻出一个漩涡，泡沫团簇，绘出一朵又一朵白莲。漂浮河间的干枝、落叶静静聆听，试图解读来自龙王辿的新鲜声音。人从六座山头流下来，汇聚一起，又分为三股，一股拉船，一股凿渠，一股凿窑，有时听见对歌，搞不清哪边和哪边：我唱一来，谁对我这一，什么籽开花在水里；你唱一来，我对你这一，莲花开花在水里。哥哥唱的好妹妹对的巧，一唱一对二妹翠花开，我唱这二月来嗨哟……声音互为交织，遥相呼应，直到有一天，四十五眼石窑排在半山腰，鞭炮响连天。

鸿业看见，巨兽般突出于河床，与河底紧密相连的岩石滩，只被凿开浅浅一层，人们用铁錾斜着触碰它，铁锤重重砸下，击起零乱石片飞溅开去。铁钎打进去一个浅洞，岩石纹丝不动，只在雨后泊一窝水。岩石上东一道西一道全是凿开的浅白印痕，那是人们不甘心，一次又一次试验，想找到岩石的薄弱，或关节，一锤下去就凿通一条河。

罂 粟

鸿业沿长长河岸踱行。风从河面刮过来，在河滩反复盘旋，最终刮回去，让河水生起涟漪。水汹汹滚滚流淌，毫不犹疑分叉指引，沿原有河槽勇猛奋进，一束小水试探着在分出来的石渠里流一阵，立即并入大河。连水鸟都不在河岸停留，展开叶片般的羽翅，擦着河水掠过，又高高飞起，把影子落在水面。鸿业有一种感觉，十里龙槽宽十几丈，低于河岸十几丈，狭长一条，是河床中的河床，龙身中的龙身，它以肉眼看不见的吸引力，让经过它的风、水、石、鸟认定它为唯一归宿。他用铁钎铁锤试过，龙槽两岸薄石片层累，似乎小儿过家家垒起的屋墙，看着松散，却铁一般硬实，铁钎头进不去，打了弯。

葛先生曾说壶口瀑布并非大禹凿山而出，而是凿开孟门山后发现，乃地下瀑布，暗瀑布，此瀑原与孟门山紧挨，经数千年水磨石击，退移数丈，遂成龙槽。水势即大势，大势之所趋，非人力之所能移也。

当时鸿业说大禹凿龙门、凿孟门以人胜天，疏三江五湖造福于民。今日六村人凿渠引流，乃是效仿古人，欲摆脱拉船困厄，何错之有？

先生见劝说无效,便与鸿业订立盟约,三年凿渠不力,两人共同发起捐资,为六村建一座书院。现在鸿业明白,先生早就料定凿渠无望,替他退后一步,修了个台阶。

龙槽深不见底,曾有人撑十丈长竿,缚巨石入水,长竿没,仍未探底。鸿业沿它行走一圈,在它的魔力指引下一步步靠近真相,不得不承认失败,两年凿渠,六村人铺下一河滩,只凿开浅浅一层,灰白印痕作为人工参与的象征,三两天就不再新鲜,变回岩石本身。他不能排遣失落,承认失败固然是原因,更牵心六村人,长绳缚背,如蜗牛一步一爬行,被长河浸湿的腿,早早青筋突出,更多人害了腰腿病,年纪一大就不能动弹,瘫在炕上,连屎尿都没办法送。

鸿业又坐了一会儿,恍惚总在梦里,被光阴牵着走了老远,回首仍在炕上,还有机会把渠凿下去,让水从分叉处流出来,船一艘一艘流下去。站在他此刻的角度,正好能看见那个十五丈宽的夹角,和宽大河床相比,不过狭窄一点。水忽地披上金光,一条彩虹高悬,日头让大河变得富丽堂皇,他想泡进去,在水里接受光的抚摸,疏散对河的敬畏,体味它退让给他的余地,和它不容人侵犯的尊威。河水漫漫,从容不迫,鸿业试图透过河面看到河底,却总看不到。这一层黄褐色屏障,阻隔着他对河的想象,河底龙宫、暗洞深穴、群龙怪兽、巨蛇神钟,隐得很深,把声音、味道、气息、颜色藏在浪浪滚滚的河水里,昼夜不息,奔流而去。

他慢慢走上龙王汕,听见鞭炮响,两年前曹知州同时画下两条平行线和一个三角平面,凿渠失败,集镇却顺利建起,"合龙口"后,装窗安门,搬运货物,今日"开市"。

集镇被湿润包围，水汽蔓延到石窑上空，和流云一丝一缕相探，形成迷蒙的场，五条长龙同时在五层石平台上扭起，小娃们跟着跑，淘气的将身子钻到龙肚子下，哄笑着跑一路，被大人踢出来。两班响器对着吹，带着秧歌队从一层转到五层，再转上去，交叉时停下打擂台，唢呐对唢呐，你一曲《朝廷出南门》，我一曲《孔子哭颜回》，有时合奏，让唢呐名曲《朝天子》《梳妆台》的旋律抬起集镇摇，人在其中，像坐在轿里，微微颤，慢慢出神，如行云中。

鸿业将心舒宽，走回粮米店，见柱子急得搓手，说郭掌柜来了几回，四处找不见你。鸿业一惊，前几天他和明道里长议定，"开市"造足声势，一是请天地诸神见证，护佑店铺财源广进；二是告四方周边村邻，龙王汕开了集镇，没事勤来捧场。三人拟定邀请名单，差人去请曹知州及县府一众官员，此刻不见他们，定是有事发生。

鸿业进到染坊，见众人都在。六村乡绅富户，当初大多认购了石窑，如今有租出去吃租子的，有自己开店铺的，"开市"是自家事，不消说，风雨同舟，祸福相依，此刻都一脸焦虑。一问，才知曹知州出了事。前几日明道差二狗去送信，说公署衙门被官兵重重围了，衙役一听他找曹知州，二话不说先拉到牢里关了三天。昨天钦差官老爷过堂问话，才放他回来，让给众人捎个信，既然曹知州在壶口滩谋下这么大事情，一定有利益相关，要来彻查。众人都说，来便来，当日曹知州也未吃咱的贿银，未谋咱的好处，只要咱一口咬定，谁还敢无中生有。

里长说，不要慌。依我多年经验，钦差老爷来壶口，无非看看瀑布风景、沿途风光，他来了咱好接好待好伺候，他定不会

229

为难于你我。即便问话，也是走个流程。劝众人不要乱了自家阵脚，今日"开市"，待礼毕再说。

明道等众人走后，和鸿业说，有件事我越想越不对，先前有人听郭万庚说，曹知州让他种罂粟，制成大烟土给他送，说他就好这一口。如今官府来查，莫不是跟这事有干系。鸿业经他提醒，想起两年前曹知州耸起鼻子着意闻，神情模样之间确像有瘾，就和明道说了。明道说那就是，空穴不来风。想那郭万庚被曹知州押去，没几天就回来，像换了个人，神出鬼没，一天到晚往偏僻地跑。当时曹知州说驿站不可一日无人，也怜矜他家三代为驿站出力，若真派郭万庚干这营生，那他是作茧自缚，活该倒霉。

外头"咚咚咚"连响三声大炮，两人走出去。正中间平台立有一尊铜铸大鼎，道士身穿黑色长袍，借以某种源自先古的仪式作法，诵词带着某种魔力召唤，吸引肉身和灵魂同时靠近：

　　主人家降着满炉香，五色彩旗飘四方，
　　凤凰伞一顶插中央，各位神灵请坛冈。
　　一安天，二安地，三安三皇并五帝，
　　四安四海老龙王，五安五方诸神位。
　　请神不知神大小，安神不知神低高，
　　高处来的安高处，低处来的低处瞧。
　　东方来的安东方，西方来的安西方，
　　南方来的住南房，北方来的住北堂。
　　阴避阳，阳避阴，阴阳互避免灾星。
　　香在炉里酒在盅，灯在堂前亮光明。

心诚敬神神常在，祈求诸神显神灵。
时来运转人兴旺，发福生财挣万金。
……

　　鸿业藏着心事，似乎又闻到一股异香，水声一样漾来漾去，木桃被它牵紧魂灵，细苗般在山洪中摇晃。最后时刻，她仰赖那些小米般大小的黑色颗粒，捻一颗咽下，神色从死气中缓回，呼吸时滋啦声变浅，夜里不再惊悸，能稳睡一会儿。后来鸿业再弄不来这些药丸，铃医说，那就等着料理后事。他收起药箱，摇响铜铃，如来时一样，消失于山与山的褶皱。鸿业记得，木桃走时皮肤尽皆变黄，和黄土、黄山、黄水一样，如有千万层，每一层都有不同内容，她强行坐直，眼瞳大大突出，看定一处，将视线焊上去。你——要——记——得——上——香，她说。最后一个字连着最后一口气缓慢吐出，迟滞如有人在喉咙里拽紧，鸿业盯着，害怕漏掉一个字，结果她头朝后一颠，歪下去，咽了气。

　　事隔多年，有货郎经过壶口滩，鸿业被一尊木造白度母像吸引，她面容像极十七岁的木桃，端庄祥和温婉秀丽，双手各执莲花枝，全跏趺坐于莲花台，鸿业请回来，置于佛龛，让她接受初一十五的虔诚供奉，和一句永远的疑问：假如，你愿意吗？

　　他没料到以两排高粱为护栏，里面会有一大片罂粟。时值七月，花期已过，蒴果成形，青绿果壳外像糊了一层黑泥，有人正用小刀收集，一点一点刮在棉布上。鸿业心跳如擂鼓，像窥探到巨大秘密，不能确定木桃性命攸关时他知道这里，会不会偷窃。人工提取汁液后熬制成丸，续木桃的命。好似听见木桃喘息，滋——啦——救我啊。

两人顺原道返回，明道说，看来曹知州的传闻是真，想不到如此正大堂皇之人，偏有此癖好，所谓自作孽不可活。上级官差既封了县衙门，定是有了实证，谁也救不了他。

鸿业说确实可惜。他在任最是留意民间疾苦，新建书院、公署、监房、谷仓、祠坛、庙宇等，又降低百姓赋税，引导群众大兴水利，耕种荒废之地，所做之事皆想民所想、做民所做，谁能料到这样一个人，竟有大劣根。

两人评说良久，鸿业便提起当日和葛先生打赌一事，说两年前曹知州在壶口滩画下两条线时，何等意气风发，谁料一场黄粱，于他于我都是空。明道说，人生在世有争有不争，争得过是运，争不过是命。曹知州贵为朝廷命官，尚料不到有今日，何况你我。你不必介怀，待集镇稳定，咱们共同发起捐资修建书院也是一等一的善行。

鸿业总觉不畅意，夜里去木桃坟前坐，告诉她发生的事。他有种感觉，木桃死后才真正接近了她，他能听见她说话，每一句都如明蜡，燃烧着裹紧他，他慢慢瘫软，卧于坟前一块小石头上，最终渗入泥土和木桃连在一起。他很快陷入睡眠，在光明、轻灵、舒缓之地，木桃笑吟吟牵住他，为他歌唱一个曲调，嗯——啊——哪——呀——哈……

几天后，鸿业被告知去驿站受讯。六村族长、诸乡绅富户在窑外候着，门帘隙缝处漏出一股浓烟，鸿业知道壶口滩来了官差，没想到会叫他。斜身子进去，见一名官老爷坐在正首，旁有书吏摊开笔墨记录。官老爷唤鸿业走近，能感到他眉目间的警觉，耳朵扇动，一片唇在嘴里不经意运动。他示意鸿业坐，说曹延庚贪赃失职，你可知情？

鸿业说我一介草民，不知情。

大胆！官老爷眉毛立起，鼻头翕动，使得鼻孔大大张开，露出几根鼻毛，你和他若无私通，他岂能轻易将你私放？牢狱乃朝廷所立，不是他的私宅。说，你到底给了他多少贿银？

一文没有。

嘴硬！来人，给我掌嘴。

早有衙役扑过来。鸿业觉到一把火烧在脸上，痛感从牙龈处传至脑门，倏忽到了全身，接着没了知觉，只一股风声"呼呼"。

世界寂静无声。

大雨瓢泼，鸿业睁开眼，有人朝他泼水，见醒了，拽回窑里。

我再问你，你给曹延庚送了多少贿银，你又从拉船款中贪污了几何？

一文没有。

还嘴硬！你可知曹延庚已有交代，他受你贿银三千，才将你从牢中私放，又受你贿银三千，才让你总管拉船并凿渠事宜从中牟利。

绝无此事！鸿业正待解释，门外闪进一人，三人耳语半天，急匆匆收拾行装，竟自离开了。

鸿业只觉全身不得动弹，软在脚底，被人抬进粮米铺调息了几天，脸上肿消下去，心中的痛却如山一样横着，怎么也跨不过去。想起昔日曹知州和他深夜对谈，在壶口滩谋划六村发展，心怀一地百姓，胸有悲悯，谁料因癖好惹祸，竟自认收受贿银。这一来铁板钉钉，非但把自己送上绝路，也捎带鸿业一程。鸿业被未知揪住心，一时怜惜曹知州，一时又忐忑自身，被封闭进一个狭小盒子,看不到身后,也看不到身前,四片阴影夹挤将他抬离地面。他失去根基,像一根羽毛、一片落叶、一叶浮萍,后来他知道自己什么也不是,甚至不如一阵风,能卷起它们在空中飞,哪怕只是短暂一瞬。

这日他坐在外头。暮色将近,西山夕照美如画,染出极宽一片橘红色天,也耀出一条金黄色河面。岩石如染油彩,与水面形成一个又一个美丽的弧线。离它几尺远,最后一条船正被拉动,汉子们露出的黑褐色肢体,如同铜铸,闪着光,和亘古的号子声一起带着湿气升上半空:

大家弯腰一齐拉哟,嗨哟
加把劲就拉到头哟,嗨哟
哟,嗨哟,哟,嗨哟……

一队人马从山路转出,左右俱是官差,前呼后拥一顶轿,鸿业知道到时候了,他早做好准备,让牢狱里那些被他见识过的刑具噬舔肉身,烙下印痕。回窑取出两封书信交于柱子,嘱他照料好店铺,待他走后,再将书信交给葛先生和明道。柱子不解,问他去哪,他只是默然。

等了又等,人始终不来。不等了,人却来了。只身一人,轻敲窑门,咚咚,鸿业打开,愣住了。怎么是你?

不是我,壶口滩就该翻天了。曹知州短褂、长裤、黑土布鞋,盘腿坐在炕上,挖了一袋旱烟边吃边说,我留了一条命见你,是要兑现诺言。当日我亲口答应你,要严惩郭万庚,帮你扫清障碍。怨我一时心慈手软,念他三代都在驿站出力,所犯之事罪不至死，便轻饶了他。谁料养虎为患，他竟勾结杜步高，借钦差之名在吉州城翻云覆雨，差点要了我的命。

鸿业这才知道，曹知州放郭万庚回驿站，有约法三章，不准插手六村事务，不准开设赌场、窑子，不准私自制毒贩毒。违反其一，立即收监，严惩不贷。那郭万庚极度不满，便设计想扳倒曹知州。他知道曹知州上任后大刀阔斧干事业，触及部分人利益，便纠起这帮人递诉状，又买通山西按察使，准备暗地里办成铁案，先斩后奏。谁料这按察使害怕渎职丢乌纱，迟迟不办，告了几回，压了几回。郭万庚正无计可施，在平阳府遇见杜步高。杜步高被革职为民后，养了一帮人，排练他们敲锣、打鼓、举伞、抬轿、吆喝……自己假扮钦差，去偏远县衙行骗，竟屡屡得手。两人遂合谋来吉州一趟，因杜步高脸熟，就挑选另一人装扮钦差。当日二狗去县衙送信时，曹知州已被押至大牢，若不是他提早预案，派出心腹去平阳府衙送信，还不知今日是什么情形。

鸿业问，他们假扮钦差既是求财，为何要到壶口滩来？

曹知州说，这却是郭万庚的执念。他当日为求得县府批文下了血本，被废弃自然不甘心，便求杜步高派人来，要取你们的供词，证明我也收了贿银。这样，我给你们的批文也不合律例，理该作废。等下一任知州到，他就能再次求得批文，把壶口滩拉船的营生抢回来。

鸿业说，难怪那官老爷一派胡言，竟逼我承认给你送过六千两银子。

曹知县说，你绝想不到谁承认了。怀中抽出几页纸，鸿业展开，赫然看见里长名字，划个红圈圈，摁一只血手印，正要细看，发现曹知县又在翕鼻子，不由哈哈大笑，说你这个习惯差点让我也相信你是贪赃枉法之徒,便将诸事详细叙述一遍。

曹知州听说他们找见了罂粟花地,隔门叫衙役进来,通知里长并六村族长,明日辰时去后山,当众焚烧罂粟。曹知州说罂粟能救人,也能害人,看人怎么用。郭万庚种下这片罂粟,却是种下罪恶之源,绝不能忍。

那夜,以及此后很多夜,鸿业总驾驶一艘船在河上跑,握紧船桨,左右,左右,左,右,驶入大河辽远广阔的最深处,感受皮与肉的律动,让身体每一部位都获得润滑,极度舒畅。他不焦虑,也不担忧,不断途经罂粟花地,看它如怪兽搭起长弓,万箭齐发,将他困于木桩,他吹口气,火苗在粉色花瓣上燃起。这种奇异之花有四瓣,殷红,被千叶围簇,香味浓郁。以致很多年里,鸿业都能在大山大河中闻到。青草一岁一枯,春季顶出嫩芽,他也能从中觅到痕迹。寻找在火光中消然逃逸的那些小东西,捏出它的核心,闻到悠长复杂浓郁的味,似乎回到那一天,火被罂粟苗压抑,小小一点,贴着地面燃烧,浓烟拢起三尺粗朝天窜远,青绿茎干渐变为深黄、枯黄,乃至焦黑,一股味和"噼啪"空响一起传出⋯⋯

六股头

雨下了三天两夜。起初只是偶尔一滴，落在人脸上凉丝丝一下。鸿业看过几回，大河平缓流动，巨大身躯只有一点喘息。河面没有一艘船，有经验的船家提前预知到暴雨来临的消息，早在上游栖息，货入仓，船上岸，人在客店静待。雨越下越大，瓢泼般砸落，河水涨起迅猛，漩涡沸腾着扑上鸿业带人凿过的河岸。他顿然明白，这些坚硬岩石是大河延伸，只服从大河调派，也只会被大河收服。他越过河水屏障，想看进大河核心，和它心平气和谈判，哪些允许完成。

凿渠失败带给他的阴影一直在，浮在眼前，沉入心底，和大河响声一样，不管你愿不愿意听。他嘱柱子勤颠晾，不敢让粮米生潮发霉。石窑把四腿扎进山里，就和山连成一体，晴则燥，阴则湿，两天不生火，被褥能拧出水。正待拉柴火烧炕，有人雨中吼，说曹知州有请。天空阴沉，乌云在空中慢悠悠盘旋，似有一丈厚，没有放晴的迹象。雨线密集，斜打在身上刀刺般疼，眯进眼里像沙子。水来不及渗透，明晃晃铺在地面，石板路上愈加湿滑。他像冬日河面滑冰，身子俯弯，屁股朝后，掌握着平衡，好不容易走到平路，正要往驿站去，却被人蒙住头。绑紧，有人说。胳膊被扳到后头，一双手把腕子捏紧，绳子捆住。他问谁，没人回答，风雨夹击，身后树林传出腹背受敌的哗哗声。

鞋踩掉了，脚淹在泥里，拔出来时"吧唧"一声，石子硌得疼。前头有绳拽，后头有人推，鸿业张嘴想说话，被风雨逼回去，声音含紧如含了一嘴泥，他深一脚浅一脚，踉踉跄跄。先还能辨别出大河声响，他与它平行，似乎行走在它悠长肠道里，能感觉到它全身脉动，雨点击打皮肤细微震颤，小水花、小涟漪、小波澜，他沿着它，进入波浪、漩涡、瀑布，一跃而下，粉身碎骨。后来他听不见大河声响，淅淅沥沥的风雨声中，只有脚步踢踏、人声喘息，除了拉他的那根长绳仍旧绷紧，一切都松弛了下来。他闻到柏树香，穿透浓厚植物腐烂味朝他散溢，枝条树叶擦着他拂扫，脚从湿泥进入松软。他知道他已离开大河，进入大山，顺山路上行五里，唐人栽植的柏树林，当日他给万有采割柏叶的地方。密林阻挡风雨，又制造风雨，耳畔涛声更响，似乎坐在瀑布正当中，一壶滚烫热水中。

鸿业睁眼，看到郭万庚、姚二。今时不同往日，二人蜷缩一团，黑衣黑裤滴水，如困熊丧失领地。冷雨穿透柏树枝叶落下来，像一床冷被，将鸿业越裹越紧，他身上无一丝热气，胸口如被一只大铁锅压得沉闷，喘息很费力，他们对峙良久。雨势小了一些，密林上空露出斑斑点点的天，沉重压着人的冷空气撤出去一点，鸿业胸口冰凉冰凉。他问郭万庚，你既已逃脱，为何又送上门来，难道不知官府下了海捕文书？

郭万庚说，我就是解不开一个结。我问自己缘何走到今天？是被你所逼，口口声声大公无私，诚然无私吗？无私者无私心、无私欲、无私行。何为私？财富、地位、权力是私，能力、创造、声誉也是私，金榜题名是私，洞房花烛是私，他乡故知、功成名就都是私，即便日月星辰、山河万物，被你看到就是私，被你闻到就是私，养你肉体更是私。人生来皆有私心有私欲有私行，只是大小、多寡、轻重、缓急不同，你能找出一例反驳吗？

鸿业说我不反驳，世间尽是你的道理，也不是你一错再错的理由。你恶意先行，执迷不悟，小错铸大错，如今犯下死罪，还负隅顽抗。你既是绑了我，就无须多言，只管来取我性命。

郭万庚哈哈大笑，说你让我取你性命，我偏不取，就把你绑在这里，活活等死……

他将刀递给姚二，派他望风。至鸿业身后解绳，鸿业等绳子松开，拼上一股力，抵他一肩膀，两人滚在泥地。柏树林狭窄，鸿业被它们困着，没有施展余地。郭万庚"砰"一拳击打到他脸上，又"咣"一脚踢到他肚子上，他觉得自己变成一只泥包，被郭万庚疯狂击打，他被扔进河里，使不上力。雨中眯着眼睛，脸颊火辣辣疼，松针扎进去很深，他能觉到脚底在流血。

场景后来不被回忆，鸿业忘记所有细节，只记得衙役围成一圈拢过来，越来越小，他作为凶犯被控制，郭万庚靠树坐着仍像黑熊，眼睛却闭紧了，不再出气。鸿业视线被衙阻挡，看不见处理郭万庚的方式。密林外阳光洒了一地，树上草上水珠闪光，天上挂一挂彩虹，他踩在路面回头看，密林洞开处，路口像一张黑洞洞大嘴，把人吞进山的肚腹。山口和河口一样可怕，都会吃人，一声不吭就张嘴，把人埋进它们的幽暗深黑。

鸿业记起郭万庚说，将死之人，无非心安。这一月我东躲西藏，以为逃出生天，却逃不开自己的结。说来荒谬，夜里听不见大河响，竟不能成眠，一两夜不睡，尚能支撑，一月过来，铁都熬不下来。我这次回来，不离开了。鸿业怀疑自己被设计，郭万庚老早就死掉，只悬一口气等着栽赃。他们互相看着，像要努力确定发生的事情。林外窸窸窣窣，脚步渐行渐近，郭万庚的笑意从深水泛上来。

他瑟瑟发抖，一碗接一碗喝姜汤，借由那从喉管滑入的短暂热量逼退湿寒，把丢在密林里的知觉找回来。总觉被郭万庚挟带，游到河的最深处，把一根又一根刺刺进他皮肤，没有血，没有疼。它们戳破肉皮，将汗毛挤到旁边，沿血管的边缘游进去，密密实实长进他身体，把他变成一尾鱼，一晚上游。

等醒来，曹知州、明道炕上等，说仵作验过尸，郭万庚一刀封喉，当场毙命。问鸿业怎么回事，鸿业不能确定自己夺刀捅过去，还是郭万庚自己捅了自己，被拽进一片怀疑之河，再无可信、确凿，模糊如同一层浊黄河面，人看不进河心，看不清河中物体，他说我确实不知。曹知州说此案已上报平阳府衙，典吏一两天到，你得受点儿委屈了。鸿业说抓我可以，但有两件事，我得在临走前办好。

曹知州说我知道你所谈何事。前几日六村贴下布告，在壶口驿站设公堂，不管何人，不管何冤情，都可来告，结果有十七人状告里长私吞拉船款。

鸿业说正因如此，这事才紧急。六村联合根基不稳，这笔拉船公用在谁手上，谁就捏着一股祸水。我现在想到一个法子，六村六股，合成一股，组成会总，共同决议拉船事宜，让每个人参与决策，参与分配，实现公平，从而达到"以公对私"，把"私"摁到"公"的框架。

曹知州说，人性深渊不可忽视，选股头事关六村拉船人利益,事关下行船商利益,事关壶口滩乃至吉州声誉,一定要慎之又慎。我私下查访过,这十七人俱是六村能人,有一定号召力、影响力,换言之,这十七人极有可能被众人公推为股头,得先杀杀他们的威风,让他们知道,不管股头还是会总,绝不能沾染拉船款,这一尺度不得动摇。

次日曹知州设堂公审,唤衙役带十七人上堂,问众人状告里长可有真凭实据,十七人众口一词,尽皆猜测推断,无有实证。曹知州又命衙役传唤里长、勤善、顺子,出入两本账簿交给书吏现场核查,一笔一笔比对,没有丝毫差错。曹知州痛心疾首,拂袖离座,指定十七人,说人最难是公心。你们状告里长私吞拉船款,皆是空穴来风,没有任何实证,而今两本账簿无有丝毫偏差,你们可知罪?十七人面面相觑,俯首认罪,请求轻办。曹知州说,你们以假作真,以无为有,捏造事实,巧词强辩,以为本官是瞎子、聋子、傻子?来人,本官今日当着六村拉船人,治你们诬告之罪,拉下去,杖责三十。

旁边马上传回声响。诬告人趴在条凳上,裤子褪到腿弯,屁股露出来,板子打上去"嘡嘡"响,人嘴如同连着河床,一阵急似一阵咆哮、呜咽,渐次含混,与大河声响连成一片。鸿业几次想求情,几次被曹知州目光阻止了,堂下众人站着不动,只有脑袋偶尔回旋,朝向一端明亮。

曹知州说,本官亦出身贫寒,知道你们想什么,这么大一笔款子,不动念是傻瓜。本官今日责罚你们不因诬告,乃因你们过于鲁莽,未取实证就草率行事,此其一。其二是,你们十七人俱为六村能人,将来要为六村拉船事宜出力,本官想让你们记得,拉船公用是天地良心,谁也不能动私念。今日本官手下留情,他日若被我发觉贪占，重责重罚。

十七人连声称是。

曹知州问众人道，你们说这出入两本账簿是对得上好呢，还是对不上好？

有人回说自然要对得上，若对不上，其中一方必有造假。

曹知州说，出账、入账长达三年半，难免有疏漏，有些许瑕疵很合理。我不相信一次错不犯，人不可能不犯错，当年我决定凿渠引流时，对这个错一无所知，犯过错才知道会犯错。现在两本账簿严丝合缝，一丝一厘都不差，才可疑。本官确信，里长私吞拉船公用，铁板钉钉。他一拍惊堂木，来人！堂下衙役站出一人，手捧一本账簿递呈上去。当堂一对，果然相差三千余两。曹知州说，这就是人心，这就是人性。起初两本账还对得上，后来一天差一文，差五文，最多一天差百文。怨我创造了条件，让里长饲养了私心。当即决定，免除里长一职，严办贪污之罪。

里长被光浸染的灰白发丝，微颤如飘雪，落一片，消一片，融在他头顶，汗水从额脑流至面颊，在每一条深长沟渠里流淌。这一过程漫长且残忍，汗水被地面吸收后，悄然消融于暗流，一股脑汇入大河。鸿业听到大河不绝之声里，有了另一重威慑。

随后几天，鸿业便与曹知州、明道等人到各村，将各族各村人聚到一起，宣布新方法，公推股头。这日在中市村，人黑压压聚一地，祠堂外几把松枝轻响，风吹火光，忽大忽小，忽暗忽明，村中一众捻着黑豆，踌躇不定。族长和曹知州说，鸿业、勤善、顺子一直首领六村拉船，如今从他三人中选一人，却让大家很难选。曹知州说但选无妨。鸿业忙劝阻，让大家不必选他。众人即选勤善为股头，顺子情知自己与里长做假账一事难逃众目，也输得甘心。

"六股头"选定,"龙王汕集镇"初具规模,鸿业在很多年里倾力集资,最终修起世济书院。那是载入史册的时刻,葛先生带着一帮学子入驻书院,读书声被灰鹤带着一起冲入白色云层。鸿业痴狂盯视,希望看到它们重新冲出来,翅子在河床展开,灰白光影如同一片树叶,被河流带离。影子一半跌在瀑布上,一半落入龙槽里,巨大落差被消弭,在改变空间的同时一并改变了时间。

鸿业始终被警醒。当日驿站设公堂,曹知州责罚十七人,板子与肉身结合发出的声响不断复沓,长久弥漫在上空,人皆被那空响震慑,似乎落在自己身上,皮肉缩紧,血管、筋脉抽出来单独击打,它警示的不只诬告,还有藏在人心里的嫉妒、猜疑和贪婪。十七人回到堂上,鸿业看出行刑人巧使劲力,没伤到骨头,只消三五日消肿就能健步如飞。那时他浑然不知,自己被曹知州摆在棋谱上,正提起来拿捏,揣测会不会是另一场凿渠。很多年过去,在鸿业行将结束生命,面对浩瀚大河,仍能听到高空传回的"嗵嗵"声,警醒他行事谨慎,留一本清白账,叹三曲无私歌。晚年他喜欢放河灯,将一腔心思托付给它,希望明告曹知州,自己不曾负他。大河沧浪,水花盘旋久久不散,似乎曹知州还站在驿站,铿锵有声:

张鸿业为了你们过好日子,建立拉船秩序,被郭万庚一次次打伤,受诬告坐牢,把婆姨活活气死,却没有从拉船公用里拿取过一毫一分。而今他被郭万庚栽赃,眼见命悬一线,想的还是你们六村拉船事宜,要建立"六股头",让制度更优良,让你们不再受苦。像他这样国而忘家,公而忘私,你们谁能做到?

众人尽皆无语。

曹知州又说，本官今日升堂，就是要唤醒你们的良知。你们试想一下，张鸿业之前二百多年拉船，滩上时有死人，谁怜惜，谁过问，谁管理？他挺身而出，不惜与郭万庚结仇，被郭万庚夺命。今郭万庚犯下死罪，临死前要拉鸿业垫背，你们就心安理得？

明道便将鸿业遭遇与众人详叙一遍，顺势安排。

几天后，平阳府吏来壶口提人，缚了张鸿业要走，六村人拦住喊冤，公署衙役异口同声，说刀乃郭万庚所有，他绑鸿业到小树林是为了杀人泄恨，两人打斗中间，不慎将自己捅死。平阳府吏见众口一词，知是民意，传众人做了口供，径自回去交差。

曹知州即令鸿业担任里长一职。

阳光沙沙的，细若微尘，在石窟舞蹈。六股头偶来见鸿业，请他主管拉船事务，都被拒绝了。鸿业说，现在六村人自己作主，自己决定，不再需要谁主管。他预见"六股头"正式登临舞台，超越河床之上，挥舞起巨大旗帜，指引一河六村人的方向。这让他欣慰。晚年他喜欢去滩上坐，如同钻入深邃河底，他无足无臂，游进河的核心，隔河看蓝天白云，以及拉船人恍若离得很远的身影。他们终于成为自己的主宰，能为自己发声，鸿业听见他们欢呼，和水草、鱼虾、深藏河底的神仙魂灵一起，声音不厌其烦响在空中，直到傍晚的风从河槽升起，与两座山间窜出的风汇成巨大漩涡，将声音断断续续切割开，字句卷入深邃夜空，被刻上星空，辉映在河面上、岩石上、铁质般的树木上……

叙：最后一刻

你要写这条河？写河就得写人，我给你讲讲我爷和我婆吧，他们的一辈子，像是几个人的一辈子，或是一个人的几辈子，你懂吗？

你会懂的，人活着活着就啥都懂了。

从哪儿讲起呢？从我爷死那年讲起吧，我是从那年开始懂的。

那一年我七岁……

小黑哼哼唧唧，直向外拱，圈门才拉开一条缝，它就着急钻出来，朝猪食盆冲。婆拿着瓢笑眯眯看，说你慢点吃，没人跟你抢。小黑半个脸埋在盆里，还是呼噜呼噜吞。我又去开羊圈，用木棍抵紧栅门，看着大白小白不慌不忙朝爷走。我问爷带点点吗，爷说带，不带点点，你又不吃奶。我说羊奶膻死了，我就不吃。我等不及点点出来，钻进圈里。它出生才五天，跟我比，还是个小婴儿。我都七岁了。我把它抱到怀里，又去石台子那儿看了一眼。爷搭的棚子，婆垫的麦秸草，我们家的大花、二花和小花都往里面下蛋。以前爷抱着我拾鸡蛋，等我的裤脚长到小腿肚，爷就在地上垫了一块大石头一块小石头，让我自己拾。只要听到"咯咯哒，咯咯哒"，我就跑出去，蛋热乎乎，一准在棚里等我。就是我一整天不在家，它们也飞不了。一个、两个、三个，总不落空。婆说，只有白吃的人，没有白吃的畜生。拾鸡蛋是我的工作，可自从我拾过一回软蛋，我就老想每天拾软蛋。嘘，这是我的小秘密，爷都不知道。那蛋软溜溜，吓我一跳，我捧着它找婆，问它是不是得病了。伯伯翻着白眼皮说，饿的。婆说鸡食盆里啥时候缺食了，你念了两天狗八叉，不要老拿鬼经吓唬人。婆一边说一边把软蛋皮撕了个口倒在碗里，搅匀了上锅蒸，让我背着伯伯赶紧吃光。我不喜欢伯伯，爷的脚被蝎子蜇了那次，婆说地里的草窜起一尺高了，也缺水了，可他就是不动弹。最后那草也是婆锄的，那地也是婆浇的。婆还老跟村里人夸伯伯孝顺，婆不识字，就会说假话。

爷肩扛锄走在前头，我拎镰走在后头，大白小白和点点走在中间。本来点点在我怀里，可小白总围着我打转，不肯朝前走，爷就叫我放下。我说小白真狠心，点点还这么小，就让它走路。爷说畜生和人不一样，人太把人当人了。爷说话时山羊胡子一跳一跳，特好玩，有时候他把我抱在怀里，我就揪，一把一把往下揪，可一根也揪不下来。爷说你力气还小着呢，好好长哇，长大了骑洋马，挎洋枪，当个威武的小英雄。就凭这句话我就跟爷亲。有时爸和妈回来，非逼着我问见爸亲还是见妈亲，我每次都说见爷亲，妈一边说亲争不得，一边掉眼泪。真没出息，爸倒不在意，还举高高，让我坐在他脖子上转圈圈，要么架着我胳肢窝转圈圈，院子就飞起来，特别好看。

我们家住在半山顶，往下一层一层全是人家，路在这一家和那一家中间，顺着山势走，弯弯曲曲的，几朵云跟着我们飘飘摇摇，路边草直晃身子，还有一两朵喇叭花，被我连蔓扯下来，缠在大白角上。大白是公羊，不高兴我给它挂花，甩了甩头，拉出一串羊粪蛋蛋。到最后一个拐弯处,我闻到泥腥味,看到昨天被我抹平的沙堆又塌下去个小窝窝,我蹲下来,一把抓住,摊在路上找,嘴里念着蛋头蛋头圪回圪回,我给你妈做了两对新鞋。爷停下来等我,小白停下来等我,点点钻到妈妈肚子下面吃奶,也在等我。只有大白还朝前走。我说爷,你快拦住大白,它马上就走到官道了,要是被汽车撞了怎么办,像柱子家的猪一样。我以为黑猪流黑血,没想到也是红的,流了那么老多,柱子爷说有三盆子五盆子。爷说没事,它长着眼呢。我把蛋头放在掌心,看它一直倒退,快退出手心时,我一把捂住,把它放回沙堆堆边。爷说它也有官名,叫蚁蛉,小时候爬,长大了就会飞,两只翅膀比身子还长。我说是不是跟伯伯一样,婆说伯伯吃官家饭,就是长了翅膀。爷说只要生成个人,长成飞机也不行。蛋头一撅一撅朝沙窝钻,很快沙子就盖住了屁股。

坡底是小溪,潺潺流,一直流到大河里。我们在平路上走几步,又上山,一直爬到最高处,才是地。我问过爷,咱的地好高呀好远呀,都快挨着天啦。爷说一条大河两疙瘩山,光长荒草不生炭,穷死饿死的壶口滩。说我们村自古以来就靠拉船,自从修了铁路修了公路,不用拉船了,人就穷死了。全是石头山,只有山尖尖上才有点土。我每次都想把山炸开,嘭,咣,爷就不用老是上山下山,把腿都走疼了。

大白小白和点点围在一起吃草,爷锄地,我割草。我认得灰灰草、马齿菜、苦菜、扫帚苗、艾蒿苗,左手挽住,右手拿镰一钩,它就落在我手里,被我整整齐齐放在地边。爷说小黑自打到我家就吃我割的草,你看他蹄子多欢实,全是我的功劳。这可不吹牛,小黑跟我多亲呀,它不管在哪儿,一听我"啰啰啰"叫,

247

四只蹄子腾空,一会儿工夫就回来了。它可不像那些傻乎乎的白猪,脏兮兮,懒洋洋,它全身紧绷绷,比健美猪还健美猪。我是真喜欢它,想让它吃得好,每次割草我都拣最好的割,要是草长得不好看,我就把它扔进沟里,不往回带。

时间一扭一扭的,坐着云彩飘过去了,藏在风里刮过去了,我割了好大一堆堆草,大白小白也在荫凉处卧下了,爷还在地中间,身子一伸一缩,一前一后。我喊:

爷,不早了,咱回哇。

早着呢,一炷香还没烧四分之一呢。

咱家窑垴上冒烟啦,婆把饭做好了。

你婆熬猪食呢。

小白"咩咩"叫,不让点点去沟畔边,爷也不让我去。我靠在草堆上看天,天上除了云啥也没有,它为啥不飘霞呢,早霞不出门,晚霞晒死人。下雨的时候爷就不上地,一边编筐一边给我讲故事,秦叔宝大战尉迟恭,阮英与众弟兄回铁龙,程咬金三板斧,劈脑袋剔牙掏耳朵。爷还让婆烤红薯、煮鸡蛋、打干馍,让我腿上的骨头有劲。树影子又往西移了三尺,我起来尿了一道,爷还在锄地,我说:

爷,不早了,咱回哇。

早着呢,一炷香才烧了一半啦。

窑垴又冒烟啦,婆这次是做好饭了。

你婆熬糨糊抹袼褙呢。

抹袼褙做啥呀?

做鞋呀,你不看咱的脚都长着口,要吃饭呢。

爷把锄头立在地里,边往出走边掏烟锅,人出来,烟也跟着飘出来。爷的老烟袋是用枣木做的,光溜溜滑,配着铜嘴嘴、铜烟锅,把它在荷包里一挖一捻,烟丝就长在烟锅里,火石打火机啪啪两声,手围个圈圈捧火,再大的风也能点着。爷的荷包包也讲究,牛皮的,可比爸的烟盒好看。有一次爸给爷带了两盒纸烟,我见爷不爱抽,老放在柜柜里,有人来了给别人抽。我就把它们全拆开,烟纸扔到地上,烟丝拨拉成一堆堆。爷骂我败家子,造孽了,这么好的纸烟,手可不闲着,把烟丝全揽到荷包包里,一连吃了三锅,美得直咂嘴。爸就是不懂爷,下次再拿回纸烟,我还给爷拆。可等下回,婆把烟藏到柜顶老后头,光给别人抽,不给爷抽,等我发现的时候,只剩一根了。婆不识字,就是不懂事。

爷往地塄边边一坐,往远一瞭,我就知道爷要讲古了。爷问:

宝蛋,清水河的尽头是哪儿,你晓得吗?

晓得,清水河流进大河,大河对面是宜川,宜川是婆的家。

是啊,四十五年了。我和你婆坐上羊皮筏子,在大河里漂。那大河的水呀,浪涛涛的,高一下低一下,来一阵风吹得羊皮筏子团团转,没有风它也乱摇摆。我死死盯着前头,单怕羊皮筏子撞上石头。前清时,你老爷爷从大河石头里拉出三条人来,都死了,泡得虚胖胖的。我看一眼你婆,又看一眼,她的红花袄湿了,红花裤也湿了,她也湿了。我就想,总有一天,我要给她造艘船,让她坐船回家。

婆的家不就是咱的家吗?

她还有个家,家里有她爹,她娘。

为啥我从来没见过他们?

他们都被吹鼓手唉唉哀哟送到别的地方去了。

爷，你说得不对，吹鼓手吹的是嘟嘟哇哇呜哇。大唢呐三尺长，小唢呐一尺半，都系着红布绳。

爷说宝蛋啊，你快点长哇，长大你就懂了。

大太阳毒辣辣的，在烧火。爷把烟袋挂到脖子上，又朝地中间去。锄把一定烫手，他朝手心喷了口唾沫。我踮着脚尖朝集镇看，村到集镇要下山，跨过黄河就是婆的家，婆的爹娘在等她。爸回来了，我要跟爸说，让送爸的小汽车也送婆，大喇叭滴滴答，滴滴滴答，一路开到婆的家。

后来我就睡着了，涎水一流三尺长，把附近的蚂蚁都招过来了，要不是大白把我踢醒，它们会爬到我嘴里的。爷说蚂蚁是世界上最厉害的东西，比人厉害多了。我可不信，快下雨时蚂蚁黑压压地在院里爬，我跟着抿，一指头抿一片，它们的腿还没我头发丝粗呢。我爬起来，没看着爷，也没看着锄把，我大声喊，爷，爷，爷，声音飘来飘去，在空中打着回旋，爷不答应。大白小白和点点的尾巴一甩一甩，和天上的云彩一样。我往地里跑，绿叶子拍打着我的小腿，它们还很小，爷说庄稼和人一样，越长身子越往地下扎。我看到爷了，爷睡在地中间，锄把也躺下了。我过去摇他：爷，你别睡了，咱的窑垴直冒烟，婆把饭做好了。爷的眼睛闭着，身子也不动。我又摇他：爷，你快起来。婆把面下到锅里了，捞到碗里了，咱不回去，就坨成一疙瘩了。爷还不起来。我加大力气摇：爷。爷。爷。爷就是不动。我说爷，你再不起，我去叫婆呀。

我想我只能回去叫婆了，爷最听婆的话。

下山路又陡又窄，以前爷一到拐弯处就拉紧我：宝蛋你慢些，慢些。我知道爷老想着灰灰。前年收秋时，爷和婆拉着灰灰也来了，它是一头两岁小驴，耳朵尖，蹄子稳，是爷最得意的脚力。我坐在筐里，灰灰驮着筐。玉稻黍秆全黄了，叶片片像被刀子砍过，都破了，玉稻黍干得指甲都掐不出印。我们一须一须掰，装满两筐三麻袋时天阴了，爷朝天上看了一眼，说北面飘着一疙瘩云，厚着呢，估计雨一会儿就到，咱回吧，回。灰灰驮了两大筐，又背了一麻袋，爷和婆一人扛一麻袋。还没走几步呢，雨就来了，滴在石板路上一点，一片，很快涂了一层油。灰灰没踩稳，前蹄一滑，跪倒了，接着后蹄也一滑，身子一歪，爷急得拉缰绳，拉不动，灰灰跌下崖去，"啊呃""啊呃"一个劲呼号。爷后来再没养过毛驴，有时听到别处"啊呃"，就站住细听，还点头，好像给灰灰加料，拍着它说，好好吃，吃饱该出力了。后来爷走到那儿，总要朝下看一眼。我也看，婆说一颗玉稻黍就是一棵苗，那么多玉稻黍该长起天高的苗了。它们肯定被家雀吃光了，还有灰灰鸟。

我贴着地塄，快走两步，脑袋朝前栽，慢走两步，又想到爷一个人睡在地中间，蚂蚁朝爷爬怎么办，家雀叨爷的脸怎么办，万一山上的黑狼跑出来，咬爷的脚脖子怎么办。我跑起来，越跑越快。

以前我们在半山腰歇一会儿，把住泉眼喝个够，再把水壶装满。婆说她站在柱子家的打麦场都看见了，一个大黑点四个小黑点，从山上一下一下移到山底。大黑点把草捆子放下，锄立起，进到滩地。辣椒、黄瓜、豆角、洋柿子、韭菜、小葱、西葫芦，他背着手，一畦一畦过去，左看看，右看看，像打仗电影里的将军。小黑点拦着另外三个小黑点，不让它们进去，还学着爷的样子背手,一会儿他乏了,坐在地塄上。等黑点们回家,饭就香了,面条花红花红的,婆说这样的面才好看又好吃。我告给爸,爸说怎么还吃二混子包皮面,高粱红面不好消化,你们不能多吃,上回不是给你带回来两袋白面吗?婆说吃着呢,吃着呢,面瓮都吃空了哇。婆说假话,我都看见她舀了尖尖一升给柱子妈,柱子妈说好婶呀,还不知道啥时候能还,婆说不要净说外道话,快给娃舅擀面去哇。中午柱子舅端着大海碗蹲在打麦场,吃出一脑门子葱油味,把大河水都熏臭了。

  我一口气跑下山,有人站在壶口滩朝上看,让我慢点跑,宝蛋,你把你爷甩到云彩上去啦。我没理他,小溪旁边有片小树林,小黑和其他猪在里面欢乐,一头追着一头,一头亲着一头。它朝我跑过来,哼哼哼蹭我的腿,其他猪一召唤,又跑远了。其实小黑早就不是最初的小黑了,它跟前面那几个小黑一样,被爷从街上捉回来时,一点点大,等变成大黑又变成老黑,就被爷赶到街上,让杀猪的麻子爷一刀捅死。小黑要是知道了,肯定会伤心的。我问过爷,为啥不留着老黑,爷给我指叶子,指蝶儿,指天上的云彩,还指相框里的老爷爷,说这都是天道,有一天爷也会死的,爷死了,你会想爷吗?我哇地哭了,眼泪鼻涕一起流,一下午不停,还"嗝嗝嗝"个没完。婆就骂爷,晚上敲着火柱叫魂:宝蛋哎,你快回来,宝蛋哎,回来。

  后来我就不信爷了,天天说这个死了,那个死了,可谁都没死,伯伯还当校长,大姑还在山上,二姑还在平阳,小姑还在太原,爸还在城里,正月里爷把三眼窑的炕都烧开才住得下,男的一炕,女的一炕,孩子一炕,婆把柜里的花花被全拿出来,一床都不剩。

婆正烧火，风箱呼哧呼哧喘，山药味从锅里飘出来。婆问，宝蛋闻着饭香了，饿了？我说爷在地里睡下了，怎么摇也不起来。婆的手抖开了，噌地站起，又跌下去，玉稻黍皮编的团垫咯吱响了一下。我又说，爷在地里睡下了，等婆叫呢。婆这才站起来，把硬柴从炉灶里抽出来，压在脚底踩灭，婆说宝蛋乖乖的，不要乱跑哇。婆没解下腰布就跑出去了，也没用篦梳梳头发，那篦梳齿只剩下一半，婆说让头油吃秃了，以前婆去哪儿都要用它梳头的。

　　一只家雀飞在鸡食盆上，脑袋朝里一伸，嘴还没张开呢，米黄就跑过来，"咕咕咪咕"警告，不许它偷吃。婆说米黄是大花、二花、小花的爹，可它一点都不老，跑得比谁都快。把家雀撵跑以后，它呼一下飞上矮墙，走来走去。我想它肯定看着婆呢。婆一口气爬上山，揪住爷的耳朵：你个老鬼，快起来吧，菜园子都干了，你还偷懒。我去石台子上悄悄看，大花卧在里头正努劲，婆说下蛋时不能说话。我就坐在石头上等。柱子扑嗒扑嗒跑进来，鼻涕流到嘴里也不擦：宝蛋，宝蛋，你爷死在山上了。

　　你爷才死了呢。

　　骗你是小狗。我爸叫了好多人，都上山去了，抬你爷去了。

　　你胡说，我爷只是瞌睡了。后晌我们还要浇地呢。

　　你不信你爷也死了。

　　你爷才死了呢。你爷死了，你爸死了，你妈死了，你们全家都死了。

　　我再不理柱子。他比我大五岁，平时我啥都听他的。我们一起到后山挖鸟窝，摘杜梨梨，跳起来唱"金粪巴牛落落啦啦"，等蝉真的落下来，我们就抓住，把它的腿系在线头上，它想飞又飞不走，翅膀一直扇。有时我跟着他捉蝎子，手电一照，蝎子全身发白，一动也不动，他用小镊子夹住蝎子尾巴，扔到罐头瓶里。爷说三岁看老，柱子迟早是庄稼地里一把好手，我宝蛋可不是，宝蛋以后要当科学家，要造轮船、造火箭。晚上爷教我叠飞机、叠轮船，婆总不高兴，让爷好好糊纸袋，用不完这碗糨糊，就不要睡。我们糊的纸袋都装了药片片，有一次我肚子疼，就是吃了纸袋袋里装的宝塔糖，拉出一条长长的虫，婆说那是蛔虫，它不死，就会在肚子里吃我，让我死。

我想爷不是瞌睡了，是有病了。去年冬天他老是咳嗽咳嗽，被伯伯送到集镇的医院打了一针，拿了一堆堆药，就好了。我从石头上站起，大花"咯咯哒""咯咯哒"往下飞，踩了我的头，我也没理。黄铜钥匙挂在墙上，我够不着，只好把两扇门拉上，把锁子虚挂在门环里。爷说这把锁子有三百岁了，比爷的爷的爷还要大。

突然刮了一阵风，又住了。我在打麦场瞭，怎么也瞭不到山路上的黑点点，只有一浪一浪的水声，壶口瀑布张着大口，不知道吃了多少人。柱子妈问宝蛋你吃红薯吗？吃山药蛋吗？我说不吃不吃我啥也不吃，等爷和婆回来，我才吃。我又朝官道看，我问爷为啥官道边全是粮站、学校、供销社、卫生所，爷说普通人压不住，光绪年间，黄河发大水，把官道边的房子都淹了，片瓦不剩，那也就是官家，放在普通老百姓身上，谁受得了，破家值万贯哇。爷一说话就是清朝民国，长得也像清朝民国，又黑又瘦，白头发，白胡子，额头到脖颈的纹一条粗一条细，一年四季粗布褂子，粗布裤子，裤腰四尺宽，对折了用腰带匝着，到冬天还裹腿，一圈一圈地缠。婆说老五拿回来的洋裤子，不比你这老粗布强？爷说那裤子得扣扣眼，急了解不开。

一个黑点从粮站拐过来，越走越近，是婆。我站起来往外跑，钻过柱子家的石头门洞，站在圪塄等婆。婆还巾着腰布，还穿着打补丁的灰色粗布偏襟袄，平时婆去街上都要换涤卡布衫，的确良布衫，婆说人再穷都得留两件见人衣裳。婆的头发乱蓬蓬，被风吹得朝后摆，在山路上走一个"之"走，又走一个"之"字，可真慢呀，让人心急，我撒腿朝下跑，在半路把婆拉住。我问：

婆，你不是到山上叫爷去了？你跑到街上干啥去了？

到龙王汕集镇给你伯伯打电报去了。

你不到山上叫爷，给伯伯打啥电报呢？

宝蛋啊，你没有爷了，你爷不在了。

我哇地哭出声，婆拉紧我，说宝蛋不哭，宝蛋不哭。等我不哭了，婆又哭。我们坐在青石台台上。院里来了好多人，比过年时候还多。爷平时让我数，我都能数对，一，二，三，爷，咱家总共三个人。过年时候让我数，我就总数岔，十，十一，二，三，爷，到底多少个。爷捋着山羊胡子，得意得很，说十九个，咱家凑齐了是十九个。婆说爷人懒嘴馋爱过年，集镇杀猪的麻子爷也知道，年前最后一集，爷肯定要割五斤肉：包饺子啊，红烧啊，女婿上门喝几杯啊，猪尾巴搭一根，你给我宝蛋吮哇。家里一股子肉味，柱子爷就爱来，纸烟一根一根吃，好酒一杯一杯喝，把平时朝爷发的威风全灭了。

爷在炕上，也不铺席子也不铺毡，就在光门板上放着。人越来越多，吵得脑仁子疼。扎纸的三伯伯给院里绑了好多白，最高的那串挑在院门口的大槐树上。他说叫通天纸，你爷七十三岁，

255

天一张，地一张，总共七十五张。还有好多彩，扎在木棍上，风一吹就飘来飘去。伯伯回来得最早，穿一身白，见人就跪，给人家递纸烟。后来大姑、二姑、小姑和爸回来了，也是一张嘴就哭，见人就跪。可他们谁都不陪爷，中间就隔一层纸帘，他们也不看爷一眼。我跟爷说过我最孝顺他，我想爷了就钻后去。爷穿着演戏人穿的蓝底黄花的丝绸袍子，双手规规矩矩放在肚子上，还戴个瓜皮帽，瓜皮帽下压一张黄纸，盖着爷的脸。我把纸揭开，爷眼睛闭得紧紧的，嘴里含个铜钱。我可想问爷呢，这个铜钱是婆做羽毛毽子的那个吗？婆给桃桃姐做一个，给秀秀姐做一个，她们一踢老来高，吓得米黄直往墙上飞。后来我再想看爷，就看不到了，爷被他们抬到盒子里，用八寸长的洋钉钉死了。

这下更没人管爷了。他们停一会儿哭一阵，人越多越哭，越劝越不停，可一到吃饭时候，谁也不哭，睡觉也不哭，拉闲话也不哭，上茅厕也不哭。柱子说这些妇女都在假哭，手巾巾捂住眼捂住嘴，一滴泪没有。我跑到我妈跟前，她拉住我，手干得像树皮。我还看到好多人笑，吃油糕笑，喝粉汤笑，吃纸烟笑，打纸牌笑，顺子爷一边涮锅一边笑，二狗叔一边担水一边笑，小黑在人腿里钻来钻去，也在笑。我问婆，爷都不在了，以后再也没爷了，人们为啥还要笑。婆说人活着都有这一天，笑和哭都一样。婆的眼肿了一圈，脸瘦了一圈，身上有一股味，我可想问婆，你不喂猪，不喂羊，不喂鸡，是让它们都饿死吗？可婆不听我说话，她朝山上看了一眼又一眼。爷说村里人死了都要埋到上面，爷知道他会埋到哪儿吗？

"摆路灯"那天，我和虎子哥在前头走，把枣那么大小的玉稻黍芯芯蘸上煤油，点着了扔在路两边。爷说得没错，吹鼓手真的在唉唉哀哀哟，把人的眼泪直往出引。我跟虎子哥说，咱给爷把路引到壶口边哇，爷没事就爱去那儿，跟其他爷爷递方方、下棋棋。他说行。可我们才走到山边边，伯伯就喊，往回翻哇，下了山又得绕一大圈。人们刚才还哭得那么大声，一听这话，都不哭了。我一赌气把玉稻黍芯芯都倒在地上，淋上煤油，一把火点着了。

晚上我梦见爷走啊走，找不到赶集的路，黄河发山水，他也捞不成河柴，他想回家，又看不到回家的路。我急得大喊，爷，爷，被妈摇醒了。灵堂里冷飕飕的，煤油灯芯子晃的时候暗一下，晃过去，又亮起来。伯伯跪着烧纸，爸续香，大娘姑姑和妈坐在地上，点了点头，只有我爬起来，磕了三个头。我跟爷说过，我一定孝顺他。

大姑二姑小姑像约好似的，一齐哭。爹啊，你是活生生把自己累死的啊，除了种地、种菜，还要做凉粉，做挂面，漏粉条，抓蝎子，挖药材，糊纸袋子，就差把自己挂出去卖了。爹啊，你一年到头不敢歇一天，有点空儿都想多挣一分钱，你供养我们五个上学不容易啊。爹啊，你年纪这么大，害着腿疼，还上山下河干活，你就是活活累死的，呜，我恓惶可怜的爹呀……

哭声在窑里低低飞，最后落在爷的照片上，我看见了也想哭，爷没了谁给我讲故事呀，谁带我上地呀，谁背我看戏呀，王秀兰全身扑棱棱闪，不管唱啥爷都说"好"，第二天第三天一直哼，爷说等我上大学，要把蒲剧团请到家里来，连唱三天三夜。爷，我还没上小学呢。她们越哭越厉害，趴在地上嘭嘭嘭磕头，说"我还没好好孝敬你啊。爹，你就走了""你怎么不多活几年跟女儿享享福哇"。

257

后来除了爷，一窑人都哭了。

爷被人抬上山的时候，我还在睡。等睡醒，爷躺过的地方又铺上了席子毡，红花被褥也堆在了炕下边，院里的白和彩都没了，小黑和米黄你追我，我追你，大花、二花、小花又在鸡食盆前摇屁股，一切都跟以前一样。我问婆，爷把所有东西都带走了？婆说他啥也带不走。我说那爷把东西留在哪儿了呢？婆说他啥也留不下。我还想问，那么多纸袄，纸裤，纸元宝，纸房子，爷也不带走，也不留下，它们去哪儿了呢。可婆又不听我说话了，她撩起腰布朝外走，一气走到柱子家打麦场，盯住大河看，不知道看啥呢。

我问婆，你是不是也想爷呢？

不想，他管他好受，扔下咱不管了。

婆，你说爷一个人睡在山上，冷不冷，怕不怕？

不怕，死人啥也不怕。

婆，那以后逢集咱还卖水饺吗？

不卖了。

那菜园园里的菜，还担到集上卖吗？

不卖了。

不卖水饺不卖菜，谁给咱挣钱呀。

没钱咱就不花了。

我难过死了，泪蛋蛋一个劲儿朝外滚。过年时爷给我买了个铁皮青蛙，上紧发条放在地上，它就咯呱咯呱朝前蹦，一直蹦到没劲才停。爷说以后再给我买不倒翁，它跟爷一样长着白胡子，一直笑，怎么摇他都不倒。我恨老天爷，为啥让爷死。

爷死后，婆变了一个人。早起我们把大白小白和点点带上山，它们一见草就啃，"咩咩咩"唱，我用小锄头挖草药。爷教过我，叶子长得细细的，顶头开紫花的草，叫远志，把它的根挖出来，抽掉里面的芯，外面那层皮能救人。我每次都挖好深好深，想看看它的根到底有多长，可每次都等不及，一把揪出来，只有一尺长。爷说这种草跟人一样，命贱，耐活，等来年，它还能长出来。我挖了几个就停，坐到石板板上。云彩一片一片飘来飘去，婆穿个白衫衫，也是一飘一飘。

我又想爷了，没了爷，啥都不一样了。有时明明天上亮堂堂的，婆也说头疼，婆以前只有天阴的时候才疼，爷说你就不能好好歇一天？受下病谁替你呢。婆说你要享福，你歇着，看柳条子能变成簸箩，变成簸箕哇。疼得不行了，婆就吃去痛片，哪里疼都吃去痛片，吃完不疼了，又搓麻绳，不管啥季节都撩起裤腿搓，搓得腿都变红了，肉一颤一颤。又纳鞋底，针锥捅开个窟窿，麻绳穿出来，穿进去，滋啦滋啦。婆一边干活一边唱歌，爷说这陕西小调就是好听，跟着哼，婆就高兴，笑得停不下。

以前婆每天早上守住鸡窝门，先把米黄放出来，再一个一个抱住，指头伸到鸡屁眼摸，摸着蛋了就高兴，摸不着就骂：不下蛋，不给你吃了。爷说婆这个妇女像地主刘文彩，喜欢剥削，鸡天天下蛋，屁眼都下疼了，还不兴人家停两天？不管爷说啥，婆都笑眯眯的。现在婆不摸鸡屁眼了，鸡"咯咯哒""咯咯哒"老半天，婆也不理，要不是我一天拾几回，蛋保准被狗吃了，被猫吃了，被蛇吃了。婆也总忘了喂小黑，它饿得不行，一个劲拱，把猪食盆都拱破了。伯伯有一天给羊圈出粪，揣着羊直摇头，说大白、小白都掉膘了，瘦得就剩一层皮，点点喝不上奶，腿也细了。

婆现在连个歌也不唱，也不笑，整天绷个脸，真麻烦。有时我朝婆看，见婆也跟我一样发呆，不挖药材，不摘野韭花，也不拾蘑菇，就是坐在石头上朝大河看。我朝婆吼：

婆，你为啥不挖草草呢？

动弹不了啦。

你为啥不唱歌呢？

嗓子干啦。

你为啥不喝水呢。

喝水治不了。

让我爸送你去医院吧，打一针，就好了。

婆不说话，爷死后婆就不爱说话。晚上我们在打麦场吹凉风，婆把晒干的艾蒿腰点着让它熏蚊子。可它们还是嗯嗯嗯飞来飞去，停到人膀子上，大腿上，等啪一声，被拍成个黑点点……大河水被月照着，波光粼粼，两边的黑一层一层朝外长，长得无边无际。婆一直盯着看，黑咕隆咚的，也不知道她看啥呢。

后来婆就傻了，啥也干不了，明明才吃过饭，她又问我，宝蛋，你饿了哇，婆给你做饭。等我饿得不行了，问婆要饭，她又说你刚刚才吃过，怎么又饿了。

我给伯伯告状，拉他看。婆坐在灶火窑，一个劲烧火，风箱高一声低一声，灶膛里连个火苗苗都没有。晚上伯伯和婆一起睡，有一次我被吵醒，睁开眼，婆和伯伯都坐着，煤油灯圈了一圈小小的光，他俩的影子在窑顶模模糊糊地晃。婆说：

鸡叫头遍了，该种地了。

妈，你真糊涂了？咱才刚睡下。

你快起哇。咱凭啥睡懒觉呢，生成个庄户人，就是受苦、种地，就得在地里扒挖钱。你多睡一会儿，就少挣一分，少了就少了，谁给你补呢？我知道你腿疼，你干不了多的干少的，干不了重的干轻的。总得受哇。你不受，五个孩子就得受，你想让他们跟咱一样？

妈，你跟谁说话呢？我爹走了，不在了。

哦，你爹上山去了，种了玉稻黍地茬子硬，得翻三回。你不用去，好好念书，好好考学。不念书跟畜生一样，活着等死。你放心，我们受死受活，也要供你，你念到哪儿供到哪儿，你要是不好好念，考不上，就回来受苦，庄户人的苦，一茬子不怕一茬子，活到老受到老。

我模模糊糊觉着婆穿好衣服下了地，打开窑门时一股风穿进来，我朝被窝里缩了缩脖子，睡着了。

我断定婆和刘三喜一样，肩膀上挂个褡裢裢，走一步退三步，见谁都说行行好哇，给点儿吃喝哇，一边说一边笑，可谁见了他都怕。有一回我妈见他上了坡，吓得跑回来，关了木栅栏，和我们圈到灶窑不敢出声。他站在外面连说了十几个行行好哇，给点儿吃喝吧。我们都没敢说话，直等他走了，我们才跟在他屁股后头喊：刘三喜，流鼻涕，见了女子们流涎水……等他提起棍打，又一哄散了。伯伯说刘三喜就是受了刺激。我问他，婆会不会跟刘三喜一样，挂个棍棍出去要饭，给咱丢人败兴。伯伯说不会，我这才放心了。

可婆还是傻乎乎的，柱子告给我，婆一定是被爷跟上了，让我跟爷念叨念叨，婆就好了。我不知道爷在哪埋着呢。柱子就带我到山上，指着一个墓圪堆说里面埋的就是你爷。我不信，他给我发毒誓，要是说谎，全家死光。我就坐下跟爷念叨，你快回来

261

看看哇，你走了以后婆就傻了。我说你再不管，婆就跟刘三喜一样了。我说要不然，你就把婆带走吧。坟上长几根细草，是爷跟世界的连接，爷在墓圪堆里点头，它就跟着摇，一下，两下，三下。

过了几天，婆真的好了，抹了可多袼褙，剪了可多鞋样子，坐在麦场，一天到晚纳。柱子妈问，婶，你这是给谁纳呢。婆说纳下了谁能穿谁穿，麻绳滋啦滋啦，一针又一针，跳得欢实。村里的婆姨们知道了，争着抢着来找婆，这个拿着枕头、铺巾、被子套，那个拿着鞋垫、鞋尖、鞋帮子，婆就在上面细细描，不一会就描好了，蝴蝶、喜鹊、牡丹、梅花，她们说谁也没有婆描的花样子好。大娘用粉莲纸拓下好多，都压到炕席下。

婆还给我们摊软饼，韭菜切得细细的，放到面糊里，锅里抹一点点油，烧热了舀一勺，一旋一摊一翻一卷，蘸着蒜水，可好吃了。伯伯蹲在婆跟前，吃完一张喊一回，妈，我还要，妈，我还要。婆笑眯眯的，给他卷了一张又一张。

龙王汕二七逢集，婆又开始每一集卖水饺了。天不明起来切，地皮菜、西葫芦、韭菜、白菜、芹菜，都切成碎丁丁，两条咸肉剁成碎泥。再和一块面湿笼布盖好，案板、小铁炉放一起，担在柳筐里。我问婆拿黑酱瓶瓶了吗，醋瓶瓶呢，盐罐罐呢，蒜钵钵呢，婆说都在布袋里呢，把它挂在我脖子上。我前头跑，婆担着柳筐后头撵，婆说跟她一般大的妇女都缠小脚，婆的娘要给婆缠，婆逃了一回又一回，就不缠。婆说有一双大脚，才受得下苦，庄户人受的就是个苦。婆在山路上走得飞快，一会儿就到了龙王汕集镇，摊子支起让我看着，她回去菜园摘菜。韭菜、黄瓜、辣椒、洋柿子、豆角、西葫芦摘好，小河里洗得干干净净，担到集镇放在跟前。婆看谁都笑眯眯的，叫人家吃一碗哇？人家说没钱，一会卖完菜给行不行？用豆子换一碗行不行？婆总说行，要啥馅，这个盆里一抓，那个盆里一抓，一调一拌，揪一块面擀皮，几分钟煮好递过去，都说香，夸婆手艺高。

卖完水饺卖完菜，婆就赶集，扯三尺花布，买一截松紧带，煤油、醋、洋火、盐，婆把啥都置办得好好的，又跟以前一样了。

谁能想到呢。那年七月十五祭河神、放河灯，集镇像条活龙，唢呐合着锣、鼓、镲钹，闹腾腾的，舞龙、耍狮子、游旱船、跑竹马的，把人搅得站不稳立不端。妇女们系着红粉紫绿的绸子，捏住绸尾巴甩，一甩就上了天。婆先还站在边上看，后来就开始扭，身子水一样软。爷总说婆比全村的婆姨都扭得好看，婆就笑。婆最爱笑，说哭有啥用，老天爷又不给你下馍馍。爷走后，婆忘了这句话，可那天她一定记起了，一边扭一边笑。谁能想到呢，她和灯一起走进河里，那个把她打捞上来的河津人一口咬定，婆笑着，怀里搂一只河灯。

伯伯对着麦克风念悼词，越念越低，越哭越响。爷跟我说过，伯伯考完试接不到通知书，到集镇也查不出。婆一定要让他去吉县城里查，婆说肯定有人弄错了，说不定捎通知的人喝醉了，记错你的名字，说不定他路上屎急，把录取书擦了屁股。来回一趟县城要误三个工，婆说不怕，误十个咱也误得起，可不敢误了你的后半生。伯伯没有误，大姑、二姑、小姑和爸都没有误，他们都成了公家人，到月领工资，拿布袋到粮站领粮，再也没吃爷和婆吃过的苦。

婆和爷一样，被埋在了山上。

人人都说婆高寿，通天纸八十二层，比爷那时候挂得高。灵棚搭了老来大，拜祭的人一层又一层。排场办得大，鼓手响当当，客人都吃公家饭，一个个仪表堂堂。

婆在照片里笑眯眯的，跟以前一样。

我这辈子都忘不了。那天早起，婆拿着小锄头去后窑挖土，刨出罐头瓶，揭开两层布，把一卷钱数清楚分明白，大的多少，小的多少，十七个人谁都没落下。

婆说，拿着哇，以后，轮到你们养我了。

陆

送别郭臻时，壶口滩日头西沉，一河长水被柔柔照耀，如心目中的桃花源，郭臻把它稳稳托起，置于众声喧嚣之上，有如在时光暗流中挖凿一个洞，又像孤勇者只身逆向汹涌的人群。光影下，他以《六股头新卷》祭河，一张接一张焚烧。暗黑纸灰飞起，跌入大河的阔大河槽，如果它有洞，一定借此填平了，像每一个符号一样，缀连在大河文化浩瀚博广的基因中，很是悲壮。

我从未察觉，那些和我厮守后的长夜，郭臻默默耕耘，努力缀补《六股头宝卷》的空白。他说创作灵感来自我，当我将目光投向大河，就是将期望折射到他。我坐在打印机前等，A4纸温热，先放在鼻头闻，然后才动用眼睛。眼睫毛总是暗中作祟，拉着心在滩上四处游荡，为此我不得不多花两天两夜，一再把纸页翻到三五页前。那时我毫无预感郭臻会离开，十五年漫长，足以让我认定他就焊在我身上，每走一步，都是两个人一起行动。

为什么离开？

我认定郭明道是我祖先，我应该和他一样，从源头出发，沿河走到入海口,一次不够就再走一次,直到把这条河看清。

我们可以一起去。

你不会去,一个没有完成使命的人,走到哪里心都会空。要等到你对六村百姓的承诺真正实现,你才会像祖先一样,开始这趟旅程。

我们沿壶口岸畔漫长的甬道行走,似乎重合张鸿业和郭明道的脚印,经过俗常山石、泥沙,行至瀑布前,它焕然一新,似乎一夜之间开出一簇一簇格桑花,长起无数招展的垂柳树,还有数不清的草木花石,像黄河文化脉络,一层叠一层,绚烂在眼前。我没能挽留郭臻,语言吐向大河时,瞥见它漫不经心翻卷,依然是一浪一浪汹涌。

郭臻走后,"乐之然"引进最新生产线,被市场淘汰的果子在流水线上被洗涤、粉碎、压缩,汁液鲜黄,有浓郁的香。果农戴鞋套走进车间,惊艳于四壁干净,特殊材料制成的光亮如同尘世的日和月,他们很快习惯,成为流水线上的老兵。总是听见不被禁止的歌吟,依附于果汁中,当它流入喉咙,会激起回响;当它和另一些调门相遇,会心照不宣,黏在一起,冲破嘴巴的制约,被更多人新鲜地发现。

堂弟依然守着果园,有一回告我一棵树结了许多果。"你才三岁呀,"他和树说,"你急什么呢,不到生产时候你非生产,把身子弄虚了怎么办?"树下刨一大坑,埋入牛奶鸡蛋。果农笑话,他说你们不懂,土地有机化和生物多样化都不是空话,得身体力行。这是他新的实践方向,不知道使用了什么妙门,园子里生物总是特别丰盛。有时我会去,单纯听听鸟声,不为俗世所见的物类,似乎专为他而存在。"你听,"他让我闭眼,"它说欢迎光临。"我不得不相信,他又回到了起点,回到三十年前,他栽下第一棵苹果树的时候,他的身体以我看不见的姿态紧紧攀附,我想象他和几万条蚯蚓一起在地底耕耘,我见过它们在木箱里蠕动,一条盘一条,像深红色的血泊,又像明亮的希望。

堂弟离不开土地,正如郭臻离不开大河,他不断发照片回来,起初只拍大河,后来延伸至两岸百姓,醉心寻访那些正在消失的器物,研究独属于这条大河的文化密码和文明特质。未知拽紧心,他风餐露宿,殚精竭虑,一次次沿大河游走,立意要将画在自己心中的大河文化图填满。正所谓"不疯魔,不成活",其中悲喜,想来能有几丈长。几次视频详问究竟,郭臻眼眸中晶光泪闪,大概有陈宓"独坐思往昔,愁绝泪盈襟"之境,只一句"这辈子恐怕不够",让人听来潸然。

器物送来"乐之然",每件都有机巧之处,细加端详,能发现工匠留下的独特气息,似乎他就隐在器物里,只需一声召唤,就现身出来,俯首打造,观者旁侧围簇,六感通达,被木香、铁香、柳条香勾着魂,不肯将身离去。郭臻沉溺,概因如此,每件器物都是匠人游心之作,独一无二,因而收了一件又一件,买回一批又一批,虽是上世纪常见之物,到底被新世纪弃绝,他如不留,便如垃圾不值一文,一把火烧光,余几缕青烟袅袅,或者以破铜烂铁作价,机器碾压,流水线上重生,醒目标志证明,它已失去了生命。

郭臻说,这些都是大河文明的见证,你得负责它们安身。

话筒传回一声叫,天鹅、灰鹤、大白鹭、中华秋沙鸭,都有可能,郭臻裹紧大衣,把话筒递向空中,那些被他提醒的生物扑起翅子,四声欢叫。暮色四合,星河错落,最后一抹斜阳缓缓消失,一条大河在黛色苍穹下宛如丝带,从天而来往天而去。晚风带着凉意,无边诱惑在空中张开大网,我一点点迷醉,渐觉灵魂脱离肉身,循着祖先张鸿业的轨迹,在大河上漂漂游游。

郭臻坚持自己设计"乐之然文化园",自己施工,磨盘铺就路面,水缸堆砌墙体,一草一木,一花一石。很快他手掌上生起老茧,似乎大河文化的脉络,一层叠一层。郭臻告诉我,大河文化无不融合借鉴。画匠在老柜体上描绘的图案,是他看过的一场戏剧;古书记载的轶事,是作者听过的书文;泥塑的肖像,是匠人小时候就印在脑中的唱妇形象。滋生于同一条血脉的文化符号像空气一样流传,影响着一代又一代人,这大概就是大河文化的魅力之所在。

以摄影记载两岸风情,以园林承载大河精神,以建筑展现思想,让楹联家编,书法家写,画家画,雕刻家刻,"乐之然文化园"不断创新艺术载体,古为今用、推陈出新,使大河文化与现代文化有机统一。有时我疑心郭臻已不是我认识的那个人,以大河为载体,他将时间和空间一起折叠,创建了一个王国。他是"王",将那年那月的器物留存,同时留存住了一波一波的情感深意,和深植于大河儿女血脉中的文化基因。他是"皇",唤醒大河文化这条巨龙,让它携带古老岁月的一路风尘,融合现代文明,旧曲新唱,激情狂奔。

这时的郭臻很有些"老庄"味道,随缘、清静、不争,照片被他在网上各种分享,常遭人剽窃,他不悲不喜,仍旧上传,谁也劝不住。闲了去瀑布边打坐,它以肉眼可见速度后移,从"茶壶口"变为"簸箕",人都担心它最终消失,恨不能天赐神力,替瀑布两侧的岩石加固。郭臻说河畔人都一样,与大河相生相克,又依赖,又抗拒,说他沿河走了六回,看过大河四季,三百六十五天风景各不同,却仍旧看不透看不清,说那一层黄那么轻,却又那么重。

千里外的游客来,开始打听"黄河颂卷"和《六股头新卷》,凑巧六叔在,就被人拉过来合影,黑手黑脸黑发,绽一嘴白牙,往镜头前一站,有人龇牙、闭眼,游人说重来,他就重来,一脸温和的笑。

颂卷和唢呐是"乐之然文化园"的重头戏,晚上演一场,白天他们在瀑布边谋生。一柄唢呐冲天、俯地,曲调像从嘴里流出来,呼吸一样,脉搏一样,唢呐音声高亢嘹亮,曲调变化莫测,长短音间杂,恰似人转换气息,轻一声重一声,长一声短一声,一声一声又一声,合着壶口瀑布的水声,全世界都沸腾了。他们收起最后一个音节,唢呐挪离嘴巴,向着黄河躬身、致敬。

河畔总有人,拍照、拉驴、讲解、表演、保洁,像祖先拉船一样,依靠大河谋生。他们都喜欢讲故事给我听,远古的山峰、河流,未被延续的花草衍生出美丽传说,一些史前动物带出沉重的足音。最后,他们说,你想弄清楚这条河,必须先弄清楚这条河边的人,死去的人,活着的人,从来没活过的人,永远不会死的人,活着就死掉的人,一辈子活出三辈子的人。

郭臻说,走。

我们溯流而上。

我们顺流而下。

重复。

往返。

总有一些时刻,我的灵魂会出窍,看到两岸人坐在木船里,被河里的奇异动物围簇,它们长着尘世不得而见的样貌,却和我那些可爱的乡邻一样,喜欢拉着你讲述,一遍又一遍,一次次迷醉,一次次清醒,时间停顿,空间凝滞。

唯有号子声不停回旋,像魂魄的歌吟,在不同维度被赋予不同词意传唱,没人深究曲调由来,人都相信它打命中来,经由脐带一代一代传唱。那总是壶口滩最热闹的时候,几千年同时上演,我能看见一切,却一无所见……

叙：一次又一次

我要写这条河。沉浸越久,越觉得河就附着在我身上,换句话说,我本身就是这条河,和河一起历经千年物事,像河一样散发着执拗的、被刻上印记永难磨灭的味道。土壤经雨水冲刷,流进大河,在河底日复一日霉烂,却在某一日突然升腾,被尘埃一瞬间激活,永恒地,亘古地,盘旋在河床上空。

我和河一起走过宽阔峡谷,走过因山体阻挡而形成的每一道弯,走过被冲蚀的巨岩和不断变化的碎石河滩,走过河岸美丽的圆石,它们身上有被时光雕刻的痕迹,有年岁和潮汐不断变化的印记,有一次又一次关于河的停驻与奔流。它导引村庄兴盛、衰败,浓浓淡淡的烟火气从笔直低矮的烟囱中升腾,记忆村庄的历史,预言村庄的未来,无一例外,等待村庄的又一次轮回。

村庄和河流一样生生不息。哪怕断流,河泥皲裂,花斑鲤吐出最后一颗水泡,腐烂风干;河底水藻附着在泥土上,像土的纹理,最终变成浮沫;节肢动物慢慢石化,浮游生物和尘土一起飞扬;哪怕河没了河的模样,和平原一样,和低矮山体一样,只要一场雨,一阵风,或者一声叹息,一滴眼泪,它就会恢复原样,河里照样游着各色鱼,蓝藻绿藻照样飘摇,微生物和细菌也照样存在,仿佛从未离开。

生活在这里的人,是河的孪生物,一代人逝去,会有新一代人出现。他们的故事总是相近,几代人共享一个剧本,只不过因果倒置,同一情节不断复沓,被不同人放置在不同的生命历程中,更多人不问西东,展开袍袖就是一生。故事就在河里,我浸洇其中,能感受到它们一齐奔涌,水流打着旋流过我的身体,耳朵、嘴巴、鼻子、眼眶,它们涌流、堵塞,将我溶解为一颗一颗的微小颗粒,我混同在水里,同水藻交缠在一起,被鱼自由地吞吸,和水流一起跌宕,在岩石上一浪一浪掀涌。水终于不再是异类,它与我休戚与共,给我力量,将我推向更广,更远,更深。

我来到大禹斧劈孟门的那一刻,瀑布从天而降,携带的巨大声浪像大幕拉开前的鼓擂,各色人登台,在河的指引下演绎爱恨离仇、生死轮回、希望与守候、寻找与失落。我听见不变的曲调,深深浅浅流淌,那是河的精神实质,是河不屈不挠的姿态和歌吟,也是世代黄河儿女百折不挠、勇往直前的精神象征。

河从未改变,为了唯一目标奋不顾身。大河儿女受它的精神供养,也和它一样。我看到世代农民的群像,在贫穷、困顿、清寒里寻找善意,寻找温存,寻找向上的力量,他们在一个时代喧嚣,在又一个时代沉寂,在一个阶段激昂,在另一个阶段低沉,仿似河的流向,有平缓祥和,有九曲十八弯,还有面对悬崖阻拦时的纵身一跃。我看到他们共同组成的壶口图腾,同这条河的每一个风格一样,亘古永存。

我仔仔细细辨识,看见一模一样的生动情节,一模一样的情感基因,我知道我所书写的每一个字节都早于我的生命,早于我的眼见,早于我的心识,早于我萌生此意的第一秒钟,它远古地停留在河里,欣喜、悲痛、泪水、欢笑,我只不过将漂浮其上的情节逐一打捞，拼接出一个两个三个，故事，人物，情绪。水面像一层茶色玻璃，我透过它看到听到更多，已经发生的，正在发生的，即将发生的。故事与故事相互抵牾，又相互共存，将我带到过往，带到现在，带到未来，带到永恒……

缘·圆

我死了,在死之前我就知道我要死了。

离死越近,我越爱陷入冥想,借此穿越时间和肉身的羁绊。我遗憾没有好好活,我们六村人都这样,长到十六岁就和"活着"长在一起,被迫一趟一趟奔波,跑到不能动,炕上死掉。想到这一点真让人灰心,壶口滩人世世代代都这样,人要按轨迹生存。也许命运悬在头顶,有别一种计算方式,将六村划为一体,不论动物植物,生物死物,活在同一区域就承接同一结局。

一片广阔的黄。

肉身般黄,泥土般黄,一个发光点在大河中央不停闪烁,在移动,在驻守,像谁的肉身谁的灵魂,谁的命。

我看到了一切,过去,现在,未来。

我听到了一切,天堂,地狱,人间。

很快我就会知道这是临死前的幻视,我将脱离肉身,被一股力量吸引至三千米以上,视线穿越五千年上下,看见沿河民众生死间突围,拉船作为其中一点光亮在大河闪耀,再远,或再近,都有相似光芒,那是历史发展的进程,也是一浪又一浪的时代汹涌,我将在上空游荡百年后进入另一具肉身。他有更强健的体魄，内心却极度敏感温顺，我经常听见他半夜叹息，为白日里每一点闪失自责，这是我的精神特征，随大河波涛起伏。

精神比物质恒久，时间无法淹没被肉身包裹的特质，我不能超越自己。勇猛者世代勇猛，奋发者世代奋发，精神也有世袭网替，壶口滩上抱成一团，主宰一河六村人生死轮回，一茬一代。

我想明白这一点，坦然许多。

我知道我生于此，长于此，也将被催促着死于此。我等合适时机交接，将魂移进儿子肉身，就像爹走前将魂移进我的身体，家族生命因此延续。出生和死亡一定含有某种隐秘的轨迹，如同地里种庄稼，拔掉麦子，才能种棒子，壶口滩一河六村人一茬茬生，一茬茬死，是同样的道理。我坦然接受即将到来的命运，静待死亡的降临。照颁卷唱词里所讲，他们一个拉着我，一个驱赶我，生怕我跑掉。真笨。我敢说，我只用一只铲子就能让驴总在身边，不跑远。我和驴一样聪明，不必他们费力，会乖乖跟定。

天近黄昏，远处山脊线消失，山体轮廓模糊，视野开阔，同时渺茫。落日西沉，世界很快就会暗淡，我陷入冥想之中，并随着这冥想穿过了时间。一浪一浪水声空洞又真实，拉船人排成两列一点点移动，忽然一声驴叫，驴"呃"一声回应，将头面向我。我轻轻抚摸它，想让它知道，死神越逼越近，但我的生命不会中断，将以另一种形式陪伴它……